Adventure Among Birds

By

William Henry Hudson

鸟界探奇

[英] 威廉·亨利·赫德逊 著

倪庆饩 译

中国大百科全书出版社

图书在版编目（CIP）数据

鸟界探奇 /（英）威廉·亨利·赫德逊著；倪庆饩译 . -- 北京：中国大百科全书出版社，2021.8
ISBN 978-7-5202-1026-3

Ⅰ.①鸟… Ⅱ.①威…②倪… Ⅲ.①散文集—英国—现代 Ⅳ.① I561.65

中国版本图书馆 CIP 数据核字（2021）第 152629 号

鸟界探奇　　[英]威廉·亨利·赫德逊著　倪庆饩译

出 版 人	刘国辉
图书策划	李默耘
图书统筹	程　园
责任编辑	易晓燕
责任印制	吴永星
出版发行	中国大百科全书出版社
地　　址	北京阜成门北大街 17 号
邮　　编	100037
网　　址	http://www.ecph.com.cn
电　　话	010-88390739
印　　刷	太原日报传媒集团有限公司
开　　本	880 毫米 × 1230 毫米　1/32
字　　数	201 千字
印　　张	11
版　　次	2021 年 8 月第 1 版
印　　次	2021 年 9 月第 1 次印刷
书　　号	ISBN 978-7-5202-1026-3
定　　价	68.00 元

本书如有印装质量问题，请与出版社联系调换

让鸟儿帯他去天堂

——倪庆饩先生与他的文学翻译（代序）

祝晓风

一

我从一九九一年九月认识倪庆饩先生，于今已二十九个年头，不算太长，可也不算太短。在这段时间里，我前前后后，写了长短不一的几篇文章，或是评介倪老师翻译的书，或是记述他的生平或和他有关的故事，总共大概有八篇：

一、《从柳无忌开始》，评倪译柳无忌著《中国文学新论》，发表于《博览群书》1995年第5期；二、《遥望小泉八云》，评《小泉八云散文选》，发表于《博览群书》1996年第5期；三、《译者倪庆饩》，评《高尔斯华绥散文选》《卢卡斯散文选》等，见于《羊城晚报》2002年8月1日；四、《有关柳无忌先生的书缘旧事——纪念柳无忌先生百年诞辰》，发表于《温故》第十一辑，2008年4月；五、《英国散文的伟大传统》，评戴维斯《诗人漫游记 文坛琐忆》，赫德逊的《鸟和人》，多萝西·华兹华斯的《苏格兰旅游回忆》和《格拉斯米尔日记》，发表于《读书》2012年第5期；六、《万里文缘 百年穿越——赫德逊〈鸟和人〉及倪译四种》，见于《人民政协报》2012年2月13日；七、《知识如水，智慧如光》，评赫胥黎《水滴的音乐》，发表于《光明日报》2017年3月28日；八、《倪庆饩》，发表于《随笔》2017年第5期。

其中，四和八的篇幅稍长，都有一万字。不过，这些文章都是倪老师在世时写的。他去年过世之后，我并未写什么。最近，中国大百科全书出版社要再版倪老师的三本书，嘱我写几句。现在再写，就是第九篇了。我希望，这篇文章能把对倪老师的思念写尽。

二

为了让不太了解倪老师的读者对他有个初步的了解，现在，我把手头现有的倪老师翻译的书，按出版时间列在下面。后期有不少书，其实译出的时间比出版时间要早十年或者更早。

1.《英国浪漫派诗选》，柳无忌、张镜潭编，江苏教育出版社，1992年2月，倪庆饩译雪莱、济慈诗

2.《史蒂文生游记选》，［英］史蒂文生著，倪庆饩译，百花文艺出版社，1991年3月，17万字

3.《赫德逊散文选》，［英］威廉·亨利·赫德逊著，林荇（倪庆饩）译，百花文艺出版社，1992年7月，16万字

4.《中国文学新论》，［美］柳无忌著，倪庆饩译，中国人民大学出版社，1993年4月，20万字

5.《小泉八云散文选》，［英］小泉八云著，孟修（倪庆饩）译，百花文艺出版社，1994年1月，17万字

6.《驱驴旅行记》，［英］史蒂文生著，倪庆饩译，花山文艺出版社，1995年11月，15万字

7.《巴兰特雷公子》（小说），［英］史蒂文生著，周永启、倪庆饩译，百花文艺出版社，1995年12月，18万字

8.《普里斯特利散文选》，［英］J.B.普里斯特利著，林荇（倪庆饩）译，百花文艺出版社，1995年12月，15万字

9.《一个冠级流浪汉的自述》，［英］威廉·亨利·戴维斯著，倪庆饩译，百花文艺出版社，1998年2月，18万字

10.《大海如镜》，［英］约·康拉德著，倪庆饩译，百花文艺出版社，2000年4月，14万字

11.《高尔斯华绥散文选》，〔英〕高尔斯华绥著，倪庆饩译，百花文艺出版社，2002年1月，16万字

12.《卢卡斯散文选》，〔英〕卢卡斯著，百花文艺出版社，2002年4月，16万字

13.《鸟界探奇》，〔英〕威廉·亨利·赫德逊著，倪庆饩译，花城出版社，2003年4月，16万字

14.《我与飞鸟》，〔加〕杰克·迈纳尔著，倪庆饩译，百花文艺出版社，2006年4月，15万字

15.《爱默生日记精华》，〔美〕爱默生著，勃里斯·佩里编，倪庆饩译，东方出版社，2008年1月，14万字

16.《绿厦》（小说），〔英〕威廉·亨利·赫德逊著，倪庆饩译，东方出版社，2008年1月，18万字

17.《诗人漫游记 文坛琐忆》，〔英〕威廉·亨利·戴维斯著，倪庆饩译，云南人民出版社，2011年7月，14万字

18.《鸟和人》，〔英〕威廉·亨利·赫德逊著，倪庆饩译，云南人民出版社，2011年7月，13万字

19.《苏格兰旅游回忆》，〔英〕多萝西·华兹华斯著，倪庆饩译，云南人民出版社，2011年7月，15万字

20.《格拉斯米尔日记》，〔英〕多萝西·华兹华斯著，倪庆饩译，花城出版社，2011年8月，17万字

21.《水滴的音乐》，〔英〕阿尔多斯·赫胥黎著，倪庆饩译，花城出版社，2016年5月，20万字

22.《海港集》，〔英〕希莱尔·贝洛克著，倪庆饩译，百花文艺出版社，2017年5月，8.7万字

23.《罗马行》，〔英〕希莱尔·贝洛克著，倪庆饩译，百花文艺出版社，2017年5月，12.5万字

24.《英国近现代散文选》，〔英〕威廉·亨利·赫德逊等著，倪庆饩译，河南大学出版社，约15万字，2019年

25.《少年行》，〔美〕华尔纳著，倪庆饩译，河南大学出版社，约15万字，2019年

26.《伦敦的鸟》，〔英〕威廉·亨利·赫德逊著，手稿，约16万字，未出版

20世纪八十年代至九十年代，散文热席卷全国。天津的百花文艺出版社领一时之风骚。当年，他们出了两套大型散文丛书，一是中国的，叫"百花散文书系"，包括古代、现代和当代。还有一个是外国的，叫"外国名家散文丛书"，两套丛书影响都很大。一九九一年时，就已推出第一辑十种，包括张守仁译的屠格涅夫，叶渭渠译的川端康成，叶廷芳译的卡夫卡，戴骢译的蒲宁，还有《聂鲁达散文选》《米什莱散文选》等，第一辑中，《史蒂文生游记选》即为倪庆饩译。由此开始，百

花每年推出十种中国散文，十种外国散文。百花主持此事的副总编谢大光，每年请倪老师翻译一本，连续若干年：第二辑《赫德逊散文选》，第三辑《小泉八云散文选》，第四辑《普里斯特利散文选》，而卢卡斯和高尔斯华绥两本，是在同一辑里一齐出版的，可见当年译者倪庆饩的热情与多产。

倪老师翻译这些作品，从选目开始，就有讲究。他不是抓着什么译什么，而是研究文学史，查找《牛津文学词典》等工具书，专找那些有定评的大作家的作品，而且是没有中译本的。所以，几十年下来，把倪译作品集中放到一起看，就会看出其独特价值：一是系统性，二是名家经典，三是填补空白，四是译文质量高。他觉得，有那么多一流作品还没有被翻译介绍到中国来，完全没必要扎堆去重复翻译那些大家熟知的作品，尽管那些作品会更卖钱。倪老师曾不止一次对我说过，与其自己创作二流甚至三流的所谓作品，不如把世界一流的作品翻译过来，更有意义。如果没有倪庆饩的译介，这些英美一流作家的散文经典，一般中国读者很有可能至今都不会读到。

倪老师已经翻译的作品，以英美散文为主，其中，又以英国散文最为集中。这个"美"，不仅指美国，也指北美，也就包括加拿大。这其中，又有四本关于鸟类的书，自然引人注目。译者大概是真正体会到了赫德逊、迈纳尔对鸟类的那种感情。在大自然中，大多数鸟对人是无害的，其中许多还是有益的。又因为大多数鸟都很美，有观赏性，而且能飞，就比草木更多了几分灵动，与走兽比，则更多了轻盈与超凡脱俗的气质。鸟，不论在东方还是西方，自古就寄托了人类飞翔的梦想。大雁、夜鹰、红雀、银鸥，它们是串联草木、湖泊和天空的朋友，是森林的精灵，也是天空中飞翔的天使。倪老师早年在给我的一封信中说，他所有的译作都贯彻一个宗旨，"即追求自然与人的精神的sublime"。这sublime，是崇高，是超凡，是升华，是向上的飞升。显然，没有什么比美丽的鸟儿更能寄托这种追求了。

《我与飞鸟》的作者迈纳尔（1865—1944年）是加拿大的一位博物学家，也是一位严谨的科学家。作者在书中记叙了他建立金斯维尔鸟类保护区的过程，包括一些技术的细节。全书的重点是写大雁和野鸭这两种候鸟的几章，从营巢、交配、产卵、孵化、驯养，以至套环、迁徙等过程都有详细的记载。译者认为，这不但是迈纳尔创造性的经验，也是极其有价值的科学实验记录，比如现在已搞清楚的它们的迁徙路线，它们营巢与交配的方式。"他一度是以一个猎人的眼光去看大自然中的生物，对他来说，它们只是一种猎物，可供美餐，也有经济价值，但他后来渐渐认识到鸟类的可爱，使他的自然观有了根本的转变，结合宗教尊重生命的观点，从猎人转变为自然保护者，这个过程以及其间发生的故事不但对广大读者具有积极的教育意义，也读来兴趣盎然。"

而对另外两本书《鸟界探奇》《鸟和人》的作者威廉·亨

利·赫德逊，译者倪庆饩是这样评论的：

　　赫德逊写的是文学的散文而不是科学的鸟类志。他写鸟当然要写鸟的形态，生活习性，如觅食、育雏、迁徙等，这通常是我们在鸟类学的专著和科普作品中也可以读到的。赫德逊的散文与这类自然科学性的著作不同的是，他从来不是孤立地写鸟，而首先是把鸟和它们生存的自然环境结合在一起，把我们带到许多风景优美的地方，如森林、海滨、郊野，使我们接触到许多如画的景色，因而我们看到的鸟不是博物馆中的标本而是鲜活的野生鸟类，随着他的笔触我们几乎游历了英国西南部的整个地方，如索姆塞特郡、汉普郡、威尔特郡、苏莱郡、苏塞克斯郡等，例如本书中的萨维尔纳克森林就在威尔特郡，他描写那里的古老参天的山毛榉林和在那里生息的成千上万的鸦科鸟类，在作者的笔下，这种平时不怎么可爱的飞鸟也带上了诗情画意。这决定了赫氏散文的一个根本特点，即他往往是以审美的眼光而不仅是以科学的眼光来看鸟类世界。

　　同样鲜明的是，在赫德逊的笔下，鸟类不仅与它们生活的自然环境不能分割，同时也与它们生活的人文环境不能分割。他写鸟和人以至他们家庭相关的故事，许多飞鸟生存的教堂、墓园、旧宅等建筑物和古迹，穿插着许多咏鸟的诗歌以及有关鸟的传说，使读者明显地感觉鸟和人的密切关系。

批评家爱德华·加尔奈特指出：赫氏作品令人神往的地方是他从不把大自然的生命跟人的生活截然分开。读者如果阅读了《鸟和人》或赫德逊的其他作品，都会深深体会到这一点。从这两个方面看，赫德逊的散文本质上可以说是游记，《鸟和人》也是如此，只是这是一种融合了科普、博物学的游记，或者说是有着深深的人文情怀的博物学美文。《鸟界探奇》还讲了许多鸟和人的故事，赫德逊说："对待飞鸟一定要顺从他们的天性，鸟也像人一样，自由超过一切。"译者则从中读出，这些故事使赫氏的书超越了科普读物的局限，具有鲜明的人文意义。

一九〇一年，《鸟和人》出版。一九三五年，中国著名作家李广田在他的《画廊集》中，专文写到赫德逊和他的这本书（《何德森及其著书》）。——他们那一代作家，与世界文学声气相通。《画廊集》一九三六年三月在商务印书馆初版，属文学研究会创作丛书之一。又过了六十年，到20世纪九十年代中期，倪庆饩教授根据一九一五年第二版译出《鸟和人》。机缘巧合，出版《李广田全集》的云南人民出版社，想找合适的译者来翻译此书。他们通过李广田的女儿，问到我。这当然是个惊喜。《鸟和人》，还有《苏格兰旅游回忆》和《诗人漫游

记 文坛琐忆》，那厚厚的几大摞手写的稿子，一直被裹在几个大文件袋中，寂寞地躺在译者的书桌里，这次终于等来了知音。二〇一一年，《鸟和人》中文版出版。经过几代人，跨越万里，穿越百年，这部散文经典化身汉语在东方世界出版，赫德逊洒脱的文笔，博大的情怀，通过优美的汉语译笔呈现了出来。这当然令人感慨。这既是中国读者之幸，可以说也是赫德逊之幸和英国文学之幸。

三

如果从一九四七年倪庆饩翻译发表希曼斯夫人的诗《春之呼声》算起，他的翻译生涯长达七十年。那时的倪庆饩还是上海圣约翰大学的一名学生。倪老师多年后能翻译英美那些大作家的作品，而且，对这个事情常年保持热情，与他当年在圣约翰大学所受教育关系很大。在圣约翰的那几年，倪庆饩接受了最好的英语教育，特别是古典英语熏陶多年。他直接听的是王文显、司徒月兰等人的课。除了语言学习，在英语系，他上得最多的是文学课，课程按专题设立，如莎士比亚专题课、英诗专题课、小说专题课等，这使倪庆饩系统、深入地了解了英语语言文学史上的重要作家、作品。倪老师曾说过，"司徒月兰教过我的英语基础课，她的英语发音挺好听的，讲得地道而流利。王文显教的是莎士比亚专题课，他讲课不苟言笑，却有一种温文尔雅。而英诗、小说这些专题都是外籍教师教，他们的英语素养就不用说了，真是原汁原味"。

倪老师的外语修养，不限于英语。他曾对我讲，俄语、德语，他也能读，日语，他也粗通，因为他上小学中学的时候，就被迫学了日语。这些，都为他日后的翻译提供了条件。一些原著中涉及的俄语、日语方面的问题，他都能直接解决。

一九四九年大学毕业后，倪庆饽曾在北京待过一段时间，在某对外文化交流部门短暂任职。后因患肺病而被迫离职回湖南老家养病。一九五三年，他到湖南师范学院任教，开始是在中文系教外国文学。十余年的教学与研究，让他"打通"了欧洲文学史的"脉络"，这对文学翻译工作来说是极为重要的。他当时在教学之余，也偶尔搞一些翻译，但他自称都是"零碎不成规模"。再后来，"文革"浩劫袭来，他在中文系教的外国文学课被批判为'公然宣扬资产阶级人道主义"。

于是，温文尔雅，还喜欢在课堂上高谈阔论人道主义，而不知"阶级斗争"为何物的倪庆饽，只得转到英文系教语法了。起初，中文系的学生还追着他将大字报贴到外文系，但毕竟，那些枯燥的"主语、谓语、宾语、动词、名词……"逐渐为他筑起了临时"避风港"。"文革"的遭遇，让倪老师多年后一直心有余悸，他因此得了一个教训：就算只是安守本分搞文学研究和翻译，也保不准哪天会被扣上莫名其妙的"帽子"。此后，他的为学处世变得更加低调，他时常暗暗告诫自己"不要出风头"。

20世纪七十年代末期，倪老师调到南开大学外文系任教。八十年代以后，开始了他大规模系统的翻译。

他的翻译，完全手工。第一遍用铅笔或蓝色圆珠笔初译，写出草稿，会写得较乱，改得密密麻麻；然后誊清，对着原书，用红笔再修改一遍；然后再用钢笔誊清。如是，至少三遍。最后一遍字会比较工整，因为是要出手的东西了。一部十几万字的书，相当于他要至少抄写四五十万字。这几十摞文稿，总计近四百万字，都是他一笔一画，一字一句，一遍一遍地写，誊，精心打磨出来的。

正常状态下，第一遍初译，倪老师平均每天能译两三千字。如果身体状态好，其他各方面又没有什么牵扯，原作又不是很难，那么，一部十五万字的书，两个月左右可以完成初稿。但多年以来，大多数时候，一部书的翻译时间要更长一些。

不过，作为译者，碰到赫德逊《鸟界探奇》这样的书，仍然意味着一种挑战。这些关于鸟的散文、游记，内容广涉自然，博物学、动物植物方面的专业名词，对于译者来说，也是陌生的领域。他一个老人，就跑图书馆，一个词一个词地查词典，找各种工具书来解决。这些都需要大量的时间。

他愿意花这么大的力气来译这些书，当年在我看来，实在有点儿不太理解，因为书的内容与我们实在有点儿远，与我们的实际生活搭不上边儿，又不被我们以前的知识教育所关注，于我们的世俗谋生更是一点儿用处没有。而这其中，又数赫德逊写鸟的书，更让我觉得没用——想想，自己是多么的庸俗和目光短浅。但倪老师特别有热情。这主要是因为他真的是喜欢赫德逊的散文。喜欢赫德逊这些关于鸟的描述和审美。这应该是与他内心的某些方面十分契合。他在赫德逊的文字中，在迈纳尔的文字中，在他们对鸟儿的生活的描述中，找到了一种不同于凡世的别样的生活。那也许是他向往的。他一辈子在尘世中躲避，挣扎，沉默，小心翼翼，守着自己的一份善良与职业尊严。而在这些作品中，他能找到自由与美，在那漫长的翻译工作中，他能感到自如与自信，在这种自如与自信中，他感到了力量。那些年，他曾不止一次，当面和我说起他翻译这些书的不易，要查各种工具书，为了一个名词，都要花费很多时间。但同时，我又能在他的诉苦中，感到他的一种满足。他是在自讨苦吃，但是，他在这苦中找到了只有他一个人享受的甜。他最开心的时候，就是他拿到新出版的书的那天。他在这辛勤的工作中，得到了莫大的乐趣。

倪老师倾注到译作中的心血和功力，完全地体现在译文、注释和译后记中。注释，体现了译者的水平和认真。译作中，对原著涉及的外国人名、地名、事件，西方文化的背景等都做了注解，对理解译文有相当帮助，注所当注，精到、简洁、要言不烦。他所写的序言或译后记，本身就是一篇篇文艺随笔，信息丰富，评论作家作品简洁、中肯、有见地。读者可以从赫德逊《鸟和人》《鸟界探奇》和迈纳尔《我与飞鸟》的译后记中，印证我的观点。

虽然倪老师所翻译的，都是自己所喜爱的作家的作品，但他并非对其一味赞美。对其得失，他有自己的独到见解。比如，他对卢卡斯的看法是："他写得太多，有时近于滥，文字推敲不够，算不得文体家，但是当他写得最好的时候，在英国现代散文史上占有一席地位是毫无疑问的。"而对于自己十分推崇的小泉八云（原名拉甫卡迪沃·赫恩），译者认为："我并没有得出结论说赫恩的作品都是精华，他的作品往往不平衡，即使一篇之中也存在这种情况，由于他标榜搜奇猎异，因此走向极端，谈狐说鬼，信以为真，这样我就根据我自己的看法有所取舍。"他对作家的评价，都是从整个文学史着眼，把每个作家定位，三言两语，评价精当。比如他认为，史蒂文生"作为一个苏格兰人，他把英格兰与苏格兰关系上的许多重大历史事件作为他的历史小说的背景，在这方面，他的贡献堪与司各特相提并论。奠定他在英国文学史上地位的，还有他的散文。他是英国散文的随笔大师之一，英国文学的研究者公认他是英国文学最杰出的文体家之一"。他为每部作品写的译后记，都是一篇精辟的文学评论，概括全面，持论中正，揭示这个作家的最有价值的精华；语言简洁、优美。译者倪庆饩，不只是不为流俗所动的了不起的翻译家，还是一位有见识的文学史家。下面这段话，不仅为多萝西·华兹华斯在文学史上标出了一个位置，我以为还可以作为英国散文史的一个高度概括，很有参考价值：

> 在英国文学史上散文的发展，相对来说，较诗歌、戏剧、小说滞后。如果英国的散文以16世纪培根的哲理随笔在文学史上初露异彩，从而构成第一个里程碑；那么18世纪艾迪生与斯蒂尔的世态人情的幽默讽刺小品使散文的题材风格一变，成为第二个里程碑；至19世纪初多萝西·华兹华斯的自然风景散文风格又一变，开浪漫主义散文的先河；随后至19世纪中叶，兰姆的幽默抒情小品，赫兹利特的杂文，德·昆西的抒情散文分别自成一家；此后大师迭出，加莱尔·安诺德、罗斯金等向社会与文化批评方面发展，最后史蒂文生以游记为高峰，结束散文的浪漫主义运动阶段，是为第三个里程碑；至此，散文取得与诗歌、戏剧、小说同等的地位。（倪庆饩《格拉斯米尔日记》译者序）

尽管倪老师在英国散文方面下的力气最大，但他的视野并不止于散文。他还译过小说，比如史蒂文生的《巴兰特雷公子》。这个史蒂文生，就是写过《金银岛》《诱拐》《化身博士》的那个史蒂文生。倪老师好像特别喜欢这个作家，翻译、出版了他的三本书。倪老师特别欣赏的作家，还有一个，就是赫德逊了。他前前后后翻译了赫氏的三本散文，除了已经出版的《鸟和人》《鸟界探奇》，还有一本《伦敦的鸟》，译出已有十几年，至今尚未出版，原稿还一直在我手里。这几部书都是赫氏关于鸟的散文集中最著名、最有代表性的。他还翻译了赫德逊的长篇小说《绿厦》。根据同名小说改编的电影由大明星奥黛丽·赫本主演，得过奥斯卡奖。他也译过理论著作，柳无忌《中国文学新论》。他的译作虽以英国散文为主，但也旁及北美，如爱默生、杰克·迈纳尔、华尔纳等。他还写过一些论文，如《哈代威塞克斯小说集的悲剧性质》《王尔德·〈莎乐美〉·唯美主义》，还有研究翻译史的论文。

他还译过一些英国诗歌，如彭斯、雪莱、济慈、丁尼生的诗。柳无忌、张镜潭编的《英国浪漫派诗选》，压轴大卷，是大诗人济慈的长篇名作《圣安妮节的前夜》。

　　她一边翩翩起舞，眼睛却茫然无神，
　　呼吸急促，嘴唇流露出内心的焦急
　　那神圣的时辰迫在眉睫，在铃鼓声中，
　　在喜怒无常、低语的人群里她叹息
　　在爱慕、挑衅、妒忌和鄙夷的目光下，
　　为那缥缈的奇想所迷；除开圣安妮

和她未曾修剪过的羔羊①，以及朝霞

出现前难以言传的幸福又如此神秘，

在她看来，今宵其他的一切都毫无意义。

因而她打算随时退场，还在夷犹不定。

同时，年壮的波斐罗，驰马飞越荒原，

已经到来，他内心为玛德玲燃烧。

贴紧扶壁，避开月光，此刻正站在大门边，

恳求所有的圣徒来保佑他能见到玛德玲，

哪怕一会儿，他也可以向她定睛注视，

顶礼膜拜，这一切都在暗中进行，

没有人会看见；也许还能促膝倾诉相思，

触摸，亲吻——其实这些事古已有之。

四

　　倪老师在我读研究生一年级时，教我们英语精读。那是20世纪九十年代的第一个年头。秋天，学校开学。那天，我们见到一位老者，步履缓慢，走进教室，走上讲台。他的身材中等偏矮，穿着朴素，大概就是"的卡"布的中山装；头发花白；

---

① 在圣安妮节，按规矩应奉两头羔羊呈献给圣安妮以备剪羊之用，剪下的羊毛由修女们织成技肩，再由教皇赐予各大主教。——倪庆饫注

他走路慢，右腿往前迈时，会先有轻微的一顿，好像句子中不小心多了一个逗号。那步履的节奏，多少年都是那样，慢慢地，一步一顿。

开始那阵子，我只是觉得这位老师讲课有点儿特别。他说话轻声慢语，带着一点儿南方口音。特别的是，一个"公外"（公共外语教学部）的老师教公共英语，却在课上不时地提起王国维、陈寅恪。他似乎对手上的课本并不十分在意，教这些东西，在他眼里好像只是小技，并非学习英文的大道；而且，他经常眉头微皱，在那种些许的漫不经心之中，他的眼神和眉宇之中仿佛还有一丝忧愁与伤感。当年的研究生教室里总好像空空荡荡。老师的讲课，我有一阵子都不怎么听得进去，在课堂上经常心猿意马，只盼着何时下课，和当时大多数年轻人一样，想着人生前途之类的大事。

倪老师送我的第一本书，是《英国浪漫派诗选》，时间是一九九二年十二月八日。扉页上他写的是：

　　"给晓风

　　　　友情的纪念"

偶尔也会写"晓风同学存念"，或者"晓风君存念"，但"友情的纪念"写得最多。落款，有时是他的名讳，有时则是"译者"——这些题签，当时就让我感到与众不同。

倪老师说过好几次，说我跟他认识这么多年，却没有跟他翻译什么东西，遗憾。这于我当然是非常大的损失和遗憾，更是令我非常惭愧。但我也并非没有收获。比如，因为倪译柳无忌《中国文学新论》，我不但有幸认识了人民大学出版社的秦桂英，还认识了她的先生章安琪，他们夫妇也都是南开出身。章先生是研究缪灵珠的专家，当年当过人大中文系主任。也因为倪老师，我认识了柳无忌，甚至采访了柳先生。朱维之先生是当代中国研究希伯来文学的开创者，也是八九十年代全国高校最通用的《外国文学史》教材的主编。朱维之先生当过中文系主任。但我认识他，却是通过倪老师的介绍。和百花结缘，也有倪老师的功劳，我通过倪老师认识了百花出版社的谢大光先生、张爱乡，等等。还有，我也是在倪老师家里，第一次用真正的英文打字机练习打字。还有，更重要的是，他给我打开了英美文学的一扇大门。

我为倪老师，当然多少也做了一点事情，于我来说，值得骄傲。当年，一九九三年春天，我到北图，替倪老师把《普里斯特利散文集》借出来，花了一个下午，翻阅、选目，然后复印。出版方面，赖出版社的诸多朋友鼎力相助，东方出版社出版的《绿夏》《爱默生日记精华》，云南的三本书，花城的《格拉斯米尔日记》《水滴的音乐》，还有河南大学的两本书，加上这次由中国大百科全书出版社再版的三本书，总共十二本，是我帮着联系的。——这里，我要替倪老师谢谢这些朋友，感谢你们为倪老师做的一切。——我拿到译稿原稿，第一件事，就是到街上找最近的复印店，先把稿子复制一份再说，有时为了需要，要多联系一家出版社，就复制两份。总之，给出版社的尽量都是复印件，以确保手稿安全。因为稿子都是手写稿，复印起来比较慢，往往要等两个小时，或者更长时间。另外，倪老师的几篇译后记，也是经我手，在《中华读书报》发表的。

但这些，终究抵不消我心里的愧疚。特别是看到他给我的这些信，翻看他送我的这些书。

倪老师给我的完整的信，现存三十七封。所谓"完整"，就是有信封。还有几页复印的材料，及两三页信，信封找不到了。这样算来，总共有四十多封吧。

晓风：

寄来的报纸与贺年片均收到，谢谢。韩素云的报道虽为配合宣传而写，但能登在头版头条也是成功之作。希望能为文化问题写点专题，这可能是你内行，如学者的生活，前看电视，季羡林先生晚年屡遭家庭变故（夫人与女儿均去世，家里较凌乱），如能写几篇报道，引起有关方面重视，这也是解决知识分子生活的一个侧面，另外稿酬过低问题，盗版问题，这都是热门。记者也是要有专长和专家的，你要去搞工业和农业就费力。

不久前收到花山出版社编辑张国岚的来函，他们想编一套外国游记丛书，对史蒂文生游记加以青睐，想重印，但此事征得百花同意，否则也会引起后遗症。张国岚的信寄到西南村，我想可能会是你联系的。谢大光来我家要稿，赫胥黎文选已被拿走，他问起你，向你致意。我所译史蒂文生小说：《巴兰特雷庄园的公子》（*Master of Ballantrae*）是他的名著，压在百花已十年。如有便请你介绍中国青年出版社，该社在南大约稿，我不知消息，他们在外文系组了八部小说稿。信息不灵，落后一步。有其他机会亦可，但必须较高层次的出版社。

今年我有两部书发排，Davies: *Autobiography of a Super-Tramp* 与 J. B. Priestley: *Selected Prose*。但现今稿费太低，且又通货膨胀，实在不利于我们这些搞学术的文人。

你春节可能回家，请代向令尊令堂致意问好。

况工作顺利

倪庆饩

95, 1, 24

他在信中所谈，大多都像这样，离不开翻译和文学。他不止一次和我说，也在信中说过，中国现代散文与英国小品文的关系，特别认为林语堂和《论语》派受英国散文的影响，认为这是一个值得研究的大题目，鼓励我来做。——可惜我限于主客观条件，一直未能如他愿，让他颇为失望。与翻译有关，还有就是他的译著出版的事情，与出版社的联系，等等。他多次抱怨书稿在出版社一压几年，甚至十几年出不了，出了之后，稿费低不说，而且往往一拖又是一年两年。——当然，他也说他理解出版社的难处，现在出纯文学的书，大多没有销路。——有好几封信中，也都谈到赫德逊《鸟和人》《伦敦的鸟》。

有的时候，他因为头一天打电话我没接，第二天他就写来一封信。——这就是让我现在想来心里就不安、难过的一件事。岂止是现在，就是当时，我心里就满怀愧疚。倪老师打来电话，有的时候固然是我当时不方便接，比如正在开会，或者正在开车；但也有的时候，是我心里发狠，故意不接。我不接，当然也有我的理由。倪老师在电话里，他说的内容，也都是出版书稿的事，其实大多都已经和他说清楚了。他和我一说，就停不下来，半小时，一小时地说——而我又不能很生硬地打断他。即使如此，有时因为我手头儿确实有事情，又只好生硬地打断他。特别是大约二〇〇六年以后，他打电话，更不能控制。——后来，我静下心来想，明白这是因为老人寂寞，想让我陪他说说话而已。而我呢，在心里确实是有点儿不耐烦。同样，我回天津，回南开也比较多，大概回去三次，中间才去看他一次，而且，往往都是临去之前半小时打电话——因为知道他反正都在家，所以就先到其他地方办更重要的事，有了空当儿，才联系他。——我这点儿小心眼儿，他当然根本不知道，也就无从介意，只要我来了，他都高兴得不得了，拉着我说个没完。——想想，其实我可以多陪他聊几次天的。

还有一些琐事，点点滴滴，难以尽述。他经常批评我的，就是我没有一个研究的主攻方向，他总希望我能多写一些专业研究的文章。二〇一〇年，中国社会科学杂志社安排我和几位同事十月底去欧洲访问，先到英国，到伦敦政治经济学院和牛津大学。九月初，我去看倪老师，和他说起来要去英国，他非常高兴，一脸羡慕，说他一辈子翻译英国散文，却没有出过国，更没有去过英国，真是遗憾。让我去了，替他好好看看，回来跟他讲。

倪老师爱书如命，有时也天真得像个小孩儿。他愿意借书给我看，但总是记得哪本书，过一段时间会问我看了没有，看过了就要还他。有一次，我还书时，他对我说，还有一本书没有还。我说还了呀！他一听急了，说没有，他接着说："你是不是看着那本书好，想不还我了？不行，我跟你去你宿舍去找。"于是，他"护"着我，都骑着自行车，一起从西南村他家，径直赶到我们十七楼研究生宿舍，一起和我爬五层楼，到得我宿舍，居然就从我的书柜里把那本书找了出来。——他那份得意劲儿，甭提了，一脸高兴，拿着他的宝贝书，得胜还朝了。

多年以后，我回西南村看他，他把托人从加拿大买的两本英文原版书，赫德逊的*Birds and Man*和*Birds in London*送给了我，这就是《鸟和人》和《伦敦的鸟》。

五

二〇一八年五月九日，我最后一次在天津总医院见到倪老师。他躺在病床上，已经不大认得我了。这次我是陪中国大百科全书出版社的两位同志，专程到天津见倪老师，为这几本书的出版签合同。是他女婿代签的，倪老师已经无法和人正常交谈了。但是说到赫德逊的《鸟和人》《鸟界探奇》，他眼里还是有了光，有点儿兴奋。听说再版的书会配插图，他更高兴，呢喃着说，赫德逊的这两本书都是名著，一定把图配好。

我们回到北京后，不到一个月，六月二日，倪老师就走了。又过了一个月，《中华读书报》发了条消息：

著名翻译家倪庆饩逝世

本报讯　著名翻译家、南开大学教授倪庆饩，日前在天津病逝，享年90岁。倪庆饩，1928年出生，湖南长沙人，笔名"孟修""林苓"。1949年毕业于上海圣约翰大学。1947年开始发表翻译作品，有希曼斯夫人的诗《春之呼声》、契诃夫的小说《宝宝》等。毕业后曾在北京某对外文化交流部门工作，后任教于湖南师范学院中文系、外文系，20世纪70年代末调入南开大学公共外语教学部。擅长英美散文翻译，出版译著近30部，在中国翻译史和英美文学研究方面颇有建树，发表论文多篇。

倪老师没有什么嗜好，烟酒一概不沾，也不爱喝茶；棋牌也不摸，他觉得那些都很无聊。他工作是翻译，爱好也是翻译；休息就是看书，看林语堂、钱锺书；他喜欢穆旦，推崇傅雷、冯至。他的运动就是一步一顿地去图书馆。可是后来老了，图书馆也去不了了。

几年前，我去看他，那时他的头脑还比较清醒，也显然还有正常的思考能力。聊天中，自然又说到他不久前在花城出版的《格拉斯米尔日记》，我很为他高兴。不料，他却突然冒出一句："我不想再翻译了。这些都没有什么意义。"

是啊，与生命本身相比，我们所做的这些文字工作，究竟有什么意义呢？

倪老师一生也没有发达过，晚年则更加潦倒。因为醉心于翻译，他在世俗的名利方面几乎无所得。晚近几年，家里又连遭变故，对他更是沉重打击。在南开园中，他就是一名普通的英文教师，几乎没有人知道有这么一个大翻译家是自己的邻居。二〇一五年春节之后，大学里假期尚未结束，我专程去南开一趟，找到校党委副书记刘景泉。我把有关倪老师的一些材料带给他看，说，南开应该认真宣传一下倪老师，他堪称是中国翻译界的劳模，也是我们南开的门面。刘书记真不错，很快找了校报落实。这年五月十五日《南开大学报》就登出一篇长篇报道，韦承金先生写的《译坛"隐者"的默默耕耘》——谢谢刘先生和韦先生。

倪老师的翻译，其实与别人无关，我甚至认为，与什么文学理想、翻译理想也没有多大关系。他就是喜欢翻译，喜欢文学，喜欢优美的文字，向往辽阔清静的大自然，喜欢清新自然，喜欢趣味高雅的精神生活。他是为自己翻译，翻译了一辈子。他以翻译，表达了自我，显现了自我的内心，也成就了自我。

从这个角度说，后人对他的赞誉也好，不认同也罢，都与他无关。但是，这些作品，毕竟留在了这世上，以汉语的形式，在东方世界里传播，这是已经发生的事实。这个事实，将会对一些人的思想，发生一些作用。包括对纯正英语的欣赏，对文学经典的品位的认识，对那些作家优雅写作的传达，还有，告诉我们，世界上除了追逐名利权色，还有一种淡泊超脱的人生追求，那很可能是一种更美好、更符合人性的生活方式。而纯正、优雅和淡泊、超脱，也正是倪老师的精神品质。

二〇〇六年除夕，倪老师给我写来一封信。

晓风：

今天除夕，身边我放着Faure的"摇篮曲"CD写这封信。（Sophie Multer小提琴）

《绿厦》未能为出版社接受，深为失望，社方未必比高尔斯华绥水平高。《简·爱》也曾多次为出版商拒绝，所以这并不奇怪。上次我以为他们愿意跟爱默生的《日记精华》一同出版，附寄的两本小说介绍，是希望在《绿厦》出版后再为他们续译，结果颇出我意料，因为这两部书只是在我计划中，因我年事已高，能否有精力完成计划自己也无把握。

寄上Dorothy Wordsworth的《格拉斯米尔日记》代序，作者是勃郎蒂姊妹的先驱，是浪漫主义散文的founder，和她的哥哥在诗歌上的建树是密不可分的。她的《苏格兰旅游回忆》写得更好，对苏格兰的湖光山色的描写前无古人。附寄《格拉斯米尔日记》代序，也可发表作为宣传。

我所有的译作都贯彻一个宗旨，即追求自然与人的精神的sublime，假如能有一本选集，集中起来表现，这一点就看得清楚了。从译济慈的 The Eve of St Agnes 开始。你差不多我所有的译作都有，现在我寄给你一个表，把我认为的这方面的作品，提供给你作为参考。我希望你选编一本这样的书，再配上画（我有一些画册），按这个思路，大概不需要太多的时间，不过有一篇序阐述一下译文的风格最好。

你的《读书不是新闻》缺了小泉八云的那一篇（《遥望小泉八云》）是个遗憾，因为Hearn是把内容与文字结合得最完美的作家之一。

在这样一个时代，我的想法也许不合时宜，但谁说得准呢？"国学"现在又有点吃香，向"超女"叫板，也许当人们吃够了美国的快餐，还是红楼梦里的茶叶羹、香薯饮等是真正的上品。我相信并力行的是伏尔泰的名言："你说的一切都很好，但要紧的是耕种我自己的园地。"

祝：新年快乐，新的一年内有新的成果。

倪庆饩

2006，除夕

现在为了写这篇文章，翻看这些旧信，不禁茫然。这个饩字，读xì，和"戏"字同音，《辞海》上解释这个字有三个意思：一是"粮食或饲料"，二是"赠送"，三是"活的牲口"。《论语》里有："子贡欲去告朔之饩羊。子曰：赐也！尔爱其羊，我爱其礼。"倪老师翻译了几十种名著，收获的是清贫。清贫就是上天给他的回报。老实说，我到现在也并不理解倪老师。我大概只能说，他在现实中受压，却从赫德逊、小泉八云、史蒂文生的书里找到慰藉，获得力量和满足。从这一方面说，他离开这个浊世，也未尝不是一种解脱。我们这些人，每天瞎忙，戴着漂亮而僵硬的面具，在滚滚红尘中耗费生命，却找不到生命的价值。相比之下，倪老师一生做自己热爱的文学翻译，倒是幸福的。

今年，中国大百科全书出版社将再版倪老师的三部译作。这是他最喜欢的三本书。这三本，都是关于鸟儿的书，配上了精美的插图，真的很漂亮，仿佛鸟儿张开了翅膀。——让鸟儿带他去天堂吧。

序

理查德·寇尔

英国乡村诗人和散文家爱德华·托马斯在第一次世界大战中阵亡是文坛的一个损失。有一次，他曾告诉我，他认为我是在 W. H. 赫德逊观察鸟类时，唯一受到邀请与他一同观察的人。对于这句话，我猜测稍微有一点点的夸大。但肯定的是，赫德逊确实需要孤独和安静以寻得内心的和谐，而这正是其作品的根本神韵。

在乡村时，他需要过着安宁的日子；而在伦敦，他是个喜欢交谊的人。每周都有一个下午，他和妻子会在诺丁山圣加路的家里接待宾客。这幢维多利亚中期式的建筑，外观很是古怪。赫德逊夫人又是一位古怪的老太太，令人望而生畏。她虽然严厉，但对自己喜欢的那些人，也会显得随和平易。而赫德逊则确实喜欢这种聚会，并从中享受到乐趣。他爱谈论文学，尤其是诗歌，但谈论某些生活中的盛大场面时常常带有几分讥讽。一旦离开伦敦，他首先要求的便是独处。

正因为置身乡村才能享受到宁静，一旦跟人打交道，他的内心就会充满不安。他所渴望的世界是远离人来人往的地方。独自和大自然相对，这是他的逃避，他的消愁解闷的良药，也是他心灵的秘密城堡，任何人都不得闯进他那至乐的孤独境界。我认为，是他的信念。所以，有一次他打破他毕生不可更改的习惯，邀我一同去乡间，至今仍是个谜。无可否认，我们相处得毫不拘束；同样毫无疑问，我用自己的方式，分享了他对鸟类学的兴趣。不过这种解释是不够的。也许那不过是他一时的冲动，我们所有的人都或多或少容易犯的毛病，然后又常常懊悔。我不太清楚，我只知道我非常惊讶。

我记得康拉德有一次用玩笑的方式向我指出："假如我是一只可恶的鸟，赫德逊对我的兴趣会更大。"在某种意义上，他的话的确是一针见血，不过只是在某种意义上。赫德逊是真正地喜欢朋友，但他把他至诚的爱奉献给了整个大自然和鸟类。这种挚爱，并不是自以为是地把鸟类看成人类一样，这是非常难以完美界定的。

在此，我重复一遍，对这个邀请我非常惊讶。那是1912年秋季的一天，我们在杰拉德街一家名叫勃朗峰的餐馆里吃午餐，赫德逊发出了这个邀请。赫德逊住在伦敦的那段日子，他想念文学圈的朋友，几乎总是在星期四去这个地方。这个由爱德华·加尔奈特发起的午餐会吸引了很多名人聚会，人们参不参加看机会而定。在不同的聚会上我见到过康拉德、赫德逊、诺曼·道格拉斯、史蒂芬·雷诺兹、威·亨·戴维斯、帕西法尔·吉朋、爱德华·加尔奈特和爱德华·托马斯。还有别的许多人我已经忘了，毫无疑问；其中有名人，也有像我这样的默默无闻之辈。

有一天我的印象特别深，赫德逊谈到他准备访问诺福克海滨的威尔士①。他每年十一月照例要到这个地方去观察刚从北方遥远僻静的栖息地回到英格兰的大雁。他转过头问我："你为什么不也去看看呢？"我没有流露出惊异，立即回答："行，我很高兴前往。"跟赫德逊一同观察鸟类，谁愿失掉这样的机会呢！

如此就定下来了，并说好他将于哪天出发，我也会稍后赶到。

他那高大瘦削的身躯是我下火车后第一眼看到的目标。他已在靠近海岸附近的一栋农舍租到了住房，我同他在一起的几天就住在那里。为时不长，老实说，比我预计的时间更短。我当时察觉到的气氛是颇令人尴尬的。在我到达之前赫德逊肯定已经懊悔他的邀请，一想到有人侵入他的潜居之地，他的神经就紧张不安。

---

① 见本书第三章。

这并不是指他说了什么，而是明眼人一望便知。这没有挑明的意思若是对人大声喊出来，或许相当令人难堪，不过倒也有它幽默的一面。我发现他变成了跟我认识的赫德逊完全不同的另一个人，一个具有奇特的吸引力的人，一个全神贯注于工作的孤独的陌生人。可以说，他是在一个我因没有钥匙而被阻挡的世界里。噢，那好像月亮的阴面突然露出了真面目。这个赫德逊所需要的全部友伴是大雁的鸣声、沿着沙滩吹拂的风声、沙滩后面僻静的水潭里角鹬鹬悠游的景观。一个真正的不为人知的赫德逊，孤高到使人无法接近，当他面对荒野静静地沉思默想时，一个外人的出现他觉得不过是一种骚扰，十分不和谐。

　　我不能说这一发现会使我感觉欣慰一些，但不管怎么说，它毕竟是一种发现。倘若我没有发现它，我可能永远不能充分体会到，为什么在赫德逊这么多的作品中，人们能觉察出那种双重性——对美的渴望的同时又会有对无视这种美的人的极度鄙视。赫德逊对大自然的感情经常被人类故意破坏的行为所激怒，在这种特殊情况下，我，由于无意中侵犯了他不应受到干扰的自由，他生气时的反击，是完全可以理解的。唯一可行的补救办法是尽量让他单独行动，让他与自身内心进行思想交流。这确实颇为尴尬，但除此别无他法。

　　那段时间赫德逊正在写作《鸟界探奇》，它包含有关威尔士和该地区的若干章节。在我们共用的房间内，我看见他对着我坐在桌旁。一小时又一小时，他常常持续而专心致志地写作，暂停下来只是为了查阅笔记或加进已经完成的材料。他从容不迫的工作节奏给我的印象相当深刻，除了把他的文体的整洁优美看成是神赐的礼物外，还能是别的什么呢？康拉德说——我再次引用他的话——赫德逊的写作如同青草的生长一样，而看他写作使人感觉到他的创作方式本身是何等符合这一批评。他的手毫不费力地移动，他的面孔上呈现出严肃安详的神情。

他总是在早晨工作，下午我们往往一同外出，在广阔的海滩盐泽地带漫游——这是一片17000英亩①小沟纵横的沙滩，一年两次被海潮所淹没。我们或徜徉在松树林中，或走过霍克汉姆的牧草地。赫德逊总是带着一架双筒野外望远镜，如果他从远处观察鸟类，往往一动不动地站着，举起望远镜放在眼前，就像他过去在南美做牧民，在阿根廷大草原上用手挡住阳光以保护视力那样。

许多人都注意到了赫德逊脸上苍鹰般的表情，但我觉得那更像印地安人。薄暮中，他在一棵树旁寂寞等待着，安静得像一尊塑像，他紧张地注意着周边的动静，使人觉得与其说他像别的什么，不如说他更像一个留神倾听什么的北美印地安人。

---

① 1英亩约等于0.004平方千米。

单纯的博物学家的好奇心使赫德逊厌烦，一只死鸟对他几乎没有什么意义。我清楚地记得他那混合着冷漠和愤怒的神情——掩藏在克制的愤怒神态下的冷漠，他用这种神情蔑视一个猎禽者在盐泽地上打大雁。骄傲的生命已经不复存在，被这么轻率地加以夺走，全部的遗物是一堆羽毛，它再也不会发出得意扬扬的嗯嗯声，它绝不能再在智慧上胜过它的敌手——人。

尽管他是鸟类学家，赫德逊能极其粗暴地对待他的同行，因为专家们只关心枯燥乏味的专业细节。动物的分类，那时已比较完善。但是他要探索的是野生动物生命的节奏，同时，在精神上分享飞禽的自由与欢乐。再说，鸟类学家往往好收藏标本，但对赫德逊来说，收藏家是一种讨厌的人，看到一只笼鸟他甚至会受不了。他特别爱慕威尔士的大雁，他爱它们的机敏，预先能采取措施防范人类猎杀它们的图谋。

大雁在盐泽地带栖在有掩护的地方，它们周围设置着岗哨，听到它们在清晨漆黑的天幕下互相呼鸣，在我们头上隐身飞往内陆的聚合场时，那情景是扣人心弦的。它们在那里待一整天，警惕防备着人类靠近，到下午很迟的时候才返回，排成一行接连不断地飞过天空，然后在安全的栖息地度过夜晚。这是怎样的一幅奇观啊。

我回忆起这些难得的十一月夜晚时，不禁想到是其中的一晚。那天万籁俱寂，天清无云。赫德逊估计，在那里栖息的雁高达4000只。它们通过事先约定的信号，进行奇妙的空中盘旋后集合在一起。周围世界充满了它们的喧嚣声，在晚霞的光焰里它们仿佛是天空的主人，在大地之上发出威武的喊声。我们观望了很久，在他凝定的目光里，我可以向你担保，一点没有冷漠和愤怒。

赫德逊的感觉本能地对大自然的各个方面作出反应。他从她的每一个变化吸取灵感。如果她快乐他也快乐，忧虑或是抑郁，他也同样随她的情绪变化而变化。我提及这一点是因为，随着我记忆中大雁飞过的那个灿烂的黄昏，我又联想到了另一个黄昏，乌云密布，日沉晦暗，随着夜幕即将降下，我们在一片灰暗的沼泽附近沉默地站在一起。

羞怯的水禽正互相追逐出没于灯芯草丛，树林中的小嘴乌鸦发出粗哑不祥的呱呱声，空气中似乎弥漫着灾祸临头的前兆。好像是对那种阴沉沉的气氛作出反应，赫德逊愈来愈退入他的内心世界，仿佛一种更深沉的宁静笼罩在他的灵魂上。然而在那个时刻，你有一种感觉，种种奇异的幸福感正洋溢在他的全身。真的，读他的作品的人可以感受到，他的观察多么细致微妙，难以捉摸，即使在他的语言最为清晰的时候，也隐喻着一种神秘的氛围。正是这点，使他跟别的描写自然的作家不同，使他不只是在伟大的艺术家中间，而且也在伟大的先知中间占有一席之位。

赫德逊那时约七十岁，但他像青年人一样精力充沛。他可以步行几个小时，说话很少，可是观察缜密，他的头脑，从不会丧失机警敏锐。他对事物总保持着浓厚的兴趣，部分是由于它无法估量，部分是由于他的品格。我不认为有人比赫德逊更坚强更有自制力。他在一切情况下都毫不动摇地忠实于自己，完全没有一点装模作样或道德懦夫的影子。他走自己的路，毫不理睬别人的忽视或反对，别人不同意他的做法也是如此。我不是说他不会跟人发生争论，争论于他是很平常的事，但只要他形成了自己的看法，那别人就难以影响他了。他曾经历过难以忍受的贫困，彻底的失败，当最后名利双收时他却也无动于衷。如果他发现那是一场美梦，他也仅仅是耸耸肩膀而已。

不错，如我早已明确地强调过那样，我很快就发现我的存在对可怜的赫德逊是一种折磨。他既生闷气又烦躁不安，我觉得——我希望这又并非故意，因为在他不十分恼火的时候，他的态度是有礼貌的——这次访问是个错误。我插在他和鸟类当中，我把城市粗俗的气氛带进了他隐居的乡村。

所以，几天之后，我整好行装就离开了。你可以说这是一种逃跑。但是即使我的访问不成功，我也已经享受到了猎奇的乐趣：我曾经跟赫德逊在一起观察过鸟类。当然，我没有忽视还有一种可能，即也许仅仅只是我的陪伴，与他人无关，使他心烦意乱，但我实在不愿相信。

我在乡村最后一眼见到赫德逊，像开头那样，是从火车窗口看见的。当火车启动时他已经上路走回他心爱的荒凉的地方去了，在那里他可以如意地观察红脚鹬、白腰杓鹬、粉蹼灰雁了，没有人在使他恼火的近处干扰了。随着短短的下午渐渐消逝和光线减弱，我想象他正远离村居，在盐泽地带漫游。孤独的身影跟无边无际的朦胧的天色糅合在一起，似乎是这片带有悲剧色彩的风景不可分割的一部分。

我再次在伦敦碰到他时，他又是那个往日和蔼可亲的赫德逊了。他还是老样子，没有一丝改变的痕迹，询问熟人的情况，挖苦他不喜欢的东西，在他有保留的坦率中自有一种魅力。但他没有提及这次访问，我担保我也没有。此刻，他穿着"外套"，真正的个性被掩盖起来了。虽然我同他保持着友好的关系，直到十年后他去世，我才意识到这一事实——我再看到他时不管怎样，他绝不会穿上别的"服装"。

CONTENTS ·目 录

欧椋鸟

羽毛蓝色，有光泽，带乳白色斑点，嘴小有黄色，眼靠近嘴根，性喜温暖，常群居，吃植物的果实或种子。翅较尖，尾短而呈平尾状形体特征。欧椋鸟是一种非常漂亮的鸟。

· 第一章
一份歉意

* 读者在购书之前通常会把书打开，看一看首页几行，意在品味一下这本书合不合他的兴趣爱好。由于书名看上去是令人感兴趣的题材，我不得不冒昧地认为，本书早已把他吸引住了。读者的习惯使我一开头就有机会提出警告，他绝不会在这里找到一个猎禽者的历险记，倘若那是他想要找的内容；也找不到在一只平底船上度过漫漫长夜的使人兴奋的记录，其时北风劲吹，冷彻骨髓，尽管猎人身着厚厚的毛衣，披着防水油布，脚穿长筒皮靴；读者也不会看到惊险故事的"光荣结局"，猎人把一千颗火烫的铅弹打进数不清的绿头鸭、赤颈鸭、短颈野鸭、潜鸭、针尾鸭的鸭群中；或者连续好几个冬天猎人如何重复这种作业，直到被残害的野禽数量开始大大减少，使他不得不放弃野禽出没的那个海岸，而追随它们到别处去，或者把注意力转移到另外某个遥远的地方，在他之前别的杀手还没有去过。不，这不是一项狩猎运动的记录。假如长标题是如今的时尚，那么不管现在的标题如何，本来称之为"一个人"，不论是否敏感，"与有羽毛的造物杰作中的奇遇"会更加合适，会为表明本书的内容起更好的作用。

*

如果这样，我们在这里奉献的就是另一种有关鸟类的书了，这需要向我们的读者表示某种歉意。

英格兰的国土不大，我们拥有的鸟类物种并不太多——两百到三百。所有的鸟类都为人所非常熟悉，因为鸟类比别的生物更吸引人注意。我们不仅是观察者，也是一个喜欢写书的民族，自伊丽莎白时代以来这类题材的作品非常之多——有关鸟类的第一本书写于这前（1544年），从19个世纪迄今这个数量有愈来愈多之势，如今我们每年出版这类书有一打之多，但这些作品都是关于那几种知名的鸟的！对许多人来说，这似乎有点过分。一位朋友曾说："什么，又一本关于鸟的书？你们已经写了好几本了——三本，四本，甚至五本，我记不清，我不知有多少，但我说你们已经把你们知道的有关鸟的知识全告诉我们了。我希望你们已经把这个话题写完了。可写的东西多着啦——人，比方说，他比这种雀那种雀都更重要。行啦，我能说的是，我觉得遗憾。"

倘若他认识鸟类，我怀疑他会不会对我选择这个题目表示遗憾。尽管在这个国家观察鸟类的人和写它们的作家很多，但还有更多的人并没有正确地认识鸟类，也没有体会到它们带给或可能带给我们的快乐。

今天，发现稀有鸟类是普通的事了，虽然发现鸟类的报道多多少少有点乏味，但同时也使人欣悦。一位女士告诉我，她把面包屑放在窗台上，突然一只鸟儿飞过来进食，这是一只罕见的小精灵似的小鸟，既不是麻雀，也不是知更鸟，也不是那些普遍的种类，而是一只欢快活泼的小生灵，长有羽冠，背部整个是蓝色，腹部则是黄色，样子非常美丽，行动离奇有趣。这位女士虽然一生都是在乡村度过的，却从未见过这种鸟儿。它是不是从远方来的稀客呢？在那里鸟儿的羽毛是不是比我们本土的更鲜艳、习性更活泼呢？

两三年前一位搞文学的朋友到英格兰北方去度假，他待在一个农庄里，在那里写信给我说，他希望我也去，哪怕单为了看看每天访问他的屋子的一只奇妙的鸟儿也好。他以为那大概是限于英国该地区的一个物种，说不定在南方从未见过，他很想知道究竟是什么鸟。因为我无法去到那里，他愿意把它描述出来。每天早餐后，当他和家人在草地上给小鸟喂食时，这种奇异的鸟儿，数达一打或更多，会出现在现场——身体约画眉那么大小，喙长而尖，黄色，全身的羽毛深紫和深绿色，有亮泽，在阳光下像白银那样闪着光。它们全身还分布有细小的白色和奶油色的斑点。这是一种美丽的鸟儿，行为也非常奇特。它们会对着散碎的面包屑一冲而下，把麻雀赶向左右两旁，自己一伙又为最好的碎屑争吵；等吃到心满意足之后它们会飞上屋顶，在瓦上和烟囱上掠过或者攀登，把羽毛鼓起，发出种种古怪的声音——吹哨似的啭鸣，叽叽喳喳，丁零丁零。

我回答这是椋鸟，对我的答复他颇不高兴，因为他知道椋鸟是一种普通的鸟，他太熟悉了，不会把它看成一个陌生的物种。但接着他坦白地说他从来没有贴近去观察它，他总是隔着一段距离看见在牧场上的一群，看上去它们是纯黑色的。

如果那位发现蓝山雀或大山雀的女士和发现椋鸟的朋友，扩大他们在鸟类世界的研究，他们会发现一百种像这两种禽鸟一样颜色美丽、习性有趣的鸟类。

许多写鸟类的书谈的东西还不少，它们并不一定都是重复的。如果一位纪实作家或小说家把他的朋友和熟人写进书中，书中的人物通常会按真挚关系的程度不同于或偏离原型。当然，这只有读者在形象上认出自己时才会发现，但他不一定认得出来，那些形象诚如斯坦霍普·福布斯所云并不总是"纯粹的现实主义"。不文雅地说，跟孩子吸橙汁相似。汁水已经吸光，从中再吸不出什么了。丝毫无须假设，小说家为了从他的描写对象身上再吸出什么而友好地对待这些人或对他感兴趣。如同肖像画家那样专注于他的模特，小说家没有这样无用的动机，他的感情变化倾向于另一种方式。小说家一旦完成书中人物的形象后，他观察它，发现它是一种改进，比原型更令他感到无穷的兴趣，从而不可避免地改变了旧的感觉——从人转移到形象上。这种感觉的变化不会发生在我们的羽毛朋友身上以及刻画它们的乐趣上。我们可能一次又一次在书中写它们，但不会减少对它们的感情。相反，倒会在尽我们最大的努力后去重新回顾原型，一旦看到那幅肖像是如何糟糕，随即不愿意再去看他写的作品。那种光彩，那种特殊的优美，那种形态表现，都是我们以前从未注意到的，没有体现在我的刻画中。好啦，让我再试一次，虽然只不过又一次失败，画出又一幅只配挂在杂物间的图画。

毕竟，不需要一位博物学家，或一位画家，或一位诗人赏识野生鸟儿身上最好的东西，我们每个人所感觉到的那种自由、欢畅和予人快乐的天性，胜过它的作品。一只野生的、自由的、快乐的生物，远离我们犹如仙子、天使，可望而不可即，然而通过它鲜红的热血，跳动的心脏，灵敏的感官，聪明的头脑，像我们的情绪一样摇摆波动的情绪，却跟我们联系起来。一个"亲戚"，一个"小妹妹"，但穿着值得自豪和快乐的羽衣，硬如燧石，轻如空气而半透明，生有双翼而将它高举在我们行走的大地之上。在世界上有感觉不到这一点的人吗？一个也没有！

我记得一次去拜访一位郡议会的议员，试图引起他对保护该郡鸟类的兴趣，从而争取他的支持。别人告诉我他是郡议会最大的人物，由于他的财富和社会地位，对他议会的同事有极大的影响，如果争取不到他站在我们一边，那么想通过一项法令是困难的。他在躯体上肯定是个大人物，体格非常魁梧。一个仆人把我引进一个昏暗的大房间等待接见，他走进来的样子好像一头大象在踏步。那么硕大的一堆，这么笨重而呆头呆脑。煮熟的醋栗色大眼里一点表情也没有。他站在那里一言不发地盯着我看，等着听我有什么话对他说。我交给他几页报告，要求他看看，但他心不在焉。等我说完，他把报告递给我收回，说："不行，我接待的人太多，我无法考虑。""是不是先请你看看。"我说，接着又重复了一遍。他嘟哝了些什么，把报告收下，再次把头一点表示接见结束。感谢他的接见后，我走开找别人去了。

接下来我是去拜访一位热心的爱好户外运动的人。我告诉他我去过什么地方，他听了便喊那是个错误，浪费时间。"那个大块头你跟他谈没用，"他说，"如果他看见餐桌上的烤鹅他知道那是什么，他可以认出不是烤火鸡，这是他对鸟类的全部知识。"不管怎样，或许从自然史的观点看，他对鸟类所知的一切仅仅限于这一点；可是甚至这个"大块头"无疑也感觉到了一点人类普遍对飞鸟所产生的乐趣，鸟类对我们是如此重要。不久由于他的帮助，这个郡终于通过了保护野生鸟类的法令。

这里我举出一件小事，从中我们可以看到一只小鸟可以在我们心中产生什么感情。一个朋友在给我的信中写道：

> 我刚刚从帕吉特小姐处获悉，她说她最感兴趣的事是一只金冠鹟鹩出现在了康劳特医院。它从一扇打开的

窗户飞进来，立即跟病友建立了友谊。它飞落在他们的手指上，让他们喂食，他们非常高兴。他们开心了一天之后，它飞走了，以后就再没有人看见它了。人们渴望它归来，因为在他们烦闷的时候，再没有比它相伴更使他们欢喜、开朗、振作起来的东西了。

罗莎琳·帕吉特小姐在军医院工作是很有名的，我希望她将宽恕我在叙述这件事的时候未经她的同意而引用她的名字。

鸟类的引人注目，它们的声音，优美的有翼的形状，和谐的色彩，在空中飞行潇洒的姿势，都同样起作用。鸟音那种特殊的飘逸动听、生气勃勃的特点打动着我们，这是别的声音做不到的。有些音调中这些性质得到强化，有时使人联想含有一种与人类共通的感情，不论听者属于什么民族或哪个国家，也不论他的性格或人生追求如何，都可以使他的心深受感动。

写到这里，我回忆起我青年时代在一个不如我们文明的遥远的国度里①的一件事。我有一个邻居，对他，我没有多少好感。他是一个贪心的无赖，一个小小的农村地方官，见钱眼开，要是必须向他手里讨公道就得花钱去买，像任何

① 指阿根廷。

别的商品一样。一天下午他骑马来到我家，要我跟他去河边走走。那是初秋一个阳光灿烂、天气温暖的日子，我们沿着河岸走了约两英里（1英里约等于1.6千米），来到了一个地方，这里河面约50码（1码约等于0.91米）宽，我们在一棵大红柳树下干燥的草地上坐下。树上有一群小鸟——一种喞啾不停的鸟儿，但我们的到来使它们沉默了。几分钟前还充满聒噪的枝头，这时一丝鸣声也没有传来。这是中南美产的黄鹂的一种，也是一种习惯群体活动的鸟，比我们的椋鸟大些，有亮泽的棕橄榄色羽毛和鲜明的黄色胸部，土名称黄胸鸟[①]。一等我们在草地上舒服地坐好，整个鸟群，30～40只，从密叶间像喷泉一样冒起，突然飞向空中，接着又一齐忽然落下来，从我们身旁一扫而过飞越水面，同时猛然爆发出一阵嘹亮、欢腾、清脆的鸣声。我的同伴突然奇怪而粗哑刺耳地笑了一下，把他那下巴尖尖、狐狸般的面孔转过去，他想掩饰他眼中突然涌出的泪水已太迟而被我看到，他粗暴地喊道，特别加重头一个词："这群小鸟真该被诅咒，它们好快活啊！"

这是他祝福鸟儿的方式。他是个心如铁石的恶棍，坏极了，穷人对他又恨又怕；然而这欢快的一群鸟儿，它们突然爆发出来的意气风发的欢乐，使他产生了瞬间的变化，如同

---

① 原名：Pecho amarillo。——译者注

奇迹一般。顷刻之间，他不再是他自己，而是过去的他，在他的生命某个遥远得想不起来的一个孩童时代的他，能为欢乐美好的事物感动得流泪。

顺便指出，他祝福小鸟的话是难以翻译出来的；他没有称它们为"小鸟"，而是深情地把它们当作跟我们一样但身躯细小的人类来招呼，"一个个不贞洁的母亲的小儿女"更贴近他的意思。

我要向读者提及一个著名的历史故事——加里波第[①]临终的感叹，当时一只还没有种属学名的小鸟飞落在他打开的窗台上，发出一串活泼婉转的歌声。"它多么快乐啊！"这位弥留的老战士喃喃地说。这一感叹出自一个生命垂危的英国人似乎是十分自然的，可是出自这位老战士却多么令人奇怪！难道鸟音在他解放的意大利人的心中也找到了回音吗？他们赏识小鸟不是因为它能给灵魂以愉悦的声音，而是因为它的味道[②]，只能假定加里波第在19世纪40年代为阿根廷联盟英勇战斗的岁月里变得在某些方面不似意大利人了，他感染了他那些被人称为"海盗与暴徒"的战友，以及广大的阿根

---

① 裘塞普·加里波第（1807—1882年），意大利民族英雄，民族解放与独立运动领袖，也曾为南美阿根廷的独立与西班牙殖民主义者斗争。

② 意大利人以捕鸟吃而闻名，作者亦曾在其他作品中提及。

廷人，从他的敌人所谓"南美的尼禄"①独裁者罗萨斯②直到大草原最穷苦的牧民对待鸟类的友好的感情。在这个国家，革命（以及暴行）普遍蔓延的那些日子里，这些战士，大部分是无赖之徒，却不曾杀戮与迫害"上帝的小鸟"，他们是这样称呼飞鸟的。这样做的外国人将受到鄙视。

加里波第一次又一次被人打败，最后被一个名叫布朗的更强的英国人赶出普拉特省；但是那个被打败的"海盗"③活下来并解放了他自己的祖国，见到他的人民每年成千上万移居到他曾经战斗过却未能取得胜利的地方。从爱鸟者的观点看，这些人已成为鸟类的一种祸害。要不是富有的当地人和移民的土地拥有者能多少给他们产业上的野生动物以保护，这群可恨的异国人会把他们移民的这片土地变成没有鸟类的故乡意大利了，想到这点是多么可悲。

---

① 尼禄（37—68年），罗马皇帝，有名的暴君。

② 胡安·曼努埃尔·德·罗萨斯（1793—1877年），阿根廷军人，1829—1832年、1835—1852年任布宜诺斯爱利斯省总督期间实行独裁统治，作者在自传《远方与往昔》中曾对他作过描述。

③ 加里波第曾当过水手，故他的敌人称他为"海盗"。

第二章·
美洲红雀

* 　　一个从前熟悉但长久没有听到的声音出乎意料地传到我们耳边，有时会影响我们的心境，如同气味通过嗅觉偶尔影响我们一样，让我们想起一个过去的情景，如此鲜明生动，与其说像回忆，不如说更像幻影。确实，还不只是幻影，如果是幻影似乎还是用肉眼可以看到的情形，这里我说的是一种转化，回归那种状态——已经永远失落，然而又重新是我们的——已经被遗忘的自我；在那极度愉快的顷刻之间，我们是某个遥远的地方，某个久已消逝的时候，在年龄和感觉的新鲜上，在我们的感官最出色的作用上，我们对这个世界一种又惊又喜的感觉上的旧我。

*

　　最近，我在伦敦西区的大街上散步，听到头上一声嘹亮快乐的鸟音时又体会到了那种感觉。我吃了一惊，于是停住脚步，抬眼观望。我看见一只鸟笼挂在一扇窗户的外面。笼子里是一只能引起我许多回忆的美丽的美洲红雀。

　　这是一种南美产的小鸟，属雀科的鸣禽，大小跟椋鸟差不多，但是形体更为优美，尾巴较长；上部羽毛完全为蓝灰色,下部为纯白色;脸部、喉部和高高的羽冠是鲜艳的赤红。

我似乎确实觉得在我接着见到它的一瞬,这只鸟儿认出了我也是从同一遥远的国度来的人。它的嘹亮的鸣声是对一个流浪在伦敦大街上巧遇的同胞的欢呼,甚至还不止如此,这可能是我自己饲养的鸟,虽然它死去已好多好多年了,但现在居然又复活了,在离家乡这么遥远的地方,不管岁月在我身上带来多大的变化,还能再度认出我来。它,我自己的红雀,我所知的第一只红雀,甚至像我一样清楚地记得我们共同生活中所有的小事,在我们互相认出的同一时刻,全部过往都重现在我俩的脑海中。

当时我还是一个不到八岁的孩子,母亲每年都要去布宜诺斯艾利斯一次,这回她带了我同去。这在还没有铁路的时代需要漫长的一天。尽管那个国度如今非常繁荣发达,但那时可不是这样,人们分成两派,分别称自己为红党、白党(或蓝党),都忙于割断对方的喉管。

在布宜诺斯艾利斯时,我们住在一位英国传教士的家里,他的住宅在靠河不远的一条街上。他是我父母的朋友,夏天习惯带着全家上我们家来做客,冬天我母亲则去他家住上一个月作为回访①。这是我第一次访问,我记得那幢房子

_____

① 作者的父亲是一个移民阿根廷布宜诺斯艾利斯省的美国农场主,他的童年回忆见自传《远方与往昔》。

对于我习惯粗野环境的心灵就如同豪华的宫殿。它有一个路径铺筑得挺整齐的宽大的庭院，栽着观赏用的灌木、橘树和柠檬树；它的房间很多，内部装修得很漂亮；后部还有一条长长的走廊，远远的一头，面向阳台是书房的门。这个阳台对我具有不可抗拒的吸引力，因为墙上挂着许多关着好看鸟儿的大笼子，有的鸟儿我还不认识。几只金丝雀，一只欧洲金翅雀，以及别的种类；但特别吸引我的是一只全身羽毛漂亮的红雀，叫起来响亮、欢快、好听——与我现在在伦敦大街上遇到的这只深深打动我的鸟儿的鸣声一样。但它没有歌唱，主人告诉我它不会唱什么歌，除了那个音，或者说不超过两至三个音，他饲养它纯粹是因为它漂亮。我觉得它确实是最美丽的。

在我们做客的六七周内，我常常溜到阳台上去观赏这些鸟儿，首先是那只有美丽红羽冠的红雀，幻想要是有这样一只鸟儿该是何等的快乐。虽然我舍不得离开这个地方，但只要疑惧地一瞥那尽头处关着的门，我就惴惴不安。那是一扇玻璃门，在它后面的书房内教士正坐着看书。他是个严肃好学的人，尽管我看不清昏暗的室内的情形，但想到他可能透过玻璃看见我，我就直打哆嗦。更糟的是，任何时候他都可能突然把门打开，当场逮住我在注视他的鸟儿。在这种情况下，我当时的感觉也不奇怪，因为我是一个腼腆，且有一点敏感的小男孩；他呢，则是一个高大严肃的男人，大脸盘，胡子刮得精光，面无血色，丝毫没有友善的表情。我也不能忘记多年前他来我们乡下拜访期间发生的一件不愉快的事。一天我在冲进房子时在游廊上不慎摔倒，头撞在门把手上，由于疼痛我躺在地板上大声哭喊，那时这个不苟言笑的大个子男人走过来。

"你这是怎么回事？"他质问道。

"噢，我脑袋撞在门上了，伤得我好痛！"我抽泣着说。

"是吗？"他带着狞笑反问，一边从我身上跨过去，走进了房间。

这回如果偏巧他突然走出来发现我在阳台上，透过金边眼镜瞪眼盯视我一会儿，然后一言不发，面无笑容地走过我身边，我什么好奇心也都会被吓跑。然而这个我害怕和憎恶的人竟然又是一个爱鸟者，且是那只宝贵的红雀的主人，这一切似乎是多么奇怪，不合情理！

漫长的访问终于结束，我很高兴回到我离别已久的鸟儿身边去——紫色的牛鹂、黄胸鸟、红胸鹧、霸鹟，数不清的歌喉甜润的小歌雀，还有一百种别的小鸟。可是离开红雀依然使我悲伤，我爱它，这种爱慕的程度发展到超过了所有的鸟儿。母亲带我回到绿色大平原上我那遥远的家。冬天就这样过去，燕子归来，桃树再度开花；然后是秋天——美丽的三月、四月和五月①，秋色宜人，我们在树木之间嬉游，每天都摘成熟的桃子尽情吃个痛快。

然后冬天母亲又去远方的城市进行一年一度的访问，但这回没有一个孩子同行。在这么长久离家之后，母亲的归来对我们这些孩子总是极大的欢乐，也是盛大的节日。和她的团聚，再加上她带给我们的玩具、书籍和好吃的东西，使我们欢喜得要命；这一回她带给我一件礼物，跟所有别的礼物——包括我一生中接受过的一切礼物相比，那些都算不了什么。她带回的这件物品挺大，上面覆盖着一条披巾，让人看不出是什么。她把我拉到身旁，问我是不是记得前一年去布宜诺斯艾利斯的访问，牧师住所的那些小鸟如何吸引我？她继续说，哦，我们的朋友，那位牧师，已经回到他的祖国去了，再不会回来。临行前牧师把他所有的笼鸟分送给最亲近的朋友。他期望每只鸟儿都找到一位主人，像他一样爱护它，像他一样细心地照顾它；我记得他是如何一天又一天注意我观察红雀的，他认为再没有比托付给我更好的了。于是就送来了锁在大笼子里的这只鸟。

红雀是我的了！

甚至在我拿掉披巾，再次看到那只美丽的生物，听到它高亢的歌声时我都难以置信！那个冷酷无情的人，看着我好

---

① 南半球以三、四、五月为秋天。

像充满憎恨，甚至我也憎恨过他，居然将这只鸟儿作为礼物赠给我，似乎是世界上最为奇妙的事情。

在那个隆冬时节，天赐的幸福时刻，我为那只鸟儿而活。随着阳光变强烈日子渐长渐明朗，我看到红雀对新环境越来越满意，我也一天天更愉快。那对它肯定是个不可思议的大变化。红雀一般都是在幼雏时代从普拉塔河上游的森林中的鸟巢内捕捉来的，由当地人饲养长大，然后运到布宜诺斯艾利斯经由鸟贩出售；我的红雀实际上只熟悉城市生活，现在头一次处在一个碧草绿荫、晴空蔚蓝、阳光明媚的世界里。白天笼子挂在游廊外面的葡萄藤下，这时温暖芬芳的轻风吹拂着它，阳光穿过那些半透明的红绿色的嫩葡萄叶照耀着它；由于过度的快乐它欣喜若狂，在笼中四处乱蹦，回应着树上的野禽而大声叫唤，时不时放声爆发出一阵高歌；那不是红雀通常发出的三四个，或是半打乐音，而是一串音流，像云雀高飞时唱出来的，因此听到的人都感到惊异而高呼他们从来没有听到过一只红雀唱出这样美妙的歌。我可以代表我自己说，自那时以来我曾听过好几百只红雀的歌唱，包括野生的和笼养的，却从来没有一只歌声如此热情奔放而持久。

这种情况一天天继续下去，直到葡萄叶长大变成为一片绿荫为它挡住炎热的骄阳——这是由绿叶形成的轻柔屋顶，清风只要一吹拂，闪动的日光就会泻下来使它生气勃勃，同时在遮掩它的藤蔓的外面则是光明的世界。假如任何人，即使是最聪明的人那时告诉我，我的红雀不是世界上最幸福的鸟，因为它不能自由飞翔，它就不可能像别的鸟那样幸福，我不会相信；所以一天我发现笼子空空，我的红雀逃走了时，无异于晴天霹雳！我说过，笼子挺大，铁丝隔得那么开，一只朱顶雀或黄雀那么大小的鸟儿是不可能被关在里面的，但对较大的红雀却是个安全的监狱。可是偏偏有一根铁丝松了，说不定就是这只鸟弄松的，在弄松时它又把铁丝弄弯，结果得以挤出去逃之夭夭。它逃进种植园后我很快通过它的嘹亮的鸣声摸清它在何处；它虽不能飞，只能扑着双翼从这根树枝跳到那根——因为从来没有受过飞翔训练，但它还是不愿被我逮住。别人劝我耐心等待，到它饿了再用笼子把它关起来。我接受了这个意见，把笼子放在树旁的地上，后退若干步，用一根绳子系着，把门打开，手一松又能让门飞快地合上。看到笼子，它变得非常激动。由于饥饿而落到地上，使我欢喜的是，它一蹦一蹦地跳到笼子跟前。然而它并不进去，我觉得似乎它在考虑这件事情，它的处境可以用被两股同等迫切的冲力拉向相反的方向来形容。"我必须进去填饱肚子过囚徒的生活呢，还是待在外面为自由而挨饿？"它站在笼子的门旁，又朝里面探视其中的种子，然后转身看着我和树木，再看看笼内的种子，抬起又低下发亮的羽冠，摆动双翼和尾巴，接着激动起来，三心二意，犹豫不定；最后，再望一眼引诱着它的种子后，不慌不忙地扑着翅膀飞上最近的高枝，接着又飞上另一枝，直到登上树梢，仿佛要尽可能远离引诱它的笼子。

我很失望；这时我决心要捕获它，因为时间已经不早，再说它不是一只狡黠到足以逃避野鼠、猫头鹰、黑鼬、黄鼬和其他马上会出现的阴险的敌人的野禽。我开始追捕它，直到把它赶出种植园来到了一块露天地，它在地面上扑腾，直到一条大沟边上，这沟约12英尺（1英尺约等于0.3米）深，是摄政王公园的运河一半宽。我想它可能会掉进去，那时我便可以逮住它了；但是在沟岸休息一会儿之后，它抬起身飞越过去，在对岸停歇下来。"现在我看它往哪儿跑！"我喊道，一边跳过壕沟，迅速去追击它；在壕沟外，泥土不平，没有树木，只长着草和大蓟。但它的翅膀由于经过锻炼变强了些。它带着我往前跑过大约一英里，然后在生长于一群兔鼠窝上的大蓟中失踪——兔鼠是一种大型啮齿动物，群体住在一打至二十个大洞穴内。红雀逃进其中的一窟，我徒劳地等着它出来，最终空手回了家。

我不知道那天晚上我是不是睡着了。在日出之前一小时我便起身离家，提着鸟笼出发去寻觅它。我未抱多少希望，因为那地方有狐狸——我看见过一窝幼崽，更糟的是，还有凶残的大黑鼬。但是当我一到追丢它的那个地点，立刻听到了它对我高声地欢呼。它就在原处，从蓟草中跳出来，非常孤独可怜，羽毛濡湿散乱，小脚上沾满厚厚的湿泥。它见到我挺高兴！等我把笼子一放下，它立刻径直钻进去，丝毫也不踌躇，跳进去就开始饱餐种子。

这是个快乐的结局。我的鸟儿得到了一个它永远不忘的教训：不会再使劲拉铁丝了，也不再希望自由了。我是这么想的，可是我错了。从那时起，鸟的性情变了，它总是处在焦躁不安中，从笼子这边飞到那边，大声地鸣叫，可是从来不唱歌，一个音符也不唱；它唱歌的兴致一去不返了。蹦跳一会儿之后，它便回到被它弄得又松又弯的铁丝那里，也就是钻出去的地方，再度将它又拉又摇。最后使我大吃一惊的是，它确实成功地把同一根铁丝再一次扳弯而逃之夭夭。

我重新提着鸟笼去找它，但是等我发现它时它拒绝了诱惑。我把它丢下让它挨了一整天饿，接下来许多天一再引它进笼，这回它的翅膀经过锻炼变得很强，根本不让我从树上把它逮下来；虽然它总用高声的啾鸣对我欢呼以表示欢迎，却在兴奋地欢叫一会并摆弄摆弄羽毛后就飞走了。

渐渐地我对我的损失不复在意，虽然它不再是我的俘虏，却依然近在咫尺，生活在种植园中，我经常可以看到它。每每间隔几天，如果我已把这只看似失去的，但又没有完全失去的红雀忘掉，我便会意外地遇见它。有时候，它在平原上跟一群紫色的牛鹂或黄胸鹩或别的鸟在一起觅食；当它们一齐腾飞靠近我时，它跟它们一齐飞过一段距离后，会单独离群落下停歇在一根茎秆或蓟草丛上。它这样做只是为了看看我，用它嘹亮的鸣声向我打招呼，意思是说它依然记着我，然后跟着别的鸟儿一块儿飞走。

它的这个举动不只使我对它的逃走释然于怀，而且使我觉得它更加可亲，把我孩子气的怨恨变成对它的幸福感到一种新奇的快乐。

但这还不是故事的结束；甚至到了现在，经过了这么漫长的人世沧桑，心肠变得麻木的岁月，我在讲述它的时候，还能感受到某种难过和沉重的心情。

温暖晴朗的几个月过去了，冬天再度到来。从五月到八月的寒冷季节，树木光秃秃的，多雨的南风吹刮着，夜晚严寒结霜，有时候霜冻持续甚至好些天。这时我惦念着我的红雀，常常纳闷不知它怎样了。是不是它也已经跟燕子和别的候鸟飞到北方较温暖的地带去了？它不再出现在这个平坦的像大海一样，有树木遮挡严寒的种植园。

八月中的一天，种植园雇用的工人在从事每年一度的大规模灭鼠运动——这是一场室内室外的春季大扫除。大而旧的壕沟、乔木和灌木、木堆、许多外屋和放满未曾鞣过的生皮革的栏圈，吸引了无数讨厌的小动物，这些地方成了它们的都市。在早春遍地新草和牧草苗长之前，清除它们是一项例行的工作。办法是用致命的硫黄和烟草混合，点燃后将烟灌进洞穴使它们窒息。

我站在一个工人身旁，在熏过烟后打开一条动物出没的通道，我一眼瞥见工人正在翻动的一堆干草和废物内有一点猩红色的东西闪过，我跳下去拾起那闪亮的红色物一瞧，正是我那只红雀的羽冠！还有它灰色的翅膀和尾羽，胸脯上的白羽，甚至还有一些它的遗骨！唉！想必在寒风冷雨下的光秃秃的树林中栖身，或在地面找一个可避风雨的栖身之地是多么不容易，它被一只野鼠逮住带到洞里吞食了。

　　我面对它的悲惨的结局经历了又一次悲痛——这么沉痛的感觉，到如今还难以忘怀。它是我爱过的红雀，我的头一只笼鸟，也是我最后的一只笼鸟。我无法重新再养一只，它给我的教训已经深深埋在我的心底。我认识到对一只鸟儿来说，世界是非常美丽的，自由同样是非常可爱的。红雀逃亡成功后，那奇妙的几个月中，它感受到了生活的欢悦，过着大自然为它安排并且适合于它的真正的飞鸟的生活。在它被囚禁的岁月里，无论它可以唱得如何高昂甜美，为了从软心肠的饲养者手中得到一块糖作为奖赏，也为了蒙蔽他，使他认为他跟他的"囚徒"相处得如何好，它都从未尝到过这样一种幸福，那也是任何笼鸟未能经历过的。

燕鸥

因尾形与家燕相似而得名。绝大多数分布于热带、亚热带。嘴形细长；脚短而细弱；尾较长，超过翅长的二分之一，呈深叉状。常结群在海滨或河流活动。巢置于沼泽地的沙土窝中。

· 第三章

滨海的威尔士

* 在英格兰你很少能看到位于诺福克滨海的威尔士这样的地方，那里既有沙丘、树林、青色的沼泽，经常被潮水淹没的灰色的土地，也有大海这种极为荒凉的景色。这个古老的，房子全用红砖盖起来的小城镇，离海滨约一英里远，有一条绿色的堤岸隔断市区与大海的沼泽，把它们连接起来。你只要用半天的时间闲逛或猎奇，我不说"走走"，由于我行动时每每站着或坐着，便能把小镇所有的地方都看到了。这个村庄似的小镇就它的安静和远离繁华的世界而言，是个适宜于休息的地方；一出门，在陆地这一面，你可看到青翠的诺福克的乡村，曲曲折折的大路和小巷，古老的农舍和红色的小村庄，好像无人居住似的。前些天我走过这样的一个村子，心里正想，村子里怎么一个居民也没留下来？这时忽然看见一个瘦小干枯、头发灰白的老人，他站在一个农家院子的灰色木栅栏后面，衣服如他的头发和面孔也是晦暗的灰色，跟那栅栏的饱经风霜和长着地衣的木头如此相似，几乎隐藏了他的身形。这是人类的保护色□的一例。他一动不动地站着，拄着手杖，用暗淡昏花的眼睛盯视着，仿佛因为看见在那人迹稀少的地方出现了一个陌生人而感到吃惊。

*

我最喜爱的是向海那一面的那种孤寂，青色的沼泽延伸到左方的霍克汉姆。它一度是海水淹没的盐碱地，但由于筑了那道我刚刚提到过的绿色堤岸，所以形成了一条把威尔士跟海滩连接起来的堤道，这里早就加以开垦了。在堤岸的右方是港湾，涨潮时小船可以慢慢地开到市镇。那片辽阔的灰色盐碱地一英里又一英里地延伸到布雷克尼。在盐碱地与大海之间是沙丘，由于长满了灰色的滨草而显得乱蓬蓬；然后是海滨，如果涨潮了，就是大海，但海水退下去之后，你放眼看去，好几英里一排排光滑的沙脉，寂寞辽阔，几乎看不见什么生物，除了一群海鸥，列成一行长长的白线在那里歇息。很远的地方，几个男子和男孩在沙子里挖钓饵，从这里望去跟乌鸦一般大。那行海鸥的白色队伍和分散得很开而又压缩得小小的人体以远就是一线银灰色的大海了，天边有一两点辨识不清的帆影。

　　一个人还有什么苛求呢？对这样一个休养胜地的魅力还有什么要补充的呢？一片树林！好，我们也有，一片苍郁的松林生长在沙丘向陆一面的斜坡，从威尔士的堤岸向霍克汉姆延伸有两英里远。我曾在许多薄暮与黄昏孤独地在那里消磨一个又一个时辰，静听海风在松林中吹拂，风声与海涛声融为了一体。我发现在沙滩与沙丘以及沼地上长时间漫步后，深深的沙坑是多么温暖和多么值得感恩。

　　白日悠长且太阳晒得厉害，那些生得拥挤的人有闲的时节，当一些脸色苍白的城里人，口袋里装着书，手里拿着照相机或绿色的蝴蝶网奔赴这个偏僻的地方来时，这就是所谓的"当季"。我可不在这样的时候到威尔士来，这个时节那里也没有大雁，它们正远在西伯利亚的苔原上或斯比茨伯根岛育雏；你听不见它们往返大海经过高空时发出的粗犷而欣喜若狂的嘹亮鸣声。传入耳膜的是鸦群的咔啦咔啦声，那是乌鸦对一切东西发出的诅咒或打架时刺耳的噪声。你也可以听到云雀、鹨、岩鹨、鸲鹟，以及"有羽毛的合唱团"的其他成员的鸣声，甚至在别的草木葱茏的地方可以听到一模一样的声音。

我的好时光是秋天和冬天，观测着灰雁，它们在英国没有其他更好的地方。每年这种野禽大量飞来时，许多当地人，甚至最穷苦的都有一支枪，总是监视着它们的动静。尽管如此，到这里来的大雁却数量不减，大概因为它们发现这是它们能够比较安全地休息的唯一的绿色宝地吧。这个地方是我提到过的介于威尔二堤岸和霍克汉姆之间已开垦出来的沼地或牧草地。那并不是神圣不可侵犯的地方，在冬天这段时间里，大雁有好几次遭到庄园的主人和他的宾客们的射击；不过这样危险的日子非常之少，大雁终于把这块地方看成一个安全地带，每天习惯于集合成大群，经常有两三千只，甚至更多。

这些高贵的鸟儿是多么聪明啊！在这个国家里，作为人类的全体居民是跟它们为敌的，在不同的隐蔽地点日夜守候着它们，在它们往返大海经过空中时要把它们打下来。这种不断的迫害使它们成为野生鸟类中最为小心谨慎和最难于接近的。在这个国家里，它们的敌人最多，它们在吃喝和栖息时总是保持高度警惕，在高飞时置身于猎捕枪支的射程之外。现在它们在这块唯一的绿色宝地落下来休息觅食，对人的形态和人的活动的情形和声音极少注意。它们的营地背靠沙丘和松林，对着海岸的道路和驾车与步行的人，更近的是从林因到威尔士的铁路线。沼地上有牛羊和马群在放牧；还有带着狗的牧人，一些从农庄来的人到处走动；但大雁不理睬他们。当一列火车离着一二百码远，喷着蒸汽，大声呼啸冲过那片平坦潮润的土地时，它们也不表现出惊惶。它们已经发现尽管这个庞然大物声音洪亮且行动疾速，却不害人。

我在这个地方看到不远的距离外有一两千只大雁，那是我在英国观察鸟类的活动中最令人高兴的经验之一。我曾听别人说过大雁的温驯，可是一直抱有怀疑，直至亲眼见到才相信。最好的时间是在天气晴朗的时候，如在十月或十一月间偶尔就如此。那时没有风，阳光明亮温暖，鸟儿处于一种懒洋洋的状态，比别的时候懈怠，特别是它们在收割后的庄稼地里和牧场上吃得饱饱之后的月夜里。你可以接近它们，尽量地观察，用一架双筒望远镜让它们出现在你的眼前，要多近有多近。那真是非常好看，这一大群大型野生鸟类，在青翠的草地上用种种休息的姿势坐着或站着。在远处，它们看上去几乎是黑色的；从近处看则不由得不喜爱它们浓淡相间的羽毛，背部的色彩较深，有灰色和棕色的条纹、米黄色的颈项与胸脯和粉红色的喙与足。当一大批别的鸟类聚集在同一地点，好似召开鸟国的国会时，这一景象尤其好看。那里有白嘴鸦和乌鸦，又黑又有冠羽；寒鸦通常数以百计；凤头麦鸡也数以百计，还有黑头鸥、椋鸟和越冬的百灵以及其他各种鸟类。大雁在歇息，别的鸟儿则四处行动寻觅蠕虫和蛴螬吃。凤头麦鸡是最安静的，它们也总是在休息，但每隔一阵它们就一齐飞腾，盘旋一两分钟，重又降落在地面。

当我一动不动靠着一扇门用望远镜观看它们时，距离不超过20码，我注意到它们都安安静静地待在温暖而使人昏昏欲睡的阳光下。可大雁依然是大雁，总是有一两只到六七只"哨兵"为全体的安全昂首向天或睁大眼睛，整个雁群每隔一段时间也总要受到阵阵感染性的骚动或惊恐的叫声的干扰。那要么也许是某种不寻常的声音——一匹马突然在大路上"嘚嘚"地飞奔，或一辆汽车喇叭的嘟嘟声；要么是一只海鸥或小嘴乌鸦在跟邻居打架时发出的怒气冲冲的尖叫声；睡着的大雁被吵醒了，抬起头，可是不一会儿，它们又安然入睡。然后一只大苍鹭本来一直一动不动地站着像一根灰色的柱子，一下子飞起来，摇摇摆摆，扑动双翼，从它们头上飞过去，造成新的警报，这像先前的几次一样很快就平静下来。不久以后一批新的雁群到来，它们是从内陆的觅食点回来的，那里猎鸟人曾捕猎它们，它们飞得高高的，发出嘹亮的鸣声，你不见其影却先闻其声。到达了借宿地，它们盘旋后开始降落，可是并不落到地上，而是再升空绕着圈儿，再降落，接近地面时，每只雁都垂下色彩鲜明的双足接触地面，蓦然间它们改变了主意，又腾空飞一两分钟，然后立即朝大海飞去。

毫无疑问，好几次是我的出现阻止了它们跟别的鸟群在一块儿安定下来。因为它们看到不是无害的牧人或农庄上的工人一动不动地站在大门旁观望它们的同胞，他手上还拿着一个可疑的玩意儿。那也许是猎场看守人或猎人，他可能打算向鸟群打一枪。但这不落下来而飞走的一群大雁对其他的雁群却有太重大的意义。它们现在全都醒了，愈来愈怀疑，每只鸟都伸着脖子站起来；然后互相靠得越来越紧，发出兴奋的嘎嘎的鸣声，都在询问那是怎么回事。是什么吓坏了它们的同胞，使它们飞走？它们从高空察觉到什么隐秘的危险呢？于是地上的这一群就会同时腾空而起，夹着一阵忙乱的鼓翼声和暴风雨般的尖叫声，高高地一直飞向海上，很快就从视野中消失，半小时后才飞回，再次在沼泽上的老地方安定下来。

对于博物学家，对于任何一个爱鸟者，大型鸟类的大聚合，在一切景象中是最令人振奋的，特别在英国，因为英国的大型鸟类已经被人"不辞劳苦"地消灭得差不多，所剩无几了。在威尔士我想到两件事使我更为快乐。一是鸟类通过它们变化的行为举止所表现的智慧，像每天在它们宿营的沼泽地的生活中所显示的那样，它们在这块地方放松了一下它们极端的野性。这常使我确信，在观察鸟类时，从解剖学家或进化论者的立场，拿一种或一属在大自然天平上的地位去判断它们的智慧的高低并不是标准的。这样的话，鸭科在自然分类上会远远排在乌鸦和鹦鹉之下，然而它们在智力上却是跟最高级的鸟类相等的。纯粹是这些大雁的明智才使我得以在离那么近的地方观察它们，这个地方并不是一个四面为大海环绕的沙洲，而是就似在敌人的国家中心地带的一小块空地。

想到在英国仍然有一些大土地所有者，如现在的和已故的莱塞斯特勋爵，他们并不把我们高尚的鸟类只是看成某种为了狩猎而狩猎的乐趣，也不是为了狩猎得到的利益便可加以毁灭的东西，直到它们给人灭绝。不仅仅大雁在这里受到保护，数以千计的野鸭也习惯于在霍克汉姆的公园里越冬。所有生儿育女的种属，从美丽的麻鸭直到小个儿的红脚鹬和小嘴鸻，它们在一个人人有枪而又想搞点什么美味佳肴的地方受到一切可能受到的保护。夏天，普通燕鸥和小种燕鸥在沙丘上有它们育雏的地方，这时候就要安排一个守望者以防它们受到收集鸟蛋者和旅行者的掠夺和干扰。对燕鸥的这种保护所产生的奇异的结果是，两三年前两对黑头鸥紧挨着它们也育起雏来。好像这些鸥也注意到正在进行的事情，并且互相打招呼说："这并不是适合我们黑头鸥繁殖的地方，虽然对燕鸥倒是合适的，它们偏爱沙子与圆卵石；可是有个人守在那儿不让人掏鸟巢，这实在太好了！行啦，让我们在这儿筑巢吧，就在燕鸥的育雏窝的边上，希望我们的卵也受到保护。"这个实验结果良好，今年夏天有不下于十六对黑头鸥在那个地点安家育雏。

第四章·

鸟类的盛会

　　　*　　本章不过是由上一章联想到的题外话，因为话题接触到我
　　　所记叙的大雁在东海岸聚集的情况。目睹鸟类盛大集会的
　　　乐趣，尤其是那些体形大、仪容高贵的候鸟，这件事使博
　　　物学家和鸟类爱好者深为兴奋。回忆这样的情景是一种永
　　　远的快乐。

　　　*

　　　若干年前，卓越的博物学家和古生物学家理查德·莱
德克先生远赴布宜诺斯艾利斯，调查著名的拉普拉塔博物馆
第三纪化石的藏品。他读过我的《拉普拉塔的博物学家》一
书，在编撰《皇家自然史》时，大量引用了其中的材料。
他也读过达尔文和其他描述过同一地区情况的博物学家的著
作，除化石外，有上百种生物供他观察。有一种他渴望参观
的物种是凤头鸣禽①——这是一种有翼蹼，声音洪亮的大型
鸟类。动物学家难以给它分类，在亲属关系上，有人认为属
秧鸡，有人认为属鹅，而赫胥黎却认为它跟始祖鸟是亲属。

———————————
① 南美特产的一种涉水禽。

莱德克先生，一位20世纪生物学的辛塔克斯博士，骑马出发去寻找这种独一无二的禽鸟，最终成功地在一个荒凉偏僻的地方从非常远的距离外发现了一两只。这没有使他满足；他要像我一样观察这种大型鸟类。我是骑马经过一个广袤的沼泽平原地带时观察到它们的。我穿过它们中间，看到它们结队成群，有时一群达二十、四十以至一百只，像数不清的牧羊群，它们散开去从四面八方直到天边。他要像我听说的一样听它们叫唤，如牧民所谓的"报时"。据说在夜晚，它们间隔一段时间便一齐爆发出如同一只鸟叫唤一般的鸣声。这无数只鸟儿的大合唱产生的效果，犹如成千上万只钟敲响的钟乐，使听者受到暴风雨般的声音的震撼，大地在他的脚下好像也在战栗。

所有这些，我们的博物学家是听当地人说的，是纯粹的传闻。没有人见到过反头鸣禽这样大规模的聚会，也没有听到过这样大规模的合唱。这种鸟，如他目睹的那样，是很稀少的。

这使他苦恼，他决心回英国后跟我彻底澄清这个问题。幸运的是，在他离开阿根廷之前他做了进一步调查，发现我说的事确实是真相。这种鸣禽虽然是一种很大的大型鸟类，数量曾经也极为丰富，并且如我描述的，在干燥季节常常进行大规模集会；在大约二十五年内它们在大草原上便灭绝了。所有这些是他回英国后我听他亲自说的，这是一个难以置信的坦诚的例子，众所周知我们博物学者，像早期的基督徒一样是互相友爱的。

唉！在阿根廷南部遭遇到相同命运的许多珍贵的物种中，凤头鸣禽不过是其中之一。三趾鸵鸟，大青鹭，火烈鸟，美洲鹳，栖息于沼泽地的大青鹨，栖息于高原的大黑颊鹨，鹨和高原雁，白天鹅和黑颈天鹅，它们洪亮的鸣声犹如巨人用锤子敲击铁板；紧随在后的是体形较小的种类，雪鹭和其他的鹭、麻鸨、光鸨、秧鸡、大小美洲秧鸡、美丽的金翼水雉、白腰杓鹬和膝鹬、涉水禽和各种野鸭，多得数不胜数。它们在河滨与沼泽数量极多，在空中群集如云，犹如聚集在栖息地的英国的椋鸟。如今它们已灭绝或正在迅速灭绝。在我离开阿根廷时它们正在被消灭。我痛恨我出生的土地和使它残破的意大利移民，只望我能逃离我曾目睹的所有在记忆中出现的情景，以及那个我最初认识和热爱鸟类的国度。

主要的捕杀者竟然是欧洲人，拉丁民族，这似乎多么令人惊讶！他们被视为爱美的人，他们无疑也是笃信宗教的人！他们所崇拜的天堂的东西，其象征物不是别的而是一只鸟。宗教画、彩灯和寺院内外都充满了鹨、鹤、鸽、鸥的图像，作为装饰比喻代表天使、圣徒和三位一体的圣灵[①]。然

---

① 基督教认为圣文（即上帝），圣子（即耶稣）和圣灵为一体。

而，上自教皇、主教、君主、贵族，下至卑贱的农民，他们都极想杀害和吞食飞鸟，从珍贵的鹤、鸨甚至到在"上帝的宅院"内筑巢的燕子和细小的鹪鹩，以及仙子似的火冠戴菊莺——人在它们面前敬慕鞠躬的神圣的象征图像的原型。但是牵涉这可怕的事件的不仅仅是拉丁人，我们这个民族也在内——我们自认为是个高贵的民族，在英国本土、北美、非洲、大洋洲，一直都非常起劲地消灭着鸟类。不要忘记直到1866年，第一个野生鸟类保护法颁布的那一年，海洋鸟类主要的繁殖地每年假期都会受到整车整车和整船整船携带枪械的旅游者的侵袭，他们整批地杀害在悬崖绝壁和海上的禽鸟。这还不限于来自伦敦、伯明翰和其他大的人口中心的旅游者；它的魅力还吸引各个阶层的人士，包括每年在荒野和丛林打猎的人（他们甚至拥有这些土地），因为六月和七月还没到打松鸡、鹧鸪、雉的季节，花几天工夫去打鲱鸟、燕鸥、三趾鸥、海鸠和北极海雀外的五种海鸟也挺有意思。这些鸟儿正在育雏，这场大规模屠杀的结果会造成在本世纪结束前，生息在悬崖绝壁上的大批大批海鸟的灭绝。对他们来说，这不算什么，因为它们不是人类的，它们只是上帝的飞鸟。

有幸的是，在英国有一批人终于有勇气提高他们的声音来反对这种丑恶的罪行，他们成功地获得了一个禁止这种行为的法案，我们的海鸟得救了，我们依然保有它们。我们得到勇气继续努力，还要设法保护陆地的鸟类。

如今，我们还在从事于这项事业，为挽救我们国家的鸟类免遭毁灭而斗争。然而达到这样一个目标竟然必须进行这么一场漫长和艰苦的斗争，这是多么令人奇怪！不过随着岁月的推移，显然这是一场赢得人心的斗争。公众的感情在我们这边：只要屠杀和灭绝的行为受取乐和利润支配，我们就绝不是一个打算从地球上消灭一切美的野蛮民族。相反，我们可以肯定的是，这个国家的多数居民是渴望保护鸟类在内的美丽的野生动物。那些站在另一方的人可以划为几类，一是有钱的野蛮人，他们热心于狩猎，是为了自己保护地内那些带来灾难、被驯养的雉的缘故，乐于看到大部分比画眉大些的鸟类的毁灭[①]；其次，是私人收藏家，"英国乡村的祸害"；最后但并非最不重要，是一批极为讨厌的妇女，她们坚持用被杀害的鸟类的羽毛和骨骼来做头饰。自保护野生鸟类的第一次尝试以来四十年过去了，英国做了许多工作；有幸的是在由英国民族占有的其他地方和大陆，我们的榜样得到了效法。美国人本来可以提早三十年开始实施，但由于他们的行动缓慢，造成了大量值得痛惜的损失。凤头鸣禽以及其他许多珍贵的物种，在一个遍布意大利人的国度内迅速被杀戮，这不奇怪。在美国，原来整个北美数量最丰富的旅

[①] 英国富有的上层阶级人士喜好猎雉，圈出许多保护地，不惜杀害其他的鸟类让雉繁殖供他们狩猎。

鸽[1]在最近很短的时间内灭绝，就是由于人们没有努力去拯救它。既然奥杜邦[2]和费尼摩尔·库柏[3]有关候鸟群的数量在正午遮天蔽日的记载已成为绝响，读起来有如名副其实的童话——像我在《拉普拉搭的博物学家》这本书里描述的风头鸣禽的聚会和赫曼·梅尔维尔[4]描述的太平洋鱼群的迁徙，同样是荒诞不经的捏造。

回到我丛下写作六章时首先浮现在心头的话题，或者说题外话吧。那就是由鸟类，尤其是那些大型的、成群的、大量的鸟类集合起来的情景以及同时发出的鸣声，使我们产生的特殊的乐趣。飞鸟本身是一种美，在活的生物中是无与伦比的，因此如我们看到的那样，它们是在精神世界里一切最高级的艺术的象征。然而我们发现见到单独的一只飞鸟的乐趣，无法跟见到不计其数的一群飞鸟的乐趣相提并论。拿灰雁的情况来说，它是一种大型的美丽的鸟，在广袤的平原和沼泽地带，不论是飞翔或站立不动头抬起来时那种雕像般的姿态，看见它都能产生一种愉快的情绪。但是如果我望见一群数达一两千只的雁群，如我在东海岸所见的情况，那种乐

---

① 旅鸽，一种善于长距离飞行的野生鸽，19世纪初在北美东部曾有亿万只，也是候鸟，后为人大量捕食而灭绝。

② 约翰·詹姆士·奥杜邦（1785—1851年），美国鸟类学家，著有《美国的鸟类》，插图精美，陆续出版于1827—1838年。

③ 詹姆士·费·库柏（1789—1851年），美国小说家。

④ 赫曼·梅尔维尔（1819—1891年），美国小说家。

趣就更大到无限。它们从我头上飞过，开头见到时距离非常远仿佛一条线，波动、断裂、重新组合，像一朵飘然而至的浮云似的扩大，变换形状，直到它化为一群阔翼的大鸟，时而背衬苍白浩瀚的天空如黑云飘过黑压压的一片，时而在太阳下闪烁着白晃晃的光芒。我也听到了它们的鸣声，甚至在它们变得明显可见以前，那是一种遥远而微弱的喧闹声，随着这声音的临近它增强变成为一种既尖又沉的美的杂音，犹如风声和弦乐器合奏的音乐，产生了交响的效果，仿佛一支乐队在云霄演奏。

在那一刻这一景象产生的愉悦似乎超过一切其他的欢乐并且会持续好多天。它使我入迷的秘密又是什么呢？那不仅仅是一只飞鸟使我感到的乐趣得到强化、加倍；那不是在更大程度上旧有的感觉，而是其中含有使它有别于旧感觉的新因素。这一景象情趣盎然地出现在一幅令人心旷神怡的风景画面上，但是倘若我们登上一座山岗，从一个较高的立足点往下观看这个景象，那就会体验到另一种非常不同的感觉；由于我们的心灵已适应从较低的水平观望大地，更广阔的地平线会表现出一种新的浩瀚气象，一种新的壮伟气象。这时我们将获得无比崇高之感。就我们观察到的，包括看和听，集群和数量巨大的大型飞鸟的这种情况来说，是这种感觉。那是它的更加高贵的面貌的突然展示，表现出它的值得自豪的自由、力量和壮美。

我们在国内许多大型鸟类的繁殖场都不同程度地体会到了这一感觉，著名的有约克郡和诺森伯兰海岸、巴斯岩、奥克尼群岛、设德兰群岛和极偏远的"圣基尔达孤岛"。那些体会到这一奇观的人把这给予他的乐趣看得比一切乐趣都宝贵，他们最热切的愿望是能反复看到。为了体味这一感觉，很多人以研究鸟类或摄影为由每年都要来参观国内这些熙熙攘攘的繁殖场，其他一些人则远赴别的国家更偏远的地区去寻觅这种大型鸟类的栖息地。

　　但这种感觉是只可意会却无法言传的，它是一种宝贵的记忆和秘密，一种在心底里流淌的永远的愉悦。那些不知道它的人，他们没有亲自发现的机会，是无法想象到的。对这些人来说，有人居然放弃文明生活的舒适而在沉闷荒凉、人烟稀少的地区自愿吃苦，虚耗时光，受骄阳的曝晒，被蚊蚋噬咬，在疾疫横行的沼泽地带跋涉，似乎是奇怪的事情；不是为狩猎，这种举世皆知的令人神往迷恋的运动，不过是为了观看众多的鸦群或大型鸟类在繁殖地的聚集。那些深知这种乐趣的人，为了欣赏这一奇观产生的叹为观止的妙趣，则甘愿忍受困苦不适，甚至更大的困难。与其说是为了他们带回来的笔记和一摞照片，不如说这才是他们走出家门去寻索的东西。

南美鹤

陌生而有趣的南美鹤是一种奇特美丽的生物，在形状上跟
小鸵鸟相似，比家禽高， 羽毛极黑，双翼则是白的，头部
和脖子的羽毛是紫色和绿色，有光泽。

· 第五章
当权的鸟

* 　我从滑铁卢车站出发去英格兰西部的途中，约一百二十英里的路程里，车厢内仅有一位旅伴。从他机敏锐利的眼神、饱经风霜的刚毅的面容和他的衣着来看，我认为他是个户外运动爱好者。我的判断没有错，他的确是位不寻常的运动家。我们整个旅途都在交谈，我了解到了有关他的许多事情。打野禽或许是他最喜爱的一种运动，我们很快便聊到了大雁这个话题。此刻我对大雁考虑得很多，因为我刚从东海岸回来，也就是滨海的威尔士，在那里，我一直跟大雁待在一起，每天观察它们进行大规模聚会的情景，同时倾听数目众多的雁群产生共鸣的呼声。它们的鸣声像钟声一样影响人，也许"粗哑嘈杂，使人烦躁"，不过那种声音给人的狂放自由之感是非常使人畅快的。

*

　　他在雁群中的某些奇遇引起了我的注意，虽然不久前我还是一个户外运动爱好者，但也绝不会再举枪射击一只大雁；它是一种非常聪明的鸟，射它犹如射人。我的新朋友没有这种感觉，也不能理解。如果大雁比其他的物种聪明，那只能使它们成为更适于狩猎的鸟类，使它们落入圈套的乐趣会更大。先用一两周的时间来追捕猎物，然后把它们捕获，尝一尝半驯化、由人工饲养的大雁肉的滋味，再没有比这更好的佳肴了。他刚好在挪威海岸跟它们度过一段美妙的时光，他回想起了此中的乐趣。不错，大雁大约是你能找到的最聪明的鸟儿了。同他共度这段时光的是一位挪威海岸一群小岛的主人，他好多年前就把这群小岛买下来做狩猎用，因为大雁始终如一地迁徙到此，要在岛上度过一些时候。有一个岛每年大雁都要在岛上大量聚集。若干年前一个秋天，一只大雁被安装捕捉狐狸的钢夹夹住了一条腿。看守人从远处见到整个庞大的雁群腾飞而起，在云霄一再打旋，发出可怖的呼声。他走到安放夹子的地点，发现大雁正猛烈地挣扎。他把它带回了另一个较大的岛上的家。从那天起，雁群便不在小岛上栖息了。本来，它们多年来一直都是以这里为栖息地的。他偶然逮住的那只鸟儿是只老雄雁，它的腿断了；看守人替它疗伤，绑扎后把它放在一间外屋内。当它完全康复后，他剪去它的飞羽，把它跟其他的家禽放在一处。老雄雁还未被逮住前，狐狸会给农庄制造很多麻烦，所以当时晚上必须把家禽关在围墙内和屋子里以防不测。但由于它们想跑出去，看守人不得不巡视四周，每晚得耗费许多时间把它们集拢赶进去。在老雄雁能跟其他的家禽四处跑动之前，看守人注意到它正在慢慢取得驾驭其他家禽的地位。每天随着黄昏接近，它开始试图带领它们进入有围墙的场院和房屋，如果不行就赶它们进去。看守人觉得奇异，想看看事情会发展到什么地步，于是开始放松检查，每天黄昏的巡视推得愈来愈迟。随着他有意的懈怠，老雄雁的劲头更大了，直到看守人把全部的"任务"交给老雄雁担任，而他的工作只是巡视一圈，把大门关好。这种情况持续了好几年，老雄雁成了农庄上全体家禽公认的领导和管理者。

这只聪明的老雄雁的故事，它适应全新的生活方式和领会这种处境的灵敏——夜晚的危险，管理这群混杂的家禽。它既然失去了飞行的能力，又因为有人看管而对自身的安全变得漫不经心，却自动把自己放在执政地位，我们也许会觉得不可思议，但这是符合这种鸟类的习性的。农家专横的老公鹅成为场院的统治者，有时甚至是"暴君"的传闻颇为普通。我自己就曾注意到而且听说过专横的雄鹅和别的家禽之间极其不和、长期反目的许多例子。但是我特别喜欢从这位户外运动家兼热心的猎野禽者听来的挪威大雁的这个故事。他属于那一类人，对动物的心理考虑得不多，他们的乐趣在于追猎和消灭它们。

我还听说其他鸟类自动担负起对同类的领导和监护任务的例子。有一例是关于南美鹤的。陌生而有趣的南美鹤①是

---

① 拉丁文名为*Psophia leucoptera*（中文一译淡翅喇叭鸟）。

一种奇特美丽的生物，在形状上跟小鸵鸟相似，比家禽高，羽毛极黑，双翼则是白的，头部和脖子的羽毛紫和绿，有光泽。在声音和姿态上是一种独一无二的鸟类。如果三四只集合在一起，叫起来有如鼓和喇叭的演奏，它们会用整齐的步调鞠躬，以及种种奇怪的姿势和动作配合音乐的节拍表演。唉！它们是娇弱的鸟类，不久前动物园中几只美丽的南美鹤全死掉了，希望它们在巴西森林的家园里能"起死回生"。

大约二十年前，一位来自美国的博物学家拉斯比博士，在玻利维亚的某个地区发现，当地人家普遍饲养着一只美洲鹤当作宠物。他说由于它们驯养后友善可亲的习性，那里的西班牙移民几乎把它们宠爱到崇拜的地步。一大早鹤会走进主人的卧室，在他刚起身时用舞蹈向他致敬，它低头垂下翅膀和尾巴进行着表演，直到引起主人注意，跟它说话。接着它会离开，走往另一间卧室，重复这一套礼仪，然后走向另一间，直到走遍整个家宅，道完"早安"。当全家人都已起身，它会贴近某个家庭成员，差不多白天大部分时间跟着他。这只鹤爱家里的每个人，对每个人都有兴趣，包括走进家门的客人，不过对其中一两个尤其忠诚。

我们要记住，鹤这种美好的性格以及它的一切可爱的行为，不是在它和人相处时才有的，而是它们在森林中跟自己的同类在一起，也可能跟其他鸟类交往的野生生活中养成而幸存下来的。我还听说过巴西的一户农家的一只驯养的鹤的情况。这一家饲养着好些不同的家禽，听任它们随意到处活动，这只鹤自动担负起照管它们的任务，跟着它们去聚食场，看守它们，在危险临近时发出警报，到该栖息时领它们回家。

倘若我的读者恰巧不是这类人——他们出于找乐趣，或为妇女作装饰用，因为她们需要用一顶可爱的帽子去搭配自身那可爱的"灵魂"，仅仅是把鸟类当作捕猎和消灭的对象——我相信他不会认为在阴沉的北方一只灰色的聪明的鹅和热带一只善意的鹤的故事是无稽之谈，多半也不会说我最后讲的那个故事更为荒唐。

在自然史上某些物种的雄性对照看鸟卵表现出强烈的焦虑，对雌性进行监督和具有权威的影响力是普通的事实。如果它们在孵卵期间外出太久就强迫它们回巢。褐雨燕是一个为人熟悉的例子。但是有没有人注意到任何物种中的个别，大批中的一只，多半是雄性，对一大批雌性，在它们的配偶不在时实行这种统治权。然而这恰恰就是我一次目睹的情况，假如我问一打以至五十位博物学家这个物种的名称，他们准全体猜错，因为这只要加以研究的鸟是温和纤弱、飞蛾一样的小小的崖沙燕——"山蝴蝶"，西班牙人这样称呼它非常贴切。

靠近约维尔，我在一个好大好大的旧沙坑内发现了这种鸟的繁殖地。正值五月，无疑它们正在孵卵育雏。沙岸最陡的斜坡上有十四五个洞穴，当我开始观察它们时，有十四五只鸟儿绕着沙坑的盆地飞旋，追逐苍蝇，这或许是早餐后的游戏。过一会儿我注意到有一只鸟儿正在单独行动；我看见它从一个洞里出来，迅速走进另一个洞内，一直到好些个洞，在每个洞内盘桓五六秒钟，或者直走到洞穴的尽头又回转。视察完每个洞后，它开始追逐一群在沙坑周围漫无目的地飞翔的鸟儿；追逐的速度和激烈程度逐渐增加，直到被追的鸟儿躲到其中一个洞内。然后它开始追逐另一只在附近飞翔的鸟儿，到这只被追的鸟儿也被赶进了一个洞穴。然后第三次追逐开始，接着第四次，直到每只鸟儿都被赶进一个洞内。每次都要经过好一阵紧张的冲撞，最后它才单独地留下来。它忽上忽下飞行几次之后终于飞走了，大概是去离沙坑有一段距离的什么蚊蝇丰富的水道或潮湿的草地，到那里跟这片栖息地的其他雄燕会合。

我继续留在这个地点过了相当长的时间，密切注意橘黄色沙堤上的小洞，但没有一只燕子飞出来甚至往外窥视，也没有出去的燕子回到沙坑。

这种燕子在繁殖期，一只雄燕留下而其他的雄燕则出外觅食；而雌燕呢，或者其中有些仍旧离开了卵；如同其他物种一样，当伙伴们觅食或睡觉时，有一只醒着做保卫，这是不是一种习惯？雄燕把雌燕赶回去孵卵的行为使人想到某种习惯或本能，如同雨燕的习性一样，可能在崖沙燕这个种类，社会习惯比其他大部分物种都先进，而群体组织更紧密。但是有关燕子内部生活的大量问题仍有待研究。

动物观察者熟悉这一事实：一只脾气专横的鸟往往自命为同胞的领袖和专制暴君，虽然这种情况在具有群居习惯的鸟类中比在哺乳动物中较不常见或较少引起注意。据我看上面所举的例子不属于这类情况，精神与动机都不同。这只被我发现的燕子是为了公益而运用权威，我们只能认为不论它是否比它的同胞具有更强的体力或智力，无疑却具有更敏锐的危机感或者更高的警惕性以及更大程度的协助精神，没有这些，野生动物是不能在群居状态下生存的。公雁与美洲鹤在黄昏时把同类赶回家的行动，从起源上不得不认为同雄雨燕把它的配偶逐回巢中，以及我看到的崖沙燕把雌燕逐回洞穴是相似的。在较小的规模上，这一现象在任何鸟群内都可以看到；它们以如此有序的状态行动，如我们所看到的，同时飞入空中，向一定的方向而去，在这里那里落下来觅食，接着又飞往远方的聚食场或停下来在树上或灌木上休息和歌唱，如同出于一致的意愿。但鸟群不是一部机器，心思也不尽相同；一只鸟发出信号——这只鸟比同伴感觉较敏锐，智力较灵活；它的最细微的声音，最小的动作，都能被其他的鸟听到、见到、理解，立即按它的指示去做，理解服从得既快又好，它的领导地位和推动者的作用是不难觉察的。野生动物观察者所熟悉的这种协助精神的另一表现，可以从自命为进食和睡眠的群体的保护者或岗哨上看出来。在某些哺乳动物身上，它表现得引人注目，如巴塔哥尼亚平原上的野生羊驼。若驼群在山下啃食灌木或平原地带吃草，必定有一只在山岗上或别的高地执行着守卫任务。在某些鸟类中，守卫的精神是如此之强，这个岗哨或报警者不满足于仅仅监督自己的同胞服从它的警告，并且愿意在听觉范围内的每一只鸟都能脱离危险。鹬是一个例子，猎野禽者曾注意到在别的鸟通通飞走后它突然向一只野鸭猛扑过去把后者赶跑。

如果本书不是还要写到许多别的故事，这个题目本来可以更多谈一些。大概读到本章的每一位猎禽者，事实上也是每一位鸟类行为的观察者，都能回忆起他目睹过的可以说明这种协助精神的某件事。但我对一只鸟或多只鸟不抱有任何重要的目的，如上述各例所表现的，而仅仅出于游戏或取乐，自命为鸟群的控制者，在提出一个非同一般的例证之前不能结束我的描述。我多年前亲眼所见的这一情况，曾在《阿根廷鸟类学》中简单地提过，但是该书鲜为人知，而且也买不到了，我相当高兴地能在这里有机会更充分地加以重述。

这种鸟是瓦尼努斯麦鸡[①]。形状如凤头麦鸡，有冠毛，羽毛极似我们荒原与牧草地的鸟类，但躯干要大三分之一，

---

① Vanellus是一种有蹼翅的鸻或麦鸡，译为蹼翅麦鸡亦可。

喙粉红色，眼深红色，翼蹼猩红，脚鲜红，这些色彩的特征"强烈而漂亮"，赋予它以引人注目的外表。我们的绿鸼①，宛如是这种阿根廷特产的鸟的弱小复制品。后者声音嘹亮，音量是前者的两倍。它的脾气更加多疑而暴烈，在习惯上近似鸼，但更爱嬉戏，在飞行时和在地上都如此。它在地上的嬉戏被当地人称为"舞蹈"，由一组三只鸟表演，而且每天都能纵情演出。它这么喜欢这种表演，由于它们成双成对遍布于平原上，在繁殖季节前后一段时间，人们经常可以见到一只鸟把配偶留在家，自己则飞往另一对邻居那里做客。这一对邻居不但不起来用愤怒的尖叫极为生气地把它从它们神圣的地盘内赶跑，反而用喜悦欢迎它的访问。它站在那里一动不动，它们跑到它的后面，并排站立，羽毛伸展疏松，然后由这一对发出响亮的、有节奏的、桴鼓般的调子，领头的鸟则发出高昂、有节奏的单音，随着音乐的节拍它们开始快速地前进；接下来，随着行军表演的结束，领头的鸟照例举起双翼，保持挺直，仍旧发出洪亮的调子，同时在后面的两只仍旧并排站着，双翼稍稍张开，让羽毛伸展疏松，低下头部，直到喙尖接触地面，同时放低声音直至桴鼓般的声音变小而成为嘟哝的低语。表演到此结束，然后又重复一遍。假如来访者匆匆离去，这表明它想跟它的伴侣会合，过一会

① 凤头麦鸡的别名。

儿自己去迎接来访的客人。

　　一个气候干燥的夏天，繁殖季节过了好久之后，我骑马外出经过一个礁湖，也是一个小湖，周边若干英里范围之内整个平原上的飞鸟都习惯到这里来饮水。我注意到约一百只麦鸡静静地靠近水边站着，它们明显地全都喝足了水，并且洗了澡，正在晾干整理羽毛，在返回聚食场之前稍事休息。一发现它们，我的注意力顿时被两只鸟儿的独特的举止所吸引，那是安静无声的群体中唯一喧闹不安的一对。这不是聚集得挺紧密的一群；每只鸟却保有自己的空间，最近的邻居站在一英尺或更大的距离之外，这不安的一对自由地到处疾走，发出指令性的声调，明显因什么事情大为激动。以前我从未见到相似的情况，如何解释这一行为呢？过一会儿，来了一个"新人"；一只麦鸡过来饮水，它不在水边低下头去而是跑到约三十英尺远的地方停下，距离这一对两三码之遥，它待在那里，站得笔挺，一动不动，仿佛在等待什么。那两只忙碌的鸟儿，仍旧大声地喊叫，然后向它走去，停在它后面，遵循它们的"舞蹈"或步调中使用的一切姿势，发出信号，这三只鸟开始随着桴鼓声而疾走，接着那只口渴的鸟走往水边，立即走进水深及膝的地方喝起水来，随后又蹲下身子，清洗羽毛，整个过程约半分钟。要不是那两只赶着它去喝水的鸟继续站在水边发出嘹亮的权威性的声音，它无疑愿花更长的时间以恢复精神。从水中出来，它又受到与刚才同样的"接待"，跟其他两只鸟随着桴鼓声矫健地疾走到一个地方。紧接着这一切完成，那两只平整羽毛，改变调子，重新在同胞中间踏起行军的步伐，直到另一只到来，于是整个仪式又从头至尾再来一遍。

毫无疑问，这种表演在动机上没有别的意思只是游戏而已，引人注意的是这套程序，以及把它们带到这个地点来相聚的严肃的使命，达到使人佩服的地步。它们一只只到来，从平原的四面八方，在一个炎热而使人干渴的日子的正午，完全是为了恢复精神，可是每只鸟一来，便立即融入其中，在这场游戏中进入被指定扮演的角色和位置。那时我把它看成一件非常奇异的事情，因而留下了深刻的印象，尽管我熟悉这种鸟，此前我从未目睹过这样一种举动，然而它不是孤立的，除了在形式上。每一天，我们都可以见到其他具有社会习性的物种，由相似的精神所产生的行为。小小的佯装的争执、逃亡、追逐；我见到它们相互用威胁的姿势、语言，摆开架势准备厮打；包括小小的恶作剧，比如当一只鸟友好地接近另一只时，又密切地防备对方从它的嘴里抢走一小片食物；或者一只鸟佯装发现什么特别好的东西，大肆张扬以欺骗同类，而另一只则把这个玩笑继续开下去，抢走这根小枯枝或不管什么玩意儿，佯装极其满意地享用一番。类似的鬼把戏是十分普通的，跟觅食和别的事情搅和在一起，成为整个活动的一部分。

这种鸽科鸟类表演的奇特性在于它总是几乎采取唯一的形式——遵守军纪的全部动作，桴鼓的声音，指挥的喊声！这两只鸟像装成什么大人物的小孩，它们拥有一切，对别人指手画脚，以主人自居。它们是湖水的管理者，非常文雅而高兴地允许任何口渴的鸟来饮水和沐浴，但只有在履行适当的仪式之后。还有，在这种情况下饮水和沐浴的时间必须相当短促。

第六章·

海边的树林

*　在诺福克的威尔士，我常去的地方有一处是一片松林，长一两英里，它们生长在沙丘的斜坡上，从威尔士的堤岸绵延到霍克汉姆——似一条青色的带子，一边是灰黄色的沙丘和大海，另一边是广阔平坦的绿色沼泽。它是那个海岸地带乌鸦的冬季栖息地。我总是定好我拜访的时间以便在黄昏到达那里。秃鼻乌鸦和寒鸦也会到这里来歇息，这一带是鸦科家族的宽敞的聚会场所。我习惯在下午三点钟左右步行走向堤岸，观看谛听大雁从它们的聚会地一路飞往大海。雁群总是飞得高到不让守候在那里拙劣的射手能射中它们。十分卑鄙的是，其中有些人会向任何飞过的鸟儿射击，甚至一只冠鸦。他们打它不是为了好玩，他们并不想浪费一粒子弹；有个射手向我担保，拿一只乌鸦跟任何放在冷藏柜里的别的鸟一块儿烧着吃，比如凤头麦鸡、红脚鹬、白腰杓鹬，或者鸥——要是你饿了，那味道还真不错。

*

　后来我继续沿海边走下去，遇到了最后收船的渔民，或沙滩上赶在天黑前回家的劳工。这些人穿着大靴子和沉重的湿漉漉的衣服，扛着铁锹、鱼叉和盛鱼饵及水产的篓子。他们拖着缓慢沉重的步伐走过，把世界留给黑暗和我。

在一个这样的黄昏，我站在沙脊上朝海上观望，这时海潮涌来，平坦的沙滩远伸到渐渐变黑的天边。在那个方向出现了一个上了年纪的女人的身影，显然是为了晚上遛狗从老远一路走来。翻过沙脊她朝海滨走去，那只粗毛狗，它那么喜欢海滩上光滑的沙子，开始以最高的速度围着主人绕大圈，同时由于狂喜而吠。它的吠声产生了一种不寻常的效果；从平坦的沙滩四面八方发出回声，音量增加了百倍。这是我头一次从上方听到那种回声——或许，要是我处在下方，便不会有回声了，但我不明白那是如何产生的。那不像别的回声，声音从墙壁、树林、悬崖回到我们耳边，完全一样的重复，而是较微弱，较分散，声音互相对撞而且都似乎在平坦的大地上奔跑。时而在这里，时而在那里，然后减弱而变成了神秘的低语。那仿佛是那只狗有力的吠声唤起了方圆数以十计或数以百计的狗的幽灵，它们从地下出来，由于抗拒不了"往日欢乐的回忆"，于是一齐发出幽灵的狂吠，随同这只狂吠的狗在沙滩上隐形而惊惶地奔跑着。

我主要想看的是六点钟左右乌鸦飞来栖息的情景，它们一小批一小批地从两三只以至三四十只不断来到，直至完全天黑。栖息的地点自从我知道树林这个地点以来已迁移了两三次，由于一个幸运的机会，在它们最后一次迁往新居时我目睹了迁移的情景，并且发现了原因。有两个晚上我注意到在栖鸟中出现了骚动。这往往从薄暮时分开始，在它们全都安定下来之后，忽然间在某处爆发出一阵愤怒高昂的呱呱声。它的意思清楚明白，如同我们经常听到国会下议院辩论时，坐在一处的某个党派的议员，他们的情感受到在议会发表演说的某个有声望的议员的肆意伤害，突然爆发出一阵暴风雨般的愤慨和抗议，鸦群的噪声便是如此。它会平息下去，但过一阵在别的地方，说不定五十码之遥又会爆发出来；在某些地点，鸦群会升空，在空中盘旋，大声叫喊上一两分钟，然后才安定下来。

我判断那是什么危害鸦群的动物，多半是一只狐狸，在林子里游荡觅食，每逢它们瞥见它就会造成一阵惊惶；可是虽然我守望了一小时却什么也没有发现。

在第三个晚上这种干扰比平常更为广泛和持久，直至鸦群无法再忍受下去。暴风雨般呱呱的叫声在宽达好多英亩的树林内的不同地点不断爆发出来，然后整个鸟群飞起来，继续盘旋，飞翔15～20分钟，然后再度停落在松树的最高枝上。从大树梢一般高的沙脊上观望，鸟群呈现一种奇异的景象，它们好几百只在那里栖息，坐得笔直，纹丝不动，在苍白的黄昏的天色的衬托下，漆黑的树梢看上去黑乎乎的。过一会儿，当我站在栖息地当中一条绿色车行道上时，稍远处又爆发出一阵新的暴风雨般的惊惶并且向我袭来，使宿鸟惊起：突然间，那捣乱者露面了，无声地滑近地面，同时又迅速在树干之间忽而多次折回。原来是一只仓鸮，在漆黑的树木间显得奇异的白 稍后一会儿整个鸦群都起身了，带来一阵巨大的喧嚣；它们无法再忍受那只神秘的鸟状的白色生物露面，滑行在它们栖息的树下。有一两分钟它们在空中盘旋，在黑暗的天空中飞得愈来愈高，然后开始源源不断地掠过树林，最后落定在半英里外的另一个地方；后来，它们晚上总是回到这个新的栖息地。

目睹这一情景是桩奇事，因为你想不到这种鸟——"希拉里昂①的仆人，睿智的乌鸦"，是一种神经质的生物，受着不必要的惊惶摆布。几个晚上之后，我又幸运地亲自见到了甚至更有趣的事情。这一回主角是一只雉，那是被野外的博物学家所轻视的物种，因为它受人溺爱，而且这个驯养的过程已经对我们本土的野生鸟类附带产生了一种灾难性的后果。我们倘若不去想这些不幸的联系，会认识到这个陌生者在我们的森林中不仅有光彩华丽的外表，而且有比漂亮的羽毛更加无限宝贵的东西——鸟类聪明的头脑。

十一月的一个黄昏，我从树林出来走到堤坝边的一个有良好掩护的地点，此时堤坝边缘上生长着莎草和黄色的芦苇，在我面前的是一片广阔的绿色沼泽。林子里有许多

---

① 即圣希拉里昂（约291—371年），叙利亚隐士、圣安东尼的追随者，据说他把隐修方式引进到巴勒斯坦。

雉，它们习惯白天在沼泽或草地觅食；这时我守望着它们到来、飞翔、奔走，当它们停落在栖息的树上时，林中充满了"咯咯"和"喔喔"的噪声。过一会儿一切都安静下来了，我以为它们全都在巢内睡了，但是当我用望远镜扫视那片平坦的绿色沼泽时，发现一只雄雉在二百码外，它情绪低落地缩成一团站在堤旁，旁边还有铁丝网以及长着一些有刺的灌木。它看上去有伤病，要么由于疾病要么就是被一粒流弹打中了。我守望着它有20多分钟，在这段时间内它一动也没有动。接着一只乌鸫从林子里蹿出来，从我头上飞过去，径直飞向沼地。我用望远镜追踪它，我看见它落在靠近雉站立的一株灌木上，雉立刻抬起头，乌鸫接着朝它飞下来，随即两只鸟儿开始走动觅食。雉安静地在草地上行走，一边走一边啄食；乌鸫快速地小跑着，时而向这边，时而向那边，然后往前，间隔地又朝后跑。不久一只飞向林子的小嘴乌鸦突然在附近发出高昂的叫声使乌鸫吓了一跳，它冲向灌木丛，在那里暂停了约一分钟；另一只鸟没有被吓跑，但立即停止了觅食，一动不动地站着，耐心地等待同伴回来，然后再像刚才那样继续一同觅食。雉这时发现了什么对口味的东西，待在原地快速地啄食有好几分钟，另一只鸟则四处奔跑寻觅蚯蚓，直到发现并成功地拉出一条，费了一些时间把它吃掉，然后再回到雉这里。

这段时间我在林子里没有发现另一只鸟儿，即使在整个沼地连一只喜爱深夜觅食的画眉也没有，它们全都在歇息；不能不相信这两只鸟是朋友，习惯在那个地点碰头然后一同觅食；最初我发现雉在所有的同胞飞走后无精打采地站在那里，原来是在等待它的黑色小同伴，它不愿在后者不在的时候用晚餐。

天色渐黑，乌鸫终于飞向树林，雉立即抬起头，朝同一方向走去，然后奔跑，很快腾空而起径直飞进松林。

我认为鸟与鸟之间，若两只选择成为伙伴而能用友谊这个词描写的话，并非罕见，虽然我通常发现猎场看守人"似乎不是很注意"。这对他们来说，是理所当然的；在看守人的心目中这不过是一枪在手的条件反射作用。当我把这种现象告诉其中一个守林人时，虽然他倾向于否定我的意见，却告诉我他曾看到一只小嘴剑鸻和一只红脚鹬保持了两个月之久的伙伴关系。他说，它们显然是亲密的朋友，因为即使在跟其他滨鸟一同觅食时它们也总是走在一处。两只不同种类的鸟之间的伙伴关系，这是一个例子，两只同类的鸟的这种关系大概更加普通，在合群和具有社会习性的鸟类中，没有配偶的鸟一般说来在鸟群中每每有它们的知交好友。

我观察到的威尔士两只鸟之间的友谊提醒我，雉会以人类为友；这个唯一的例子是我的老友佰恩茅斯的坎宁安·盖基博士，一位著述了许多宗教书籍的作者告诉我的。这是一只漂亮的雄雉，主人在家里饲养它作为宠物。雉的主人是当地一位女士，已饲养它多年。这只雉与众不同之处在于，它对主人及其亲属的情意，还有它在保护他们时表现出的高尚的勇气。它的热心有时也会办坏事。它特别亲近它的女主人，在她散步时也跟着，自命为她的保护人。但它对陌生人却并不信任，它总是守卫着她，假如看见一位访客走近房子，它会大胆地冲向前，迎着来客用适当的威胁姿势命令他离开房子，假如来客不迅速服从，接着这只雉便会用蹼袭击闯入者的腿部。

彩鹬

上体有绿色及紫色光泽；虹膜褐色；嘴近黑色；脚绿褐色；脸部裸露，裸皮及眼圈铅色；头部除面部裸出外皆被羽，体羽大部分为青铜栗色。叫声是带鼻音的咕哝声。

- 第七章

动物间的友情

* 某位"高傲"的人物说过，用"友情"这个词去描述低级动物间成为朋友作为伙伴并经常在一起活动，是对这个词的滥用或亵渎；这个聪明人接下去说，因为，作为低级动物它们达不到人类两颗心或两个灵魂之间可以结合的那种高度。那么这种结合的能力是在什么地方开始的呢？谁敢说火地岛①或安达曼群岛②或阿鲁威米③森林的双足直立亦即人形的哺乳动物能有一种超过象、狗、海豹、猿猴，或所有的脊椎动物，比如兽、鸟、爬行动物、鱼的感情吗？在我们高贵的人类和我们这些卑下的亲戚中，即使是羽族和鳞族之间，根本没有一条宽大的分界线。我们必须认识到，并非不带勉强性和一种隐秘的苦涩，即使是我们最优秀和最高级的特性也是在这些低级生物身上萌芽而进化的。这种结合或优选的感情或一个个体对自己的物种或别的物种的依恋，我是首先在童年时从马身上发现的。它如同游戏一样，跟肉体的满足、自我保护的目的和种族的延续无关。它是某种较高的精神活动的表现，它表明低级动物不是完全沉浸在生存竞争中，它们能在小范围内，犹如我们在大规模上避免和超越它。友谊是动物的精神境界能达到的最高点。游戏起源于纯粹肉体的安乐状态和本能的冲动，是有感觉的动物普遍都能做到的，它在动物的生活

---

① 火地岛，南美洲南部岛屿，分属阿根廷与智利。
② 安达曼群岛，孟加拉湾与安达曼海之间的岛屿。
③ 阿鲁威米，刚果北部河流，流域多原始森林。

中间接地用于一个目的。友谊则不可能用于任何实用的目的，是个体的孤立行为，它清楚地表现动物在洞察其他个体性格上不同的能力，同时也表现在它们中间选择和它最融洽的一个个体的意志力。不仅如此，这样的友谊从某一个体方面来说，作为感情的结果不是必然地产生，或自动产生的，它必须要接近才得以表现。被它接近的动物也有它自己的意志，可以被接受也可以不被接受。结果有时完全是单方面的友谊，例如一个个体对另一个体形成的依恋好像是单方面的，如果它的出现可以容忍，那么它是快乐的，它会好几周以至好几个月日复一日地到处跟随着冷淡的对方。在别的情况下，想发展这种关系会遭到怨恨，如果还要坚持下去，那就会出现相当深的敌意，或者用大自然给予的任何武器以咬踢、打斗告终。

＊

　　所有这些行为都可以从家畜家禽身上观察到，而且也十分普通，虽然在英国大概不如在农业国家常见，动物在那些国家里不是在室内饲养的，而是容许它们过半独立的生活。我说过我首先注意到马之间的友谊。我家经常养有15～20匹马，由于乡野是完全对它们开放的，我们的马有时利用它们的自由便会出走；通常在离家约一英里范围之内的草场吃草，要找一匹新马或马群，派个人去把它们赶回就是。我在少年时代每天差不多要在马背上消磨半天，我常常去找它们，非常熟悉它们小小的活动范围。在马群中总是有成双成对的情况，它们是不可分离的好友。在骑完一对马中的一匹几个小时或一天之后，一旦放开它，它便会自己跑走去寻找马群，发现它们后会立即高声嘶鸣宣布它的到来。接着它的好友也会嘶鸣作为回应，小跑着过去迎接它。见面后两匹马会站立一会儿，互相碰碰鼻子，这是马的亲吻或表达爱意的方式，然后它们会迅速一同走回去跟别的马会合，再开始并肩在一起吃草。

本书以鸟类为主题，稍后我们会谈到它们；但当前我想着重谈谈动物间一般的感情和结合的情况，在性质上它跟我们在人类中称之为友谊的感情是一致的。如果我们探讨的是哺乳动物，因为它们用乳汁哺育幼雏，以毛代替羽覆盖全身，这个事实较易被人接受。进化论者认为，在遥远的过去人也是毛发茸茸的，其些哺乳动物像我们人一样，如今已失去了它们的长毛。有的动物对人或它的主人可能产生强烈的感情，这一事实人人都是熟悉的。这种关系我们立刻会联想到狗。狗确实通常被称为"人类的朋友"，但是如果这一称谓意味着在这方面的优越地位，那对其他动物则是不公正的。

我的一个熟人饲养着一只北美大灰狼作为宠物，它是这种可怕的野兽众多种类里面最大、最有力的，大概也是最凶恶的一种。可是它的主人向我担保，他的狼非常依恋他，犹如任何一只狗可能依恋人一样，他信任它犹如信任一只最聪明、最亲善、举止最温和的狗。尽管它的体形那么大，但这只狼享有躺在壁炉前他的脚旁地毯上的特权，倘若附近有孩子，他们可以坐在它身上或在它身上翻滚，拉它的耳朵，掰开它的大嘴看里面的獠牙。在动物分类上狼和狗是近邻，这不假，但狐狸却不是那么贴近，虽然外表看上去差太多；它归属不同的门类，由于这一特殊性和它的习性、智能，你几乎不会假定它可能跟主人保持非常亲密的友好关系。在这里，我会讲一个狐狸彼得的故事，尽管是事实，但我无权说出它的主人的姓名和住址。

彼得的主人是一位住在西罗普郡乡村的女士，这位女士和她的狐狸非常亲近，一旦分开，双方都会闷闷不乐。她在散步或去拜访亲友时必带着狐狸，如同妇女带着孩子。别人警告她狐狸是危险的宠物，脾气难测，牙齿锋利，再说它还有一个去不掉的弱点——对某些习惯的嗜好，比方说猎鸟。对此她只是笑笑，她保证，彼得过去从来不干它不应该干的事，而且以后也不会，不止如此，它还是人们养过的宠物当中性情最温和、对人最亲善的。

养了一年左右，彼得失踪了，她非常心疼。朋友们告诉她这是预料中会发生的事，野生生活的引诱力迟早会招它而去，这是不可抗拒的。但是这个道理安慰不了她。

一天下午，彼得失踪若干天之后，她正想念着它，心情十分沉重。忽然她想到一个念头，何妨试一试。若她的狐狸还活着，她想，它会不会只不过在离村落一英里左右的林子里？她愿去找一找它。她抵达林子时已近傍晚，在循路进入林中深处后，她停下来，提高嗓门，发出洪亮尖厉的高呼："彼—得—彼—得—彼—得！"然后等待着。过了不久她听见了声音，朝声音传来的方向望去，她发现彼得正以最高的速度向她跑来，它奔跑时刮起的风使脚旁的落叶纷飞；当它飞奔到她身边时，虽然她急切地想拥抱失而复得的朋友，却接近不了，因为彼得欣喜若狂，围着她绕着大圈转啊转，然后径直冲着她从头上一跃而过，接着再来一次，又来一次！这听起来难以置信，但那位女士坚持说她的狐狸确实如此，她对它发现她后喜不自胜的情况也大为惊讶。然后，等它把激情发泄完后，他们一同回家，彼得在她身边一路小跑，时不时重新爆发出欢乐与亲热之情。

在鸟类中，友情不如在哺乳动物中那么引人注目，我认为，那是因为它们的内在生活对我们较为隐秘；换言之，因为它们有翅膀能飞，它们的心智能更快、更机敏、更灵活多变地适应空中的生活。有众多的鸟类为了生活而合作，其中包括许多群居的物种；我认为在这种情况下，使雄性与雌性结合在一起的纽带基本上与两匹马，或两只羊，或两头牛，或两只羊驼以及其他物种，驯养的或野生的结为互相依恋的一对的纽带基本上是相同的。这种结合从起因看是不同的，然而一旦"性"的目的达到并且完成，终身的伴侣也就不过是朋友或者好友。再说，由于鸟类的动作那么自由飘逸，不像哺乳动物那样贴近，因此两者之间的伙伴关系不易为人察觉。如果两个非常不同的物种之间存在友谊，我们会注意到并为之吸引，如上一章描述的雉与乌鸫以及小嘴剑鸻和红脚鹬。我在南美还观察到一只小黄脚鹬和一只斑胸滨鹬，它们混杂在鹬群中难舍难分。

禽鸟强烈依恋人类的情况是挺普通的，确实普通到如此程度，使任何勤奋的人都能编一卷书。一只雉和一位女士的故事已在上章做了介绍，我还记下了另外几个例子，本来准备在本章讲一讲，但是鉴于本书中这类题材或奇遇较多不得不略去。其中只有一个例子由于其特殊性要在这里写一下。

这是去年发现的一只寒鸦，由于不能飞，被南威尔士郡丘陵地带蒂尔希德村的一个少年拾回家。不多几天之后这只鸟儿虚弱的身体康复了，健康到足以飞行的程度，但它没有走；原因看来不是它没有得到很好的治疗，而是它产生了一种不寻常的依恋，但不是人们理所当然地认为的对那个救了它和饲养它的少年，而是对另一个住在隔壁邻家年龄更小的男孩！这只寒鸦，如果它愿意，完全可以自由飞走，可是它却在它选中的小朋友的农舍周围转悠。它要永远跟他待在一起。如果早晨孩子们去上学，寒鸦会陪伴他们，跟在后面飞进教室止落在一根栖木上，站立着直到放学。但由于时间每每过长，它不耐烦，于是时不时呱呱地高声发出抗议，逗得孩子们都咻咻地笑起来，最终它被赶出去关在了门外。于是，它便立在屋顶上直到放学，才飞下落在它的小朋友的肩上，跟他一同回家。同样它还会跟着它的朋友星期天上午去教堂，可是即使在教堂，它也克制不了它那令人吓一跳的呱呱声，使所有的会众都露出微笑，把目光投向屋顶。我的朋友教区牧师虽然是个爱鸟者，但也容忍不了，结果便是当每天上学或礼拜天上教堂的时间，寒鸦都会被逮住关起来。

还有三四条寒鸦的逸闻我不得不割爱。无疑有些鸟类对人更为依恋；比如在笼鸟中，红腹灰雀是以亲善依人的性情著称的，许多记载里都有它失去女主人后悲痛而死的例子。寒鸦，尽管它有狡猾的灰色小眼睛和爱恶作剧的脾气，也是这种性格的鸟。大概由于它通人性最初被人叫作"杰克"[①]，我们也可以把它描述成友好的寒鸦。

我讲这个故事只不过想表示，在人类想象中，凡产生这种依恋情况的并不都是仅仅出于私利。

---

① 寒鸦，英名为jack或jackdaw，正式名为daw。

下面是另一个比寒鸦更引人注目的例子。我的一位朋友，是住在布宜诺斯艾利斯的英籍阿根廷人，一天他出外去打野鸭，打伤了一只短颈野鸭的翅膀，这只的种类属于普通野鸭[①]的一种。当他把它拾到手中时，它优美的外形，美丽的羽毛，明亮的受惊的眼睛，搏动的心脏，使他心软不忍杀害它。于是他把它放进猎袋内带回家，把折断的双翼用尽可能最佳的办法绑扎后，他把鸟儿放在一个大场院，用水和食物饲养它。短时期内它的伤治好了，但没有恢复飞行的能力，因此没有办法脱逃。它变得完全驯服了，一听到喂食或爱抚的呼唤便会跑来。奇异的是虽然一家人都对这只野鸭感兴趣，把它看成宠物，但它的全部爱心却集中于射伤它的人。对别人，它的感情很淡漠，虽然全家人在它选择的朋友进城办事而不在家时总是从早到晚照顾它宠爱它。这只野鸭在他吃饭时守在旁边，然后送他到大门口。送走他后它回到自己待的地方，非常满足地度过一天，仿佛完全忘记了主人。但是照例一到下午四点就会走到打开的门口，一直坐在门槛上等待他回家，面朝着城市的方向，使过路的行人惊讶不已。一见他露面它欣喜地跑到他跟前，点头扑翼，"嘎嘎"地叫个不止或发出鸟儿用来表示快乐的古怪的低声。像大多数野鸭一样，它也是一只饶舌的鸟儿，非常容易激动。之后，主

---

① 原文为Querquedula flavirostris。

人坐在椅上休息，看书读报，允许它坐在他的脚旁，但实际上它是坐在他的脚上。

　　数年前我在发表于一家月刊上的一篇文章中谈到了这只野鸭的故事。我认为这个故事非常离奇，这位布宜诺斯艾利斯的朋友的经验是绝元仅有的，因为谁会想到一只他自己为了口腹之欲而打下来的野鸭，会成为一只亲爱友善的宠物，这世界上还有别人遇到过这种事吗？但很快我收到一封信，写信的人是住在南坎辛顿的一位绅士，他说他读了这只野鸭的故事觉得诧异，它好像是取材于发生在南非的一件事，只是把地点移到了南美，并且把故事前半部的背景稍稍改变了一下。这位向我提供信息的先生曾出国去过好望角，在那里他住在一个朋友的庄园上。这位朋友告诉他，一天外出打猎打伤了一只野鸭的翅膀，在拾起这只鸭子时体验到了一种由强烈的同情而产生的剧痛，他把鸭子带回家，着手绑扎伤口，打算在伤愈能飞后恢复它的自由。在短时间内野鸭产生了对他的依恋，像一只小狗似的跟着他到处跑。最后，当交配季节又到来时，野鸭飞往沼泽地去了，因为它的翅膀已经完全复原。他并不指望再见到它，或者再听到它那嘎嘎声。一天他外出狩猎，目光投向老远老远飞过的一群野鸭，突然间，其中一只离群快速地向他飞来，然后停落在他的脚旁！那就是他失落的宠物，他们相见时野鸭显得像他一样快乐。跟他待了几分钟，表达出它的喜悦，接受他的爱抚之后，它飞走找它的同伴去了。自从那次相遇以来，还有几次间隔较长的重逢，野鸭总是老远就能认出旧主人和老朋友，径直朝他飞过来，但它再也没有回到旧居去。

人们可以设想，有关这件事情的两个人，一在南非，一在南美，现在不能像以前一样随心所欲地满足自己的口腹之欲，以致射杀野鸭了。

同种的鸟与鸟之间的友谊，如果我们排除例如终身的配偶关系之外，是极为难得的，几乎是不可能，其原因已经说过。倘若不是如此，我们大概会发现单身的苍头燕雀群中难舍难分的成对密友，冬天会跟野生状态的马群或牛群一样多。

我们应记住的另一件事是，有可能把某种行为误认为友谊，这从它的根源来看是属于不同性质的，下面的例证可以说明。

例子之一是有关一个异国物种的，也就是阿根廷大草原的军椋鸟①，像它的家族黄鸟科中的大部分种类一样，这是一种具有社会习性的鸟。育雏期过后，这种鸟结成大群在大平原上过着一种吉卜赛人的生活。它们总是在迁移，鸟群展开一条延伸出去的阵线，喙与红色的胸脯全都朝一个方向，队末的鸟群不断地往前飞，逐渐加入大队伍或者稍为超过而

---

① 即红胸椋鸟。

飞到前一群队伍之前。这是一种壮观的景象，我百看不厌。

一天我正坐在马上观看一群军椋鸟悠闲地觅食和旅行，这时注意到在别的鸟后面一小段距离外，有一只鸟一动不动地坐在地上，另外两只一边一只贴近着它。这两只勘察完地形，拨弄好那个地点的草根后，现在正急于往前追赶队伍，但是被另一只耽误了。我朝它们走去，它们都腾飞起来，我看见落在后面的那只折断了一条腿。或许折断的时间不长，可是它还没有适应已发生的变化，不得不在地面到处奔波去找食物。我跟在后面发现，在整个军椋鸟的大军向前移动时，这只伤腿的鸟儿落在了后面，两名焦急而忠诚的伙伴依然守护着它。它们不飞除非它也飞，而且在飞行时仍旧坚守在它身边，一等追上集体它们会一同落下。

下一个例子是我待在彭赞斯①时别人告诉我的。某女士是该市最古老最有名望的家族之一的成员，她也是一位非常热心的爱鸟者，冬天常常在草地上给飞鸟喂食。她注意到有一只乌鸫和画眉总是一起来到，然后乌鸫给后者喂食，把地上的碎屑拾起来放进画眉张开的嘴里。在更为贴近观察时她才发现画眉失去了喙：它的喙被整个切掉了，大概是被钢夹或突然致命的弹簧夹剖掉的，康沃尔的儿童经常这样捕杀小鸟。这只画眉已无法自己觅食了。

---

① 英国西南部康沃尔郡的港口。

另一个失去喙的鸟儿由朋友帮助生活的例子，是西德茅斯的E. 塞尔莱君告诉我的，他是当地的一位园艺家和博物学家。他的父亲饲养了一只喜鹊，关在一只铁丝大笼子里，小鸟可以穿过铁丝网进去偷窃食物。其中有一只让钢夹切去了喙的知更鸟和喜鹊成了好友。虽然它敌视其他的鸟，把它们从自己的房子里赶出去。知更鸟没有喙可啄食，只能拾取小碎屑，喜鹊取一片面包放在栖木上，把面包啄碎让知更鸟吃。"这听起来像童话。"塞尔莱先生说。

　　一位朋友曾告诉了我另一个他亲眼见到的例子。一只笼养的云雀挂在房前的墙壁上，人们注意到有些麻雀养成了攀住铁丝从种子盒内觅食的习惯。为了制止这种打劫，盒子从笼子前部移到了后部，使它们够不到了。可是它们还继续来，跟过去一样饱餐。主人稍为贴近地细看，发现是云雀自己把食物送给麻雀吃，它不是拿种子送到它们嘴里而是将盒子移动到笼子的另一边，这样麻雀就可以吃到了。

　　我以为在这些例子中，鸟类的行为并不是由友谊发展而来，而是出自互助的本能，这在具有社会习性的动物中是常见的。我们所知最清楚的是大型哺乳动物中，比如牛、猪、西猯①、鹿、象等。即使独来独往的猎，有时也会给同胞喂食。在鸟类中这种情况表现在亲鸟养育幼雏和保护它们脱离

————————

① 美洲特产的一种动物，形如小猪。

危险的本能上。一只丧失父母的雏鸟的饥啼有时会在陌生的鸟儿那里得到反响，在某些例子中，这个回应者属另一物种。在某些物种中孵卵育雏的雌鸟，如果在雄鸟替换喂食时出去觅食，会因雏鸟的饥啼和动作表示而复归。一只老鸟被捕获或受伤时痛苦的呼声也会激起同胞的同情而赶来援助，如同雏鸟的痛苦与恐惧的呼声一样。

人所遇到动物个体之间亲密伙伴关系的其他例子，源于具有社会习性的物种不能忍受寂寞。某些动物不能忍受孤寂以至于必须勉强依恋它们能结识的任何生物，不管它的种属、习性或形体大小的差距。我记得其中的一个例子，那是多年前记下来的。一匹小种马把自己的活动限制在一块田野的范围之内，人们常见到一只孤独的鹧鸪，可能是那个地方唯一的鹧鸪，总是跟它在一处。小马吃草的时候鹧鸪老守着它，要是它休息，便满足地坐在它脚旁。毫无疑问，这种伙伴关系可以排遣它们寂寞的生活。

另一个甚至更为离奇的例子必须在最后谈一谈。一只孤单的天鹅求友的故事，由于它是难以令人相信的那一类故事，我很高兴得到允许把亲眼见到这件事的人的真名实姓写出来。这个地方是靠近切尔姆斯福特的小切尔姆斯福特堂，目击者是彭尼法瑟勋爵夫人和她的朋友吉尼斯小姐，她俩住在一起。靠近住宅有一条相当长的人工湖，湖水来自一条从湖的一边流入地下又从另一边出来的小河。湖与河都放养着鳟鱼。湖上饲养着一对天鹅，三四年前它们生育了一只小天鹅，几个月之后小天鹅羽毛丰满，它的父母便开始虐待它。小天鹅不堪忍受孤独，虽然一天要被狂暴地赶到远处上百次，它依然要回来。最后，它所遭受的无情惩罚达到无法忍受的程度，它不再反抗，而是跑到湖的另一头，以那里为家。大约在这个时候，吉尼斯小姐在那儿开始创作一系列水彩画，她的存在对这只天鹅是一种快乐。照例她一出现它会迅速地向她游来，然后跟着她直到她离开。这种情况持续了五六个星期，直到吉尼斯小姐画完到别处去访问。这只可怜的鸟儿又孤零零的了，看起来很苦恼。这时有个人被派到湖畔的灌木丛来干活，天鹅顿时跟他成了伙伴；每天早晨它会到湖边来迎接他，陪着他一整天。到时候活儿干完人走了，天鹅再度陷入悲苦之中，使得宅邸的女主人心里挺难受。不论什么时候只要她来到湖边，天鹅就表现得热烈急切，而她一走就痛苦悲伤。然而不久它的举止突然发生了变化；它不再等待访客到湖边来，当她的身影出现时也不再离开湖面上岸迎接。这时它好像满足于孤单，会留在湖中同一地点整整一个小时，一动不动地浮着，要不然就慢条斯理地轻轻划动，看起来好像几乎停顿在那里。这是一个令人惊异的变化，但也令人欣慰，由于天鹅的不幸使人人觉得不欢，现在看起来这只可怜的鸟儿已经适应了孤独的生活。稍后一些时候人们明白了这个变化的原因，原来这只天鹅一点也不孤单，它有了一个经常陪伴它的新朋友——一条大鳟鱼！这条鱼儿就在鸟儿的身边，刚好在水面下，它们一同休息，一同游动，如同一个人。头一回见到这一情形的人简直不相信他们眼见的证据，但是短时间内他们信服了，这个奇迹发生了，这两种不同的生物确实成了伙伴。

我们怎么解释呢？我们看到这只天鹅在孤独中处于一种悲苦的状态，毫无疑问，它准备依恋任何一个陆地或水中的生物以求得安慰；这条鱼恰好是那里唯一的生物。但是鳟鱼是什么样子呢？我只能假设它从这种伙伴关系中得到某种好处，当天鹅在湖边觅食时偶然把一些小虫甩进水中给鳟鱼提供了食料。这样天鹅便把食物同我们乐于称之为鳟鱼的注意力联系起来了。生物学家否认那条可怜的鱼有任何智力，因为它的大脑没有大脑皮层，但是我们目前不必为这个问题伤脑筋。我还认为天鹅可能用喙触摸朋友的背部，就如同一只天鹅爱抚另一只天鹅一样，这样的接触是对鳟鱼表示感激。鱼像其他有反或鳞的生物一样是非常喜欢被轻轻抚摩的。我曾经捡拾过很多"森林中野生的蚯蚓"以及许多野蟾蜍，通过轻轻抚摩它们的背部，便会很快制服它们的野性，使它们心满意足地躺在我的手中。

我还要讲一讲结果。一位访客从伦敦来到爵邸，他是个热心的钓徒，早晨起身很早，去湖边打算钓一条鳟鱼做早餐。约在八点钟，他回来找到女主人，骄傲地向她展示一条他捕获的鳟鱼。他不是有意去钓这么大一条的，他永远不会忘记捕到这条特殊的鳟鱼的情形。他把鱼钓上来时发生了一件奇异的事情，有一只天鹅跟着被捕获的鱼上岸来，怒不可遏地冲过来攻击他。他费了很大功夫才把天鹅赶开。"噢，多可惜！"勋爵夫人喊道，"您杀害了这只可怜的天鹅的朋友！"

从那时起，天鹅比过去更加郁郁寡欢了，它的样子使我那富于同情心的朋友一看就实在难受。不久听说本地有位熟人想喂养一只天鹅，她便拿它送给他了。

第八章·
神圣的鸟

* 在英国人们谈到任何被认为是"神圣"的物种几乎不必另加什么科学的名称。由于英国既不是古埃及，也不是印度斯坦①、萨摩亚，或任何偏远的未开化的国家，在那些地方某些生物被看成宗教膜拜的对象。英国的神鸟肯定不是鹮②，我们称我们熟悉的雉为神鸟以表示对那些为了狩猎运动而过分保护雉的热心人士的谴责。

*

　　用枪射雉无疑是猎雉的最佳办法，将来依然是最好的办法——肯定比扭断它的脖子好，即使这些半驯养的鸟，在罗马人统治不列颠时期③就已完全驯化了，是他们最早把雉引进不列颠群岛的。我确信这一点，因为这种原产亚洲、不喜飞行的鸟，两千年前还没有完全在英国归化，如鸟类学家所称，根本算不上是一种英国的鸟，它不能在英国生存，也

---

① 古波斯人对印度的称呼。
② 鹮是古埃及的神鸟。
③ 罗马人统治不列颠约在公元前1世纪至公元后1世纪。

不能在罗马时代的环境条件下野生繁殖。在西尔切斯特的骨灰坑内挖出的雉骨，据专家检测，在数量上仅次于家鸡，这一事实证明雉是一种普通的食物。西尔切斯特周围地区那个时期是一片广大的橡树林，大概人口非常稀疏；一部分森林存活至今，这是我最喜爱去的地方之一。狐狸、白鼬和雀鹰不是雉仅有的天敌，此外还有狼、野猫、貂、艾鼬；猛禽的名单上包括雕、苍鹰、鸳、鸢、鹞、游隼、燕隼；等等，只不过那时数量多得很。接下来的是鸦科鸟类：从在西尔切斯特发现的渡鸦白骨数量判断，我们只能推测这种鸦科中主要的而且最具破坏力的鸟类是受到保护的，同时生活在半驯养的状态下，在卡列瓦及周围地区数量极其丰富，大概在所有的罗马驻军基地情况都如此。很有可能有为数不多的驯养的雉逃进森林，还有一些也许是人有意放生的，希望它们能适应野生环境。我们可以推测其中最顽强的存活了下来，从而让这个物种生息下去；但是在继罗马统治不列颠群岛之后的数百年内，雉必然是英国森林中的一个稀有物种。作为一个稀有物种，它在人们让它自生自灭的地方存活到今天，尽管它的大部分天敌已灭绝。在近代的英格兰，不幸的是对这种鸟的狂热，在地主们中间颇为普通——人工使它们得到繁衍，因此一个年产十二只或二十只雉的产地，会增加到一千只。这必须在任何方面和任何程度上毁灭所有被认为对受保护的雉不利的野生动物。更糟的是许多装备着枪械、网夹、毒药的人监视着森林。考虑一下这意味着什么吧，一帮人被雇用来为狩猎者提供一种主要的猎物，他们有特权携带枪械终年日夜转悠，随时准备射击！谁会在自己的产业上跟着他们以监督他们不滥杀动物保护名单上的物种呢？他们准备随时射杀什么鸟兽，这纯粹是有枪在手并自由使用的条件反射的结果。杀戮于他们是一种乐趣，无须解释，他们一直在干着——增加着灭绝的生物名单上的数字。"我完全清楚，"一个管理员对我说，"欧夜鹰是无害的；我根本不相信它吞食雉卵的说法，虽然许多管理人认为如此。我拿枪打它们，这不假，但不过是好玩。"结果就是只要雉在受到严格保护，猛禽包括那些食鼠类、鼹鼠、黄蜂和小鸟的鹰隼，以及鸮和所有的鸦科鸟类，除了受到地主们偏爱的白嘴鸦；还有夜鹰、啄木鸟和大部分比苍头燕雀大些的其他物种，都会被认为"害鸟"而对待。射杀所有的夜莺，是因为它们的歌唱使雉在夜晚不能安眠，这种理由听起来十分荒诞，但都是千真万确的，这样的事例已经发生过若干起就是最好的证明。

这是另一个我亲眼所见的例子。那是南部某郡的一个鹭群的栖息繁殖处，它在一片大庄园的园林内，数年前有关这里曾发生过一起诉讼。在上次育雏期间我访问这个鹭巢群时，发现靠近宅邸附近的树上鹭巢是空的，荒凉冷落，别人告诉我新来的总管说服新近才成为这片地产拥有者的大贵族主人，允许他杀掉这些鹭，因为它们的叫声使雉害怕。在育雏开始后它们在巢中被射杀。然而允许这么做的这位大贵族在世人中却以仁厚和三明著称，我听说，他还吹嘘他一生中从未打过一只鸟呢！他同意这么干是因为他要为爱好狩猎的朋友养雉，以便在十月份作为猎物供射杀，他认为他的管家最明白该怎么办。

另一个例子也发生在英格兰南部一个大贵族的大庄园。六月中旬的一天，我从早到晚都听见枪声响彻树林，从上午八点左右开始一直持续到天黑。射手们在林子里来回巡游；我从未听到一天中一个庄园内有这么多枪声。我问过几个人，有的是受庄园雇用的，为什么打枪，他们告诉我是管家在消灭害鸟。他们拒绝透露更多；但过了不久我找到一个人告诉我发生了什么事。总管组织了二三十人，男人带着枪，一批少年则拿着有钩的长竿把鸟巢钩下来，他自行规定的任务是消灭林子里不需要的鸟。所有被发现的鸟巢都被捣毁，不管是哪种鸟的，鸽子、啄木鸟、鸦、乌鸫、槲鸫、歌鸫，通通打死；还有苍头燕雀和其他许多小鸟也不能幸免。管理员说他不打算让林子充斥什么用也没有的鸟，它们会吃掉雉的食物。古怪的是庄园主和他任职在下议院著名议员的儿子，两人均是爱鸟者。就在六月中旬这场荒谬的屠杀正进行时，他们还告诉伦敦的朋友，一对已在南英格兰绝迹的珍禽飞来他们的树林育雏了。可是稍后他的总管报告说这对珍贵的鸟已神秘地失踪了！

再谈一个例子，还是南部某郡一个庄园发生的事情。射鸟是一位绅士干的，他对保护珍禽极感兴趣，尤其是鹰隼类猛禽。我对这片土地十分熟悉，得到主人的允许可以想去哪里就去哪里；我也认识这里的管家，（像傻瓜一样）相信他们会照主人的指示办。我告诉他们一对燕隼在园林边缘的树丛上育雏，要求他们小心别误认为是雀鹰。同时我还告诉他们一对灰鹞经常出没离园林约一英里处的一块冷僻的沼地；我守望了它们三天，认为它们在筑巢。我也告诉他们一对大斑啄木鸟在林中何处育雏。他们许诺"监视"鹰和隼，大概他们这样做了，因为在随后几天之内燕隼和鹞都失去了踪影。但是他们没有答应救护啄木鸟。一位贵妇人曾经要求助理管理员为她弄几只漂亮的鸟放在玻璃盒内观赏，那个总管告诉她可以拿啄木鸟去。

我举出许多例子，是不是我曾把这些发生的情况告诉过庄园主和来这里打鸟的人了呢？因为一个非常有理的原因。我并没有，你说给他们听，除了主人对全体管家和所有介入的人勃然大怒发一顿脾气外，然后一切照旧。我从来没有听说一个管家被撤职，除了一桩他亲手犯下的买卖猎物与雉卵的罪行。在别的样样事情上他可以自行其是；倘若不给他这种特权他就自己动手；没有比干预他的特权，或是忠告，指示他对什么物种手下留情更使他恼火的了。告诉他别伤害一只啄木鸟或一只红隼他却决心杀掉它。倘若你是个赶时髦的人要保护所有的野生动物，他便会做到这种地步：召集一批追随他的部下，派他们把树林中的野生动物一扫而光。不，分别告诉一个一个庄园主这样的劣迹只不过是浪费精力。英国人对一种主要的猎物，或者更确切地说，对这种异国森林禽鸟的狂热，招致了一位本身就是博物学家兼狩猎运动爱好者对"神鸟"的蔑视和厌恶；庄园主们自己是要为这个管理制度负责的，是他们促使一帮人追求这一堕落的户外运动。我是经过考虑才使用这个词的。A. 斯图亚特-沃特利君，据我所知他是这个问题的权威，也是一位热心人士，他在写雉的专著中令人沮丧地承认：由于猎雉在英国如今已几乎成为时尚，所以它根本不再是运动了。

过度保护某一异国物种以及随之而来的对林地的糟蹋，使雉本身成为遭到自然爱好者厌恶的一种东西。无疑这是一种非理性的感情，但也是合乎情理的，因为受我们的敌人珍视钟爱的无论什么东西或那个伤害我们的人，必须为他激起的感情付出代价。我个人也讨厌保护地内半驯化的雉。这种禽鸟本身是讨厌的，我全心全意希望在英国土地上根除这个物种。

不过当我看到这种鸟生存在自然状态下，跟别的野生动物享受同样的机会时，它的身影则使我产生了强烈的兴趣；尤其在十月和十一月，这时树叶颜色发生了变化，使这个我们熟悉的世界好似仙境。我每年都期待着这个变化，知道它临近了，然而在它到来时，我又觉得好像是头一回目睹丘陵地带和山坡上高高的山毛榉林。在广袤的平坦林地上，数不清的橡树、榆树、桦树和节节荆棘，以及缠作一团的五颜六色的有刺灌木，叶子呈淡绿色，像孔雀一般青黛色的，又如老人胡须般银灰色的常春藤，这一切构成了壮丽的自然风光。在那片地方雉好像是一种从什么较明亮的国土引进的，但相对我们的森林来说的确是异国的物种，它跟具有暗淡的保护色的本土野禽并不相似，也跟周围的环境不调和。如果树上薄薄的枯叶被阳光照得半透明，像有色玻璃一样发着光，同时便可看到这种鸟在铺满金黄色和有光泽的红色、铜色、鲜明的赤褐色的树叶的林中空地和沼地时，即使热带羽毛最鲜艳的鸟类，雉跟它相比也显得毫不逊色。当它不慌不忙地缓步徐行，或是高举头部和闪亮的脖子，抬起一只脚，站立倾听什么声息时，它和周围的景色融为一体，成为那绚丽的景观的一部分，像一幅美丽的装饰画。一位又一位作家试图用文字描绘它，但或许只有罗斯金①是成功的。在描写普通雉的色彩时，他写道：

　　　　它全身的羽毛大部分是有暖感的棕色，带有细微的甚至是美丽的斑点；在最优良的品种中斑点是斑斓多彩

---

① 约翰·罗斯金（1819—1900年），英国作家与艺术批评家。

的，或镶嵌如同产占庭的铺面路，化成壮丽的紫红和蔚蓝，熠熠生辉。

但是，唉！十月间我每每看到雉在色彩缤纷的林中徜徉，这时它的色彩是最艳丽鲜明的。要是我抬眼穿过稀疏的树叶向大地的远方和拱形的碧空望去，我的兴致就消失了。对一个看过别的没有遭受过灭绝一切高贵鸟类的屠杀的地区的大自然的人，景色中有鹰、鹜、鸾、鹞，这类大型的飞禽，展开宽阔的翅膀从容地翱翔，或绕着愈来愈大的圈子升向云霄，谁不为我们这里没有这种壮观的景物而感到遗憾呢？那是大自然中的一种物体，它有着拓展远景的作用，就好像观察者本身把自己抬升到一个更高的海拔，蔚蓝的穹隆就会显得高远莫测。高飞的鸟儿对视觉和心灵表现出有形世界的浩渺无垠和光辉灿烂，没有它天空就绝对显不出崇高的感觉。

但是那高飞的大鸟在我们寂寞的天空中是找不到了，在怀念它的同时，我们应该记住它失去踪影的原因，认识到我们为人工养雉的热潮而付出的代价。

白尾鹞

雄鸟上体蓝灰色，头和胸较暗，翅尖黑色，尾上、翅下等
部位覆羽白色；雌鸟上体暗褐色，尾上覆羽白色，下体黄
白色或棕黄褐色，杂以粗的红褐色或暗棕褐色纵纹。

· 第九章
劳瘁的旅人

* 那是东海岸十一月的一个早晨，天气不错。我走到户外看看天空中有无被寒风追逐的灰色云朵，以及观察到一片又冷又湿、灰蒙蒙的薄雾笼罩在平坦荒凉的土地上时，我发现这是一个晴朗的日子，没有雾气，阳光明媚，空气几乎是静止的，温暖宜人。就十一月来说，这是我去滨海的威尔士和斯蒂夫基之间平坦的灰色盐滩上散步再好不过的日子了。这个时节不如夏天那么热闹，却自有寂寞的魅力。那天早晨这一片地区完全为我所有，除了教堂的钟乐，没有一点人声，钟声轻轻而悦耳动听地越过辽阔的沼泽地传来。鸟儿也极少。不时地一群小嘴乌鸦飞过去，一边发出暗哑的嘎嘎声，或者一只环颈小嘴鸥从小港湾或池沼腾飞而起，芬着忧郁而狂野的啼声远去。只有云雀在我周围歌唱，但这是它们的冬之歌，混杂着一种粗哑的鸣声与喉间发出的嘎嘎声，没有夏天那种清亮、尖厉、急切的音调；在这个时季它们飞得不高，在振翅高飞四五十码的距离后又降落到地上。

*

朝海眺望天边，我看到了一线沙丘的低脊，上面丛生着粗糙、灰绿的杂草。当我站在沙脊上望过去，则是广袤而连绵不断的棕黄色沙滩；因为是低潮，大海明显可见，如同一线白沫。在沙脊上有一座古老的已被海水冲毁的海岸警卫站，到达那里后，我便坐在倒塌的建筑物旁的一堆断枝上。我坐了一两分钟后，一只小鸟便从我足旁的草丛展翅飞起，落在离我三四码处的木头上。这是一只红翼鸫，从北方来的劳瘁的"旅人"。无疑它是在晚间才到达那个地方的，等待恢复过度的疲劳后再继续飞往内陆。它在这样美好的天气下独自逗留在那个地方准是因为非常疲倦了。这个时候，紧靠着灰色的盐滩较远的树木森森的林区，在薄雾中呈现出蓝色，清晰可见。红翼鸫是一种非常合群的鸟，只要翅膀能支持飞行它是不可能甘于落后的。再说，它也极怯于见人，尤其是初到我们的海岸；然而就是这只腼腆的鸟儿，孤零零地，十分安静地坐在这儿，离我仅三四码！不过，它对我的存在有点不安。从它一边瞧我的神情，一边摆动尾巴和翅膀来判断，它有一点疑心；有一两回，它大张着嘴发出惊惶的声音，有点近似人们熟悉的槲鸫粗粝的呼唤。但这些惊恐的小信号很快就过去了，它安静下来，仅仅每分钟发出十二次甚至更多好听的低声啁啾。

对我来说这次相见是特别愉快的，假如有人要我选择一种冬天会来拜访这里的鸟，跟我一同待在这个安静孤寂的地方，我想我会说："让一只红翼鸫来吧。"出于种种不同的原因，它对我具有特殊的吸引力。我认为红翼鸫是在鸫属鸟类中最迷人的，在形态与颜色方面都如此。这一家族的所有成员我觉得都是可亲可爱的，我也许更赞赏别的鸫，比方说，田鸫、啭鸣不止的冬天的"青鸟"①；槲鸫，二月间潮湿与多风的天气下歌声嘹亮的"田鸫"；乌鸫，像乌木般黑亮，有金色的喙和清脆如长笛般的鸣声的大型鸫。然而我更爱红翼鸫。它让我产生一种包含着一种奔放、清新的感觉，这也许部分由于它不是一种笼鸟，因此绝不会产生使这一物种丢脸的形象和联想。它是一个歌喉甜润的歌手，林奈②的"瑞典夜莺"，但它只有夏天在它的故乡——遥远的北国才引吭高歌；因此，那些最令人讨厌的伪君子，那些鸟商或自称所谓的"养鸟者"，把这种鸫忽略了，他们爱鸟仅仅是把它关在可恨的笼子里面。这是人类众多发明中最不公正的一种。红翼鸫使人联想到的整个形象、姿态、声音，是一幅乡村的冬景，也是令人喜欢的，尤其是黄昏这种鸟在灌木林的聚会。像朱胸朱顶雀和椋鸟，它们爱举行某种音乐会，也就是盛大的合唱会或歌舞狂欢会，会上全体参加者都一齐叽叽

---

① 西方传说中象征幸福的小鸟，典出比利时诗人兼剧作家莫里斯·梅特林克（1862—1949年）的童话剧《青鸟》。

② 卡罗努斯·林奈（1707—1778年），瑞典博物学家，现代动植物分类学的奠基人。

喳喳地啭鸣、啁啾，甚至尖厉地叫喊，然后在常绿树木中安定下来睡觉，暮色苍茫下，衬托着发亮的夜空，看上去黑压压的一片。就我遇到的情况来说，还会引起别的联想，红翼鸫轻柔的富于音乐性的嘤鸣，使我生动地想起跟它的声音相似，在我的青少年时被我喜爱的鸟类，一种是真正的画眉，另一种是阿根廷巴塔哥尼亚大草原上合群的军椋鸟。

现在，我靠在一堆断枝上，它坐在上面离我这么近，不断地发出低柔的嘤鸣或者点点滴滴的音符。似乎部分是询问，好像是在问我是什么人，为什么专心地注意它，我对它有什么意图；部分则是独白，下面是我的理解，它似乎在说："我怎么啦？为什么我不舒服而无法继续旅行呢？现在太阳高高升起，乡村这么近，几分钟的飞行我便可以飞过这片平坦的海边沼泽抵达森林和灌木林，那里就有安全和潮润的绿野觅食了。可是我不敢冒险。听哪！那是一只冠鸦，它在沼泽地到处游荡，寻觅由海潮留在港湾里的小蟹和腐肉，它会发现我身上的弱点。身体的衰弱使我只能靠近地面无力地低飞；倘若它看到了，知道我是一个生病的掉队者并且追逐我，我的心脏会停止跳动，没有办法逃生。我从那路途遥远的地方日日夜夜向南飞，那儿的桦枥林中有我的家，我和我的终身伴侣以及孩子们还有所有的邻居在那儿生活得挺愉快，旅行是一同出发的。昨天天黑下来时我们正飞过大海，飞得非常高，风不大，是迎着我们吹的逆风，即使在高空，空气似乎也是沉重的。随着压在我们上方的云朵渐多渐沉，天变黑了，我们被大雨打湿了；雨停后黑暗过去，我们发现我们已下降很多很多，靠近大海了。海面平静，天空变得非常清明，洒满了明亮的繁星，好像一个打霜的夜晚，星星在海面反映出来，我们宛如在两个星空之间飞翔，一个在上，一个在下。我害怕着那个在下方移动、漆黑、闪亮的天空，这时我觉得疲倦无力，当我们集体愈飞愈高时我吃力地随着它们而升高。时不时领头的一批伙伴发出鸣声阻止别的伙伴离群，远远近近都是回应的鸣声；但是自从湿漉漉的乌云压到我们头上以来我就没有出过声。有时我张开嘴努力想出声，但却发不出来；有时我们一边飞我一边闭上眼睛，接着又合上翅膀，一瞬间失去了全部知觉。我醒来发现自己往下坠，于是又扑动双翼，挣扎着上升再追上伙伴们。突然，我心里涌起一阵温暖的感觉，黑暗代替了我们下方移动着发着光的大海，我们立即朝地面降落，犹如从空中掉下的石头，直直落进了海岸旁高高的草丛里。噢！把翅膀收拢，我终于松了一口气，感受到了身体底下的地面，密集的遮阳的草茎在我周围和头上，闭上疲倦的双眼后我不再有任何感觉了！

"早晨到来时我的同胞的呼声唤醒了我，它们叫我们起身越过沼泽前往绿色的乡村，但我无法听从它们的召唤，也无力回答。我又把眼睛闭上，什么也不知道了，直到太阳高高升起在地平线上。大伙都已远走高飞，甚至我的配偶也离开了我，它们也不知道我藏在这儿的草丛里，因为我没有答复它们的召唤。说不定它们以为我落后了好长一段路，当时雨下得很急迫使我们低飞，大概有的同伴因精疲力竭而掉进了大海。它们不能在这个没有树木的光秃秃的地方停留，这里的水是咸的，也几乎找不到食物。我正在刨着草根找点东西吃的时候，这个人就出现了，我赶忙飞上栖木。要是我身体不是这么衰弱，一看见他离得这么近本来早就吓得跑了；我们特别怕见人，甚至于比怕鹰和冠鸦更厉害。但我的虚弱不容我飞，这时我壮起了胆子，虽然他继续盯着我瞧，明显没有害我之心。"

在结束这段零乱的自言自语，反顾它的新体验和目前的状况之后，它再一次试图起飞，但又在一根不到20码开外的柴枝上停落下来。在那里它好像打算逗留下去，紧缩着脑袋，抬起喙，明亮的眼睛扫视着头上广阔的天空。它希望能看到飞过的红翼鸫，向它们召唤，假使微弱的声音能传到它们的耳边，说不定它们会下来跟它说说话，在它孤独中给它鼓舞。它也能瞥见一只游荡的乌鸦经过；它害怕乌鸦，它知道乌鸦是病弱者的敌人，以便争取时间躲进高高的草丛里。

我让它待在那里不去打扰它，沿着海岸往远方走去。一两个小时后，我经过广阔的沙滩又回到原地，瞧！原来那里只有一只红翼鸫，现在有了两只。一只在我走近时拼命飞离到80～100码距离外，然后再停落；另一只则原地不动，我走近时它再度挪移到栖木上，它摆动尾巴和翅膀，发出呼叫，说明它有点惊惶；慢慢地它不再恐惧，发出细细的啭鸣。这些柔和动听的细细的声音是对那遥远的国土上已逝的岁月的回忆，稍微有点悲切，仿佛这只鸟儿埋怨被伙伴孤零零地留了下来。其实，它的配偶根本未曾抛弃它，说不定它跟着伙伴们走了一段，又回到栖息地寻它去了。

找到我认识的鸟儿之后，我决定尽量利用这次我们重逢的机会。此前我还未有过在这样有利的光线下如此贴近地观察红翼鸫的机会。我发现它是一种比我过去认为的更加美丽的鸟。栖身在离地五英尺的高度，背衬着有柔和的阳光照耀的天空，天空虽然苍白却水晶般明净，鸟儿的羽毛每种深浅的色度都清晰可见。它的上部是橄榄褐色，如歌鸫一般，但在大而黑的眼睛上面有奶油色眉纹，使它又跟歌鸫很不同；有黑斑的下部是奶油白色，染有暗黄，两胁是鲜明的栗红色。

但是假如我手里拿着的是一只眼睛亮晶晶的死鸟，不管它的颜色如何鲜艳，我也不会欣赏。它确实是美丽的，嗬，但那是死的，我握着的不过是个鲜活而聪敏的灵魂不再存在的躯壳。如果我把它高举起来，金红色的羽毛在阳光下熠熠生辉如同金子，就好像让死者的头部光芒四射而显得格外美丽了。然而此时此刻我不会觉得它的羽毛有多美，它只会使我不可言喻地悲伤。

我想到这些天空中可爱的儿女必然死亡，它们披着如此美丽的羽毛，温暖跳动的肉体必然被撕碎、吞噬；或者当严霜的铁腕紧紧抓住大地的时候，它们必然由于饥寒交迫而死去；或者被凛冽的逆风、雨雪、冰雹所打击而在途中或浩渺的海上坠落，我不会为这种想法伤心。真的，我不会为生命的意外结束而悲痛，不管可能表现为过早的、痛苦的或悲剧性的。我也根本不去想死亡；我倒是会时时为尘世丰富奇妙的生活而感到欣悦，其中也有我一份。只有在想到人类竟然发明并且实践一切可能设想到的办法去残酷迫害这些可爱的生灵时才觉得伤心。它们和我们一样生活在同一个地球上，并给予了这个世界了不起的美，使世界光华熠熠。在所有残酷无情的手段中，最厉害的是这些人竟剥夺了它们的自由。使生活甜美可爱的恰恰是自由，而没有自由，生活便不称其为生活。

第十章·
白鸭和一个古老传说

* 三月时，大地的绿色是淡淡的。距春光明媚的时节还有好几个星期。在宁静的诺福克这块土地上我信步消磨了漫长的一天后，感觉自己似乎一直生活在苍翠的世界里。青草于我是如此快意，甚至对我的身体健康是必不可少的。如果眼前见不到它，我很容易陷入衰懒的状态，心情暗淡而沮丧，像一个狱中的囚徒或是随着年迈而体弱多病的老人。

*

> 最好也不外乎无精打采，须发灰白，
>
> 仅仅是微光点点，朽物一堆。

这个时节，随着太阳的威力日益增强，大地的色彩开始发生变化。这个时节，是一年的转折关头，我花了整整一天在田野徜徉，仅仅是为了看一看青草。漫长的冬天之后，重新享受一下青草的欣欣生机，让它充实我的心灵，即使像老尼布甲尼撒王①充实他的肉体一样也好。芳草萋萋的景象是我此行的全部目的，我所要求的一切。旧的红砖农舍从远处来看，掩映在常绿树和光秃秃的大树中间，倾斜的屋顶遍是橙黄色的苔藓；安静的小村落在大榆树下半掩半露，犹如掩映在一片紫红色的彩云之下；没有尽头的弯弯曲曲的大路，两旁蜿蜒着低矮的荆棘篱。绿野上红色的母牛在吃草，一群椋鸟在天空打旋，田地里许多鸥在休息，一个个喙迎着风，白色的、浅灰色的、犹如鸟形的小雪堆，卧在碧绿的草地上，在太阳光下闪烁着。一整天天气都好得不能再好，紧接着寒冷恶劣夹带着多雨的天气而来的轻风吹拂、艳阳高照的一天；柔和的蓝天里白色的浮云随风飘逝。

　　看着这些景物，当你的心和眼被别的东西所占，不论什么进入视野，都会边看边忘。时间转瞬即逝。正午过后，我忽然发现一桩新鲜事物，我一阵兴奋。它是如此吸引我，我已经走过去之后，也丢不下。那天以前我看到的所有东西：长着苔藓的农家房舍、灰色的谷仓、树木、大路、紫色的树篱、绿野上红色与黑色的母牛、鸥与白嘴鸦、远方的丘岗和松林，不过是在地球这件绿色披风上不规则地分散的图案的一条花边和一小部分。现在则是完全不同的新气象，它使我摆脱了我的春草情。原来似乎是主要的东西的绿披风，现在

---

① 尼布甲尼撒二世（公元前630—公元前562年），古代巴比伦国王，以生活豪奢著名。

不过是这个可爱的实物的背景。

在一块绿色的牧草地中间，我发现了一口由雨水潴积成的池塘，30～40英尺长，是地上的一块洼地。水的颜色是在光线照射下浅浅的池水的绿——一种难以描画而又极妙的色泽，不像湖泊的蓝和深海的蓝。如具一位寻找题材的画家看到，他会扭过脸去继续往前走，努力忘掉它，如同他看到挂在树篱上闪烁着红色的露珠的蜘蛛网，他自知这是他的画笔画不出来的。在这片淡绿色田野中间仙境似的池塘里，轻风吹皱的青色的水面上浮动着三四只白鸭，比海鸥更白。它们的白全都是最纯的，除了黄色的喙，没有别的颜色。被我打扰后，它们轻轻地转身，轻风也微微吹皱了它们的羽毛；就在此时，我站立凝望，一朵浮云过去后太阳光芒四射，染红了青色池塘里的飞鸟，给涟漪镀上了银白色，使白鸭的羽毛放光，犹如它们自身会放光一样。

"我从没有看见过比这更漂亮的动物！"我自言自语地喊道。在漫长的一天结束之际，它的印象留在我的脑海里，如同阳光照在它身上那一刻同样新鲜生动。这个印象如此执着，我别无选择只有写下来。我见到的美无疑是由于那特殊的条件——青色的水面，轻拂的微风，洁白的羽毛，以及阳光骤然照射的魔力；但倘若浮游的白鸟自身不是那么美丽——在形状及无与伦比的洁白上——本来是不会这么迷人的。

我确信读者这时会微笑，也说不定会发出"pish"①的声音——表示不屑的小声的咝音。尽管读者会欣然承认太阳美化了许多东西，但他会把鸭划掉，这是一种普通的家禽。像我们所有的人一样，读者自有他先入为主的想法而不能摆脱。詹姆士教授②告诉我们，每一种印象，一旦进入意识，它就被划入某一限定的领域，与那里的其他物体发生联系，最终产生反应。在这个例子中，一只鸭的印象被描写得美丽非凡，反应是表示怀疑的微笑。它产生的特殊关系是由我们过去的经验以及目前的印象跟这些经验的联系所决定的。印象唤起了往昔的相关事物，它们去和它会合；它为它们所接受，由头脑重新安排。每个印象就这样陷进了被种种回忆、意见、兴趣所占满的头脑。我们的哲学家补充说："在头脑所有领悟性的操作中，某一总的法则使它本身被感知——这就是节约的原则。在承认一种新经验的时候我们本能地谋求尽可能地对事先存在的意见少做干扰。"

这些话是有启发意义也是有帮助的，它使我能够透视面露微笑的读者的心灵。在这种情况下，被描写的实物（一只白鸭）会把自己跟什么联系起来吗？那些久已储存的回忆、意见、兴趣，将成为与它相关的事物，它们又是什么呢？它们是有关那只鸭子的，那只农家场院里熟悉的鸭子，一只笨

---

① 意为"呸"，sh的发音部位与汉语不同。译者注。
② 可能是指威廉·詹姆士（1842—1910年），美国哲学家与心理学家。译者注。

重的鸟，走起来摇摇摆摆，在马用来饮用的池子或泥潭里饮水，他总是看见它，认识它，并且把它吃掉。那其实是养鸡妇养肥了送到市场去卖的家禽。如果有什么可喜的回忆或联想把他们跟它联系起来，那也不属审美性质；他们指的那是没有羽毛的鸭，在当季和青豆一起烧熟吃掉时的香气和味道。

假如有人问我是如何从这些令人难堪，且不说不怎么光彩的联想中逃开的，唯一的答复是，大概是早期形成的另一种联想。也许，当儿时的眼睛开始张望世界的时候，那时我并没有什么先入为主的意见，根本没有什么先入为主的印象（除非牛奶），我看到一只白鸭，对它很感兴趣。不管怎么说，对它的美的感受可以追溯到很远的过去。我记得若干年前在伊城溜达的时候，我因为要欣赏一只浮在清澈的水面的白鸭而停步。这片水面宽而浅，周边开满了野生麝香玫瑰。植物丰富潮润的绿色使鸭全身的羽毛显得更白，而鲜花与鸭喙都是非常美丽的黄色。"假如，"我想，"白鸭在英国如同白燕甚至像白色的乌鸦一样珍稀，那温切斯特一半的居民将走出家门，步行到这个地方来观赏这么一个可爱的动物。"

一次又一次我曾在散步或骑马中停下来欣赏这样一种景观，但今天见到的这几只，浮在水面的白鸭，被太阳照得赤红，在绿野中的青色池塘里，更显得可爱，有一点超自然的意味，使人想起有关天国的古老传说。仙逝的人居住在那里，树木和鲜花如同在地上一样丰盈茂盛，但是比地上的更美。人们也许知道那里有个国度，那里是蓝色的；云霄、太空，是无色的，但所有的物质从远处看则呈现为蓝色，流水、树木、高山，莫不如此；只因天国的距离如此浩渺，除了蓝色外我们什么也看不到。但是在那片大平原上有窗口，这就是星辰，当天黑下来后，那个国度澄澈灿烂的光明就通过这些窗口照耀在我们头上。

死者是怎么到达那里的呢？像高飞的飞鸟，向上、向上、向上，直至抵达那里。他们肯定像鸟类一样飞行，但是没有飞鸟和失去肉体的灵魂能飞过这么浩渺的高度；可是当人一死，他们除了渴望去那个国度便没有别的渴望了，他们在这个世界安息不了或毫无乐趣而是游来荡去，不想看到人间甚至是最亲近的亲朋好友。活人的眼睛是见不到他们的，所以当他们发现自己没有人认识，说话没人听见，也没有人记得他们时，他们非常难受。因此，白天，要是人们都在户外，他们便飞向森林和无人居住的地方，在那里躺卧下来；但在夜晚则出来，像鸮、夜鹰、鹧鸪、秧鸡或其他夜游鸟一样在大地上漫游，一边发出狂野哀伤的啼声。夜复一夜，他们东游西荡，一吐他们的痛苦，要求他们遇到的人告诉他们逃脱人间的办法，让他们最终可以到亡人的国土去；但没有人知道，因为他们都处在同样悲惨的境地，都在寻求出路。

但最后经过好几个月，或许好多年，他们漫游到了可以托起浩瀚的天宇的巨大的石墙和石柱处，也就是世界的尽头处；他们终于发现了一条路，于是沿着它攀登，去往那个幸福的国度——他们的家园。

　　但事情并不总是如此。从地上到天国的道路一度还是比较容易的；世界上还有一条人人——生者和死者——皆知的道路。那是一棵长在河岸上的树，树梢直达天庭。想象一下这是棵什么树吧，树干是这么大这么圆，一百个人伸出的胳臂都不能把它合抱！在低枝的阴影下有广大的空间可供整个民族集合在一起举行盛宴，人人都有位置。高枝上有大型的鸟筑巢，更高处则有别的大鸟如鹰、鹫、鹳，它们向云霄高飞，打着旋上升，直到在蓝天上变成一个个黑点。但是大树长得比那些黑点还高，非目力所能及，跟天上无边的蓝色糅成一片。爬上这棵树，死者攀登向他们未来的家园，像猿猴一样攀缘，像鸟儿一样从这根树枝轻快地飞到那根，最后爬到树梢和天上的一个口子，通过它进入那个光明美丽的地方。

　　不巧，这棵树很久以前就倒下了，嗨，很久很久以前！假如你想寻根问底你得走遍世界去寻找最长寿的老人，最后会发现他坐在小屋里，弯着腰像一个死人，鸟爪般的手指紧握着膝盖，褐色的面孔布满皱纹，头发皓白，眼睛由于昏盲也变白了。你问他树的事情，他会说树在他出生之前就倒了，那是好久好久以前的事了，也许是在他祖父生前，或曾祖父活着的时候，甚至更早。下面是它如何倒下的故事，肯定是世界史上最悲哀的篇章之一。

有一个脾气不好的老妇人死之后，她走到树跟前爬上去，最后登上了天。她很高兴到达了那个光明美丽的地方。长途旅行和攀爬后，她觉得饥饿，便询问她遇到的人哪里有吃的，人们非常爽快地告诉她，最现成的搞到食物的办法是到附近的一个湖里去捕鱼。他们还给她一根钓竿和渔线，指点她去那个最近的湖的路。她对自己和样样东西都满意，一想到那些青蓝色和红黄色的小鱼容易上钩，味道又不错，口水都流出来了。这是一个圆形的小湖，湖水清澈，这都是别人告诉她的。当她到达那里时，瞧见已经有一大批人手拿钓竿，站在湖边上。其中一个钓徒偶然回头看见这个老妇人匆忙向他们走来，为了寻开心他向近处的人喊道："瞧！来了一位老太太，刚到，想钓鱼，让我们围拢去跟她说，已经没有多余位置了，拿她开个玩笑吧。"

故事讲到这里必须告诉读者，人死后身体从外表来看完全同活着的人一模一样，生者是看不到他们，但死者和永生不朽的人却能如实地见到他们。年轻也好，丑老也好，他们的灰色的头发、皱纹、面貌上留下的疾苦、忧愁、情欲的痕迹都没有改变。跟面孔和肉体一样，头脑也是如此。如果生前是邪恶的，满脑袋的阴毒怨恨，死后依然如此。但这种情况不是永久不变的，在明朗愉快的气氛下，沧桑的痕迹是不可能永远维持下去的；随着轻松幸福的生活，那些痕迹会淡化消失；他们在外貌上会又一次恢复青春；心灵也是如此。可是老妇人在那块幸福的国土上还没有待到那么久，她的容颜和乖戾的脾气便发生变化。

这就是湖畔的人们一看到新来者随即认出了她过去是什么人——一个乖戾的老妇人的缘故；由于天性快乐，他们随时准备开玩笑。她走近时他们围拢过去，嚷道："这儿没有多余的位置了，你往前走找个地方吧。"

她往前走下去，但前头的人也跟她开玩笑说："这儿没有地方，没有地方了。老太太，再往前走一点吧。"她继续往前走，结果她绕着湖兜了一圈又回到了原来的地方。人们一阵哄笑，还嚷嚷着"老太太，这儿没有空地方"。

于是盛怒之下她把钓竿扔到地上，咒骂别人愚弄她，飞快地从笑声中逃走，回到从那里攀向天堂的入口，扑向那棵大树的最高枝，往地上爬下来。她是在到达那个国度的亡者中唯一回到这个世界，回到悲苦中的人。到了地上后，她气得发狂，渴望报复，于是把自己变成一只硕大的水鼬。这是那条河里特产的动物，大得像一头金毛拾猫①，有四颗大牙，又硬又尖如同钢凿，两只在上颚，两只在下颚。她在大树树根旁挖了一个洞穴，开始咬树身的木头，日夜不停，咬

———————

① 一种受到专门训练专捡猎物的猎狗。

呀咬，一天天，一月月，一年年，如果累了就想起遭受的屈辱和湖边那些人的嘲笑，于是又重新鼓足干劲继续咬。这棵大树的根和下部的树干都给咬得千疮百孔，成了空心。这个恶毒的老妇人干的事没有人知道，她扔弃的木头屑都被河水冲走了。就这样罪恶的精神一直支撑着她，树弯了，在大风中摇摇晃晃，最后犹如雷声霹雳，一声巨响倒下来震撼了世界，让地上的居民满怀恐惧。当人们看到那棵硕大无比、像绿色的圆柱耸立在那里的参天大树横倒在世界上时，才知道究竟发生了什么可怖的事。①

　　这就是那棵叫作卡里达瓦的大树的传说，我的故事结束了。它原来是由那个民族的智慧老人们口述，他们保存着他们这一族的历史和传说，由传教士记下来的，而我是在少年时代从一本故事书中读到的。

　　我要斗胆地说这个故事并不是硬扯进来的；当我坐下来开始写对白鸭的印象时我并未想到它。那只被太阳照着，全身十分白，黄喙，在微风吹起涟漪的青色池塘上浮游的鸭子，它们的幻影一定得说一说；但是怎么说呢？除非我说那仿佛是对某个非人间的一瞥，那里所有的东西跟地上完全一样，只不过在更为光明的环境下更加美丽。我的白鸭，在那个春天的绿野中有微风吹拂、太阳照耀的青色池塘浮游，正

----

① 这是一个印地安人的传说。

像一个突然出现的幻影，那个远在天上的国度的复本。

此刻，刚好在本章结束的时候，我突然想到了一件事。这件事其实已提过，那就是在我说温切斯特的一半居民将走出家门观赏在伊城见到的白鸭，假如白鸭在像这个国家里的白燕那样珍贵。多少美丽的东西因为它们的普通，因为它们的用途而似乎并不美！我记起了英国古史上的一件事。约一千年之前，有一位非常美丽的英国贵妇，除了她是一位伯爵的女儿之外，她的事迹鲜为人知。即使在那个粗暴野蛮的时代，年轻的国王对美的强烈的感情也超过了所有的男人，他爱她并且娶她为王后。生了一个王子之后她便撒手人寰，使英格兰哀痛不已，王子后来也登上了王位。她由于美丽而以"白鸭"知名全王国。我们只能推断在那个遥远的时代白鸭在英国是一种珍稀动物，因此那些观赏它的人，如同我们看任何珍奇可爱的东西一样，比如说翠鸟，是有能力欣赏它的完美无瑕的美的。

金鸻

夏季全身羽毛大都呈黑色，背上有斑纹。翅膀又尖又长，飞行能力很强，秋天迁徙到很远的地方去越冬。

· 第十一章
埃克斯界的印象

* 今天鸟类学家人数众多，他们的趣味、习惯、志向都不尽同，首先是研究方法不同，其中有为数不多的幸运者，他们一生的目标就是寻找人们最不熟悉，这块土地上最稀有的，或在分布上仅限于当地，或最难接近仔细观察的物种。我们有许多人很愿意按那种愿望去捕鸟，但很少人能够随意利用整年作为假期进行长途旅行，花好些天，好几周，好几个月去调查，仅仅为了去观察和研究在栖息地的某种鸟类。比如说罗西慕楚斯的松林，或这类"连绵不断的大片的林荫地带'，或科尼玛拉海岸的悬崖峭壁，或设德兰群岛或奥克尼群岛荒凉的沼地和沼泽，或"极端的基尔达的孤岛"。他们一定得年轻，得身体强壮；除非他们为他们无数的朋友（鸟商和收藏家）取得标本归来作为报偿，他们必须有充分的收入以维持生活而无须工作，否则是难以做到的。这些都是必要的条件，因此这批终年度假，到处流浪的人，假如排除那些模棱两可者，他们投入自己的事业犹如热心猎狐、打高尔夫球、钓鱼、打板球、赛车和其他形式的户外运动的人士，人数必然很少就不奇怪了。

*

你把他们称为户外运动爱好者、鸟类学家，或单纯的爱鸟者，我羡慕他们的自由，再不能要求比他们的生活更快乐的了。那犹如人类学家，他们的乐趣在于遨游世界各地，观察不同的人种，访问偏僻的地区，那里的居民经过漫长的若干世纪与外面世界的隔绝，保存了远祖的外貌与精神特征。用这种方式去探索野生鸟类的情况，去追寻像一颗陨星那样的知识，成为一个永远怀着求知心而漫游的人，知识储备日益增多，这是我人生的渴望之一；但是可惜，这永非我力所能及。轻装上阵的人，头脑较灵敏，已经找到了飞行的奥秘，像飞鸟一样追逐，而我则像一个凡人，在大地上步行。

使我们烦恼的限制也可能自有好处。发现我们长期想找到的鸟儿终于出现在我们面前，把它跟存在于脑海中想象出来的形象和它最相近的亲密的虚拟形象比较，最终能给心目中的画廊增添这一个新画像。这是我最好的收藏和主要的乐趣，也许它给我的快乐可能比有无限机会的人所体验到的更强烈。我这不显赫的胜利犹如那家产不丰的文学爱好者，或许由于幸运的机会，成为某一本渴望长久的书籍的所有者。他在翻阅这本书时的喜悦比一个富有的大藏书家所能体会得到的要大得多，这岂是后者能知道的呢？一个清贫的爱书者梦想更好的东西：更多的闲暇去搜求，更多的金钱去购买一位他所不认识的好心人的遗物，这将使他得到难得的珍品。我的情况亦如是：年复一年我梦想拥有更长的旅行，深入更偏远荒野的地方，去寻找还没有在本土看到过的其他迷人的物种。这是我上一个冬天的梦想，也是我永远的梦想——而夏天结束时，我的梦想依然在原地踏步。较长的旅行不得不推迟到又一年，只好作一次短途旅行；所以我去了皮克区[①]，在育雏季节和六七种鸟在一起度过几个星期。这些鸟都是大部分鸟类学家十分熟悉的，但在伦敦近邻，无论如何，不像在德比郡山区那样全部可以找到。

埃克斯畀，是我选择要停留的地方，那个地区最高的山，海拔约1800英尺，而金德斯考特海拔达2000英尺；但是我觉得它的高度可以充分满足一个愿意选择在平坦的地面步行和骑自行车的人的要求。我在这里发现了我需要的东西，这个地区特有的鸟类——松鸡、鹬、金鸻、沙锥、夏沙锥、水鹨和环颈鸻。布克斯顿这个"不可爱"的小城就在近旁，坐落于极为丑陋的石灰岩盆地里。这个小城也备受摩托车的折磨，满城都飞扬着令人窒息的白色尘土。我幸运地很快脱离了讨厌的石灰岩，在毗邻的一个盆地的一栋农舍里安顿下来。这样的农舍在那里不止一栋，是石头盖的，又小又简陋。盆地中央是一片荒原或台地，盆地边缘被溪水切成峡谷，两边是陡峭的石壁，谷底是奔流的小河，怀河、多关河、丹河与戈特河都发源于此。从埃克斯畀的一边俯瞰布克

---

① 英格兰德比郡北部行政区　即奔宁山脉南端的高原地区。

斯顿和对面丘陵起伏的石灰岩地区，是一片夹有白块的光秃秃的土地。从这一满是疥癣或麻风病似的丘陵地带转向埃克斯界的台地，你将脱离由粗沙岩形成的石灰岩，难以言说地松一口气，尽管外表粗陋而荒凉，但覆盖着厚厚的石楠、欧洲越橘和粗糙的沼泽地带的各种野草。这儿是鸟类的栖息地。

　　一天我跟一位先生闲聊，他那古典塑像式的面貌，健美的身材，浓密的胡须都使我不胜羡慕。他是邻近教区的一名牧师，心胸开朗，有教养，且富于同情心。他正是我想见的人，无疑他认识各种鸟，能告诉我一切我想学的东西。不久我们转入了这个话题，他谈到他的教区有一种特大的乌鸦，又黑又大，他想知道是什么鸟，说不定那是一种小嘴乌鸦或秃鼻乌鸦。

　　若有人去调查任何地方的鸟类情况，他会屡遭失望，因为这类知识并不是什么人都知晓，在一个村庄找一位诗人或哲学家比找一位博物学家还要容易。然而我非常幸运，我遇见小城的一名商人弥加·萨尔特先生，他同时又是一位博物学家，终生从事该地区鸟类的研究。但他并不研究书本，他没有读过有关鸟类的专著，他只为了乐趣而观察它们，他也乐于谈论它们。他甚至没有做过一则笔记；观察鸟类是他的兴趣爱好——一种户外运动，它能使你增长知识，不让你骂人说谎，从一个愉快的伙伴堕落成无法忍受的讨厌鬼，它确实是一种比打高尔夫球更好的户外运动。

正是听从了他的意见我才逗留在埃克斯界，我可以在此找到所有我要观察的鸟。初步踏上荒原，我的感觉似乎是此地六分之五的鸟类仅属两个物种——杜鹃和草地鹨。我居住的地方是一栋屋顶低矮的石头小屋，屋旁长有八棵山毛榉，这对荒原上的杜鹃具有极大的吸引力。这是它们顶住风霜侵袭，早晨聚会的地点。从三时半起，它们唱得如此高昂持久，而且数量这么众多，一起在树上和屋顶上高歌，把你的睡意驱散得一干二净。整天，在整个高沼地，杜鹃漫无目的地啼鸣着从这里飞到那里，迅速地扑动双翼，看上去像无精打采的鹰。如果有一只杜鹃飞过一只鹨，鹨会腾飞跟着稍微落后一段距离，好像只是为了伴随它。鹨不像有些小鸟对杜鹃那么气愤，即使是身材小小的荆豆鹨哥也对杜鹃怀有一股怨气，但鹨却是一片至诚之情。草地鹨像人，通常像一个女人，因为心地太温柔，我们称之为"可怜的傻女人"。她也许是一个身躯庞大、粗野蛮横的儿子的母亲，儿子侵吞了她所能搜括的资产，不顾她饿不饿死，凭自己高兴一走了之，也不再想她；那个痴心的傻瓜则身心憔悴地等待宝贝儿子归来。鹨的记忆同样忠实，它记得一两年前它哺养过的贪婪胖大的儿子，还用自己瘦小的胸脯温暖它，然后它长大走了，天知道在什么地方，这是长久以前的事了；于是见到每只飞过的杜鹃它以为又见到它了，跟在它身后告诉它始终不变的爱，为它健壮的体格和好看的羽毛、洪亮的声音而骄傲。

谁要是亲近而熟悉它，就会看见它粉红的小腿在草地和石楠中到处悄悄地走动，观望着它漆黑的大眼睛在回视你的时候充满羞涩的好奇，当它在荒原上飞得愈来愈高，然后慢慢地降落到地上，你倾听着它细细的精美如银铃般的旋律，这时候谁又能不爱草地鹨，这令人怜惜的有羽毛的小傻瓜呢？

关于这两个物种之间的育雏习惯、友谊和极端单方面的伙伴关系，萨尔特先生告诉我，五十五年来他一直在对本地区的鸟类进行观察，所有的杜鹃卵他都是在草地鹨的巢内发现的。他从来没看见过其他物种抚育小杜鹃，做杜鹃的义父母，比如刺嘴莺、鹡鸰、金莺、知更鸟、橙尾鸲莺、林岩鹨和鹪鹩。他还曾跟生活在本地区的好多人讨论过这个问题。他们的经验跟他的一致。不管书本上说些什么，他的结论是草地鹨是被杜鹃操纵的唯一傀儡。这一结论是错误的，但他提供的例证就这一特殊地区来说则可能是正确的。无疑，倘若情况如此，准有杜鹃卵产在其他物种的巢内，但是归根结底，寄生林岩鹨或鹡鸰或其他物种的本能被大多数杜鹃的行为所掩盖，而寄生草地鹨遂成为独有的现象。

在所有高沼地和其他幽僻地点的鸟类所发出的细细的乐音中，我想我最爱鹨的飘逸的丁零声，在同样环境下听到的草原石鹨的鸣声除外。似乎很少人知晓草原石鹨的歌声，然而从四月到七月，只要是这种鸟儿栖息的乡村每天都可以听到。石鸥是一种羞怯的歌手，也是不爱引人注目的鸟儿，人走近时照例沉默下来。你在相当远的地方听到这悦耳的鸣声会不知是什么鸟儿的；但假如在寂静的灌木丛生的荒野草地，或任何长有荆豆又多荆棘的荒地，你会捕捉到一个极其纤细柔和的声音，只不过是点点滴滴的，然而跟周围别的鸟儿的鸣声相比，它像是在清晰脆亮、没有特色的点滴声中的露滴或雨滴声。啭鸣的鸟儿垂直捕捉着光线，以可爱的色泽闪耀着，这时你可以有把握地说那便是石鸥。在一段距离外听到一个游移不定的声音，那么纯正甜美，那么温柔，使你不由得站着屏住呼吸倾听、思考，倘若它不重复，那么你会以为这声音不过是你想象出来的。

在高沼地比这些细小的声音更具特色，而又没有人去听的是杓鹬的声音；既不是美丽奔放的啼鸣，又不是使有迷信的人害怕的嘶哑刺耳的叫喊，而是育雏季节较温存、较低弱的有变化的鸣声，是鸟儿互相交谈和在巢边对着卵和小宝宝唱的歌儿。在这些音调中最美妙的是拉长的颤音，音调虽然低弱却可以在四分之一英里之外甚至更远处听到，使我想到阿根廷草原上一种普通的山鹑——斑鹬①那在春天颤动的呼声。斑鹬的颤音像是一种在空中产生又停留在空中，然后慢慢沉寂的富于音乐性的低语，来自大地的一种神秘的声音，

① 特产于南美的一种走禽。

或者由什么朦朦胧胧、半鸟半仙的生物发出，无形地浮动在灌木丛生的荒野之上。比较那些寻巢的鸟焦急得发疯，大声地叫喊，我更喜欢这些看不到的杓鹬唱着它们的低声的歌。但是杓鹬还有一个非常美丽的优点，就是当你走近，离它三四百码的时候，它会迅速地径直朝你飞过来，在璀璨的阳光下显得几乎是银白色的，由于光线和动作张大了形体，因而产生一个大鸟的幻象，一只被市侩庸人和破坏者①留下来的唯一活着的大鸟，但那仅是一个持续很短时间的幻象。在整个皮克区你找不到一只比鹬或绿头鸭和乌鸦，或教士告诉我的那只幻觉中的大鸟更大的鸟，看不到一只鹭、一只鸥、一只渡鸦，它们似乎是适合这些荒野高地的飞鸟，可以和这里的景物融成一片。

　　高沼地上所有纤细的声音，从高飞和低降的鹨，鹨低弱的丁零声到杓鹬的颤音，以及其他我没有谈到的金鸻、河乌的啼鸣，沙锥飘忽的鸣声，凤头麦鸡的哀鸣，还有当地人称为"水嘎吱"的矶鹬单薄尖厉的叫声，所有这些和红松鸡的啼声之间，对比是何等鲜明。红松鸡的啼声没有什么音乐性，但是力量大。在高沼地它的习惯是坐或站在一方石墙上晒太阳，留神监视它的妻子和对手，睁眼注视这个世界。它把头抬得笔直地站着，一动不动，塑像似的，那堆外表粗

----

① 作者这里是指他前面指责过的鸟商和标本收集者。

陋的黑色粗沙岩刚好构成合适的底座。它本身像是用刚硬的暗红色石头刻出来的雕塑品。无论是在声音和性格上，这种鸟就跟它的外貌一般，求偶和打斗都同样坚强勇猛。即使接近五月末，这时许多母松鸡都在孵卵，我一天就能碰上一打鸡窝，它们一直在求偶和战斗。这些斗士可不像小小的鸟类中的法国式决斗者，如毛领鸽和别的喜欢吵架的物种那样，仅仅是表演，常常并不相互伤害对方。而红松鸡看起来像是把自己当作一块石头拿起来掷向对手，不管自己是不是摔折骨头，奋不顾身打得让自己光滑的羽毛像云彩一般飞扬。可是在求偶时这种石头般的鸟儿有时候举止却非常优雅。它热情高涨，飞向空中，假如这时有风帮助，它可以轻易地飞到相当的高度，表演求爱的下降飞行，就像斑尾林鸽和斑鸠的求爱一样。但是它的声乐表演缺乏高雅和美，只有力度。你对它发出的声音准感惊讶；它非常突然地冒出一串"咯咯嗒嗒——尔尔尔尔尔——努勃——呵——抖勃——抖勃"的鸣声；你也许可以将它比拟为一种纵声大笑，好像耸立在石楠地里的一块粗沙岩石突然爆发出了笑声。然后它把调子变得更像人声，像渡鸦拉长的呱呱的叫嚷，在末尾则分裂成短短的——嗬—哈！大概的意思是：到这儿来，回来，回来，回去，回去，嘎，嘎，或快，快。

还是从松鸡和它粗陋的叫声回到娇小的鸣禽来，下面谈谈我对环颈鸫的印象。我一直没有机会在育雏季节真正观察环颈鸫和倾听它的鸣声。在特定的时间内或在某些难得的日子，某些鸟类完全吸引住我们，使我们忽视了别的鸟。同样的经验对自然和艺术、音乐与诗歌的爱好者是相似的，他们为崇高和美的东西所吸引而忘掉其他。我们博物学家有被鸢或渡鸦或大雁所吸引的日子，可是我们也有为迷人的鸣禽，比如黑顶莺或乌鸫，或朱顶雀，或穗鹏，或夜莺吸引的日子，这样的时候更使人神往。当这样的日子结束，这样的心情过去，甚至还不能算完全结束；我们好像听到了甚至比鸟音还更为超脱尘寰的声音：

> 我从那时起而且以后长期
> 倾听它们竖琴一般的笑声，
> 长久在心中带着使最坎坷的
> 道路也变得神圣而和平。

我在这里是对这一物种进行特别的访问，在我的心目中比金鸻或其他禽鸟考虑更多。我终于跟它更为亲密起来，享受到和环颈鸫共处的日子和为之入迷的心情。

第十二章·
鸣禽环颈鸫

从环颈鸫在皮克区往北的山区不是一个稀有的物种，但在英格兰大部分地方它是鲜为人知的，或者只以例如䳭隼、凤头山雀、瓣蹼鹬知名。真的，大部分人头一次看到它都会感到惊喜。对鸟类感兴趣的人看到新物种总是会产生一种愉快的震撼；环颈鸫是一种地道的乌鸫，羽毛黑色（适度的黑），喙是带茶褐色的橘黄，还有为我们熟悉的乌鸫"鸪—鸪—鸪—鸪"的叫声，以及乌鸫的习惯和姿态；可它又不是真正的乌鸫[①]，不是我们所熟悉的乌鸫——树林、果圃和花园里那些受人喜爱的宠儿。这种常见的乌鸫，如同17世纪的古人所称的"园鸫"，我们认为，它跟其他的鸟类在体形、颜色、飞行、姿势、声音方面如此不同；在禽鸟中如此出色，使我们终于把它看作为一种地道的而且是唯一的乌鸫。不错，它是鸫的一种，但是经过变异和提高，远远高出于那些橄榄色的有斑点的鸫属鸟，如同可爱而优美的灰鹡鸰高出于它出身朴素而细小的进化缓慢的鹨。专家们告知我们在许多地方有乌鸫的亚种，这没有关系，因为我们听到的这类消息并没给我们留下印象。

---

① 环颈鸫（Ring Ouzel）在外形、鸣声与生活习性与乌鸫完全相似，只是体形较小，作者曾称它为"不是乌鸫的乌鸫"。

在皮克区我并未受到这样的影响，我早就在本区别的地方遇到过这种鸟，但我未曾听到它歌鸣，我此行是专程来听它高歌一曲的。我没有等待很久就享受到了这种愉悦。在埃克斯，我借住在一间简陋的农家小屋，回小屋的途中，我需要走过一条废弃的古道。这条路破损得挺厉害，满是零散的石子，像一条干涸的山涧。我正走着，却听到一声不熟的鸟音，扫视一下路旁的土埂，我看见一只环颈鸫蹲在不到二十码处的石墙上，间隔半分钟便放声吐出简短的歌。

我倾听了约十五分钟后它才飞走，我继续前行，为我新得到的体验充满喜忱。你会认为哪个孩子都能模仿并对你描述出这只朴素的小鸟的调子，因而听过之后容易识别，可是在鸟类学的书籍中却从未描述过，这未免使我觉得奇怪。鉴于我们关于鸟类的专著，这样的说法似乎难以令人相信，还是请读者从书架上拿下一本，并且根据作者的记叙对环颈鸫的鸣声得出一个具体的概念吧。有些博物学家拿它跟乌鸫与槲鸫比较，这种短促而定型的鸣声，它跟二者都不像，如同苍头燕雀和棕柳莺。每只个体的鸣声都没有变化，完全一样；相反，乌鸫和槲鸫的调子每次重复都不同，没有两只个体唱得完全一样。在音质上也存在某种区别。环颈鸫的鸣声经常被描述为一种啭鸣或哮鸣的歌，实际情况并非如此。华尔德·福勒先生说过，啭鸣这个词是在某种意义上被用来表现鸟的啼鸣的，这个含义可以从弥尔顿的诗句加以推测：

泉水呵，你一边流，一边鸣转着

你旋律优美的幽咽，唱着对他的颂歌。

"这个词，"福勒补充说，"似乎表现的是一种轻柔，绵绵不断，连奏的歌唱。"正因为若干较小的鸣禽，包括黑冠莺和柳莺，恰好是用这种方式啼鸣，从而获得英语"啭鸟"①的统称。

这种啼鸣的特色被描述为散漫、狂野、单调、甜润、悲哀、丰盈、清脆，这通通不对。假如一个词碰巧说对了，那也不足以给我们环颈鸫歌声的确切概念。它是一种口哨声，重复三次，有时四次，中间没有停顿，在短暂的间隔下，发出二三十遍。读者考虑这类词的发音，如斯佩罗、黑罗、惠罗，如果他能悦耳动听地吹起口哨，然后迅速而连续地模仿这个词，吹三至四遍，吹得响亮轻快，那他就会再现环颈鸫的歌，足以蒙哄任何听到的人，使他以为这是它的鸣声。但是，口哨的模仿绝不会有这种鸟富有表现力的铃声般好听的特点。它的声音具有内在的美，但它的魅力主要取决于你听到它的地点——多为岩石的幽谷或寂寞辽凉的山坡。

绕着山峦走一遍，造访每处深谷，我成功地确定四五十对育雏的环颈鸫的位置，可是未能发觉它们鸣声的个体差

①原文warbler。

异。如同别的鸣禽一样，环颈鸫在人走近或观望它时会降低声调；如果自由地歌唱，它的歌声可以传播很远，在相隔三四百码的山谷的另一边可以清楚地听到，经过距离的提炼，它具有铃声般的美丽。

五月间大部分环颈鸫在产卵，而育雏更早的乌鸫则正在哺育幼鸟。一天，我发现一只幼乌鸫离巢待在山谷边上的岩石间，因为它十分美丽，也因为想看看它的父母怎么办，我捕获了它，把它放在手上。它们怒气冲冲地向我飞来，在离我不到两三码处扑翼飞翔，一边用最高的调子尖叫和责骂；很快它们的叫声引来另一对环颈鸫前来相助。这是一个可以比较我们英国两种乌鸫的好机会。当我坐在一块石头上，手中紧握这只羽毛色泽鲜明的幼鸟向它们显示时，这两对不同种类的鸟，都为同样的激情所驱动，像同一物种的鸟儿一样，冲近我的面孔。

环颈鸫总是看上去像小型的乌鸫，尽管它们的大小差不多，但环颈鸫不如它的堂兄弟那么黑。黑是大自然中最明显的颜色，使物体的体积得到张大，尤其是在你眼前移动的东西。在某些光线下，环颈鸫由于羽毛灰白的外表显得锈黄。雌鸟比雄鸟的黑色较淡，随光线而发生颜色的变化，有时呈现为橄榄般黑或棕褐，有时则是带淡绿的青铜色。

我一放掉幼鸟，这四只示威者便飞开了。第二天我发现环颈鸫的巢筑在生长于谷坡上的一簇欧洲越橘中，巢内有四只卵。白天雄鸟继续间隔地歌鸣，雌鸟则坐着不动。雄鸟最喜爱的时光是傍晚，它栖止在一块石头上，离伴侣约100码，每分钟约重复歌唱两遍直到天黑。它是鸣禽中唱得最晚的，会在最寒冷的黄昏放声而歌，即使天正下着雨。

　　我每天对这个巢的访问触怒了环颈鸫。把家建得离我这么近又这么漂亮是它们的不幸。我对它们在我出现时由于激动而发出的种种叫唤和声音深感兴趣。雄鸟会在一段距离外疾掠翱翔，一边高声地发出叽叽喳喳的呼唤叫喊，还插进种种细细的惊呼声；而雌鸟更为焦急，会对我冲过来，一边叽叽喳喳地尖声叫喊不停。但只要我离开现场它们的怒气便会立即平息；雄鸟会开始发出程式化的"惠罗—惠罗"的哨声，而雌鸟则突然唱出一支它自己创造的歌，近似幼歌鸫最初的试鸣—— 一种由一系列粗哑和短而尖的叫声组成的杂音，当中还插入多少带有音乐性的啁啾。

　　我感到非常奇异的是，当它们为我出现在巢边而恼火的时候，它们发出两种清脆的声音，那不是乌鸫的语言而是典型的鸫科语言的一部分：一种是槲鸫拉长的、颤动、粗哑、喉头发出的惊惶的叫声；另一种是歌鸫为它的巢和幼雏焦急时发出的低沉、拖长、悲恸的鸣声，音调异常尖厉。我们只能假定这类表达忧惧和愤怒的不同的声音由鸫科鸟类和环颈鸫所继承，而在乌鸫这里已经失传。有人曾告诉我如果接近乌鸫的巢，它偶尔会发出知更鸟般低沉的悲恸声，但我本人从未听到过。

人们很想听听并比较一下全世界所有鸫科鸟类发出的鸣声，包括斑地鸫①（据说它是鸫科鸟类的始祖）、典型的各种鸫②、乌鸫③。鸟类学家在考虑进化问题时很少或根本没有注意禽鸟的语言，但是这也许有助于我们对乌鸫是鸫科鸟类的一个旁系，还是独立起源于地鸫的这个问题得出正确的结论。在单独研究乌鸫的语言时，你可以非常愉快地花费半生的精力。在发声器官的发达方面，它们在鸟类中占有最高的位置，它们遍及全世界，约有七十个亚种。对于一个漫游天下，渴望看遍所有国家，又爱好鸟类，首先是故乡的"园鸫"的英国人，人生中还有什么更能吸引他的呢？一位传教士写道：在萨摩亚岛没有一种生物像萨摩亚乌鸫一样给他那么多故国之感。在锡兰岛该地的乌鸫使另一个英国人回忆起英国的春天。在索马里当地的乌鸫让另一名游子愉快地想起了家乡。无疑，还有许多人由其他地区的乌鸫使他们产生同样的感情——西伯利亚、古巴、亚马孙森林、安地斯山脉、喜马拉雅山脉、缅甸、日本、中国台湾、菲律宾群岛、新几内亚、婆罗洲、爪哇、斐济、新赫布里底群岛、诺福克岛、路易西亚德群岛④，以及别的岛屿和地区，多得数不胜数。

---

① 拉丁文名*Geocichla*。

② 拉丁文名*Turdus*。

③ 拉丁文名*Merula*。

④ 新赫布里底群岛与诺福克岛均在大洋洲，路易西亚德群岛属新几内亚，在珊瑚海。

黄莺

通体金黄色，两翅和尾黑色。头枕部有一宽阔的黑色带斑，并向两侧延伸和黑色贯眼纹相连，形成一条围绕头顶的黑带、在金黄色的头部其为醒目。

· 第十三章
鸟的音乐

* 许多人听到鸟语啁啾时的无动于衷，或因为听你谈起鸟的音乐的魅力和美而感到不耐烦，这对爱听鸟音的人是不可思议的。在许多情况下大概这种漠然的态度是生活在城镇生活的结果，是刺耳的噪声所造成的听觉迟钝，也是习惯于乐器演奏音乐的高音量的结果。我们的文明是一种喧噪的文明，由于噪声的加强，那必须在安静的环境中聆听的较小较精粹的乐器，因而就失去了它们古老的魅力，最后以致无人问津了。这是一种向高音乐器和密集音响发展的趋势；钢琴受到普遍爱好，如今你听到它愈是隆隆然，人们就愈喜欢它。

*

　　在这件事上如同在别的事情上一样，我们所得亦即所失；如果人创造的最甜美最精致的乐器，由于其音量微小不使我们感到悦耳动听甚至难以忍受，那么鸟类的自然音乐，如鹪鹩、鹦、黑喉石䳭、赤胸朱顶雀、苇莺发出的细细的精美的歌声又怎么能使我们引以为乐呢？最能说明这种纤细美妙的旋律的，是多卵石小溪的轻轻的淙淙声，或树叶间飒飒的风声或霖雨的淅沥声，那真是沁人心脾。

另一个产生淡漠态度的原因是有些人觉得这类声音呆板单调。

我们知道，如果过去的快乐时光以及快乐本身已被遗忘，却依然还有点什么留在我们心里，那么，一种模模糊糊的快感，它可以由大自然跟这一快乐联系起来的任何情景、物体、旋律、言语、景象或声音所引发。正是这种神圣的光轮，这种从某一事物借来的光彩才使它得到表现。有些人说他们在某一景象或声音中发现一种难以确切表达的魅力或美，殊不知，一般不是这一事物本身使他们为之感动，而是他们的愉快几乎完全来自联想的缘故，在这种情况下，他们接受的只是他们所给予的东西。

自然事物和声音对我们所产生的魅力，可举吉尔伯特·怀特[①]所描写的昆虫为例。"田野间蟋蟀的鸣声虽然尖锐刺耳，却引起了某些听者奇妙的乐趣，使他们的心中充溢着夏天的感觉，以及乡村中那种种旺盛的、欢快的东西。"如果一个人的一生，或他最快乐的、印象最深刻的童年生活消磨在跟农村情景无关的地方，那么就不可能有这样的联想，也不会由于鸟音引起的联想而产生模模糊糊的愉悦之感。他听到的鸟音如果音质不错，也许好听，却是单调的。

---

① 吉尔伯特·怀特（1720—1793年），英国博物学家。

对于别的一些人，尤其是那些从婴儿时代起就跟大自然生活在一起而又一直是爱好自然的人而言，即使是一声轻微的鸟音也可以产生神奇的效力。我想起了一次类似的经验，那是两三年前的夏天在哈罗盖特亲身品味过的。

从哈罗盖特漂亮的外貌和从经常到那里去的观光者的人数判断，哈罗盖特是受到喜爱城市的人们的高度评价的；然而这是个寄生性的城市，仅仅这一点它就使我觉得讨厌，更糟糕的是我在这个城市发现自己周围有众多前来祷告的病人，他们从各地来朝拜那个水池，他们天真地以为这就能治好他们的病。

在这批受难者中，只有我，由于处在一种不适宜的环境下，意气消沉，要不是有一只小鸟，更确切地说，要不是有一只小鸟的声音，我本来是可怜兮兮的。每天我要到花园的泉水畔去喝一酒杯镁氧水，坐在那里消磨一个小时左右。这时候我总是能听到一种温柔、飘忽、轻盈的声音，同一只鸟，一只柳莺纤细哀怨的调子，它选中这个地方作为它夏末的家。我不是指歌；一只小鸟在换羽的时候，藏在浓密的灌木丛里，是无心唱歌的；那只是低弱悲伤的呼声。

人们每天成群地到泉边和凉亭来喝水，坐在一起聊天、调情、欢笑，或在人行道上踱步，儿童则在草地上到处奔跑、蹦跳游戏，或在泞水上放小船玩；快到吃饭时，人群开始散去，花园里静下来，空悠悠的。这只小鸟总是在那里，虽然藏身在浓密的矮树丛里，却并不是完全看不到。每隔一阵，在密叶间的小小空隙处，它细小的、影子般疾飞的身躯便能辨识出来，你看见它，不过转眼间又飞走了。即使这地方满是人，谈笑声最高的时候，间或那悲伤的细微无力的声音透过四周的喧闹仍然可以听到。有意无意地听到它，有时瞥见那小小的奔忙不宁的生物在我的座位附近深深的绿荫里，我的精神上会产生一种奇异的变化，那种对周围一切不满和格格不入之感会成为过去；东方式凉亭，铺有沙砾的小路，令人讨厌的花坛，穿着整齐的残疾人和闲人，人工化的景观，背景上大旅舍的楼房，我感到都成为了由幻觉产生的东西—— 一幅脑海里我可以随时把它排除掉的画面，一阵风一吹或一朵浮云把太阳遮住就会使它消逝的幻影。坐着或在我周围挪动的人群实际并不存在；那里只有我，以柳莺为伴，我不是坐在漆成绿色的铁椅上而是坐在一棵老橡树或山毛榉的树根上，或铺满松针的地上，呼吸着松树和欧洲蕨草的清香，四周只有那飘忽、轻盈、温柔、游丝般的声音，我的思维浮动在一片静谧之上。

这无疑是鸟音表现力的一个极端的例子，也许只有从童年时代起就以观察野生鸟类的生活作为主要乐趣，更爱听鸟音的人才能体验到。但表现力并非一切：有些声音能具有那么大的魅力，我们初次一听就爱，它们并不跟过去的幸福快乐有什么联系；在这种情况下，我们可以假设富有感情的表现力，如果它存在的话，是间接产生出来的，仅构成产生美的效果的一种因素。

在表现力之外，还有另外一个因素，通常没有考虑进去，它使某些鸟的乐曲给我们的印象更为深刻。那就是心情，即情绪，我们是处在什么心情和情况下听到鸟音的。即使由于它们内涵的美而使我们最爱听的鸟音，也会产生差别的。奇怪的是在格外有利的情况下听到一种特定的鸟音之后，听者竟然会坚信这种鸟音是最佳的。也许在下次听到时未必如此，可是它一度产生的强烈印象会在他的心中难以忘怀，而且这种错觉将继续存在下去。

有这类情况，种种因素形成一种气氛，在这种气氛下，所有遥远的事物似乎都在眼前，整个的大自然带有一种罕见的可爱色彩，使我们像置身于一个新的天地。也有那类情况，这时鸟音似乎比别的时候更为清纯，明朗，更能产生共鸣，某些时候，以全新和美得不可思议的性质使我们惊讶。

夏日连续的阴雨后，通常在阳光普照的空中，有一种温柔的银色的光泽，那是大气中丰润的湿度造成的；在这样的时候，我们或许注意到鸟类的歌唱与啼鸣之间的区别，好像它们，也如别的东西一样，得到洗涤和净化，正像我们把清新美妙的空气吸进肺部，我们把这种新的旋律吸进灵魂。在这种情况下，刚净化过显得光彩熠熠的空气和乌云过去后湛蓝的天空的景象无疑是起了重大作用的；我们身体内的反应是由感觉器官决定的，它们似乎也经过冲洗，能够比过去创造出更真实、更光辉的意象。

再说，还有另一种原因，由于特殊的情况，或跟某种有利的情况协同，大自然的声音，尤其是鸟音能产生一种不寻常的效果。这纯粹出于偶然；今天的效果绝不会重复；它一去不复返；像我们目睹的美丽的夕照一样。不过，将会有更多的美丽的夕照一饱我们的眼福。

我在欣赏由于毛茛花盛开而呈现金黄一片的草地时，曾经看到过一朵花，远远地，也许是在这块地的中央，它一下就吸引住我的目光。成千上万的花朵中，有一朵把握住而且反映了光，使它那有黄色釉彩的表面像一块擦得锃亮的黄金一样闪闪发光。由于某种这样的机会，一首歌，一个音符可以产生这种奇异的美感，比别的什么声音都要出色得多。

一天黄昏，我在牛津附近的一个公园里散步，看到一株鲜花怒放的山楂树，便停下脚步。在一根枝丫上栖止着一只雌苍头燕雀，默默地一动也不动，这时它的伴侣很快从紧靠它的一棵榆树梢上飞下来，在降落时划出一道波浪形的曲线。它到达这棵灌木后仍然绕着它飞，一边放开歌喉。它唱的不是平常栖止时唱的那种高扬激昂的歌，形式上没有不同，音符的速度依然如故，但调子低了一些，更为温柔、甜美、飘逸。当这只鸟儿轻轻地落在它娇小的伴侣身旁时歌声停止了。

我简直不能相信我的听觉，一只我们认为在精美与表现力上远远低于莺类的鸣禽会唱出如此美妙又柔和的抒情曲。

还有一次，在四月初一个非常寒冷的黄昏，我走过一块荆豆丛生的公地，离我四十码以外一只石鹨用一种甜美的歌喉放声歌唱。间隔一会儿之后它又重复，然后一次又一次地唱。究竟是它的歌声在那个时刻格外清纯，又如此分明，如此甜美，如此出人意料，还是那个孤寂的地方的幽暗和静谧赋予它以几乎是超越尘寰的美，我说不上来，但是对我产生的影响是如此之大，致以后在春夜行经任何荆豆生长的地方，都会怀着愉悦的心情停下来期待再听到它的歌声。

大概在这两例以及其他例子中，这类歌声都是偶然在恰如其时的情况下传出来的，那是最使人产生难忘的印象的时刻，它们所引起的气氛和情绪最为有利的时刻。歌声也能创造出情绪，下面的例子就是如此。

我曾经听到许多乌鸫的美妙歌喉，像所有鸣禽一样，鸟类跟人没有什么不同，都各有所长，而且差别不小。对不起 A. R. 华莱士博士[①]，在自然界中确有天才这么回事。我认为给我印象最深的鸟类天才是一只乌鸫。当时我正待在新林地方的一户农家，在我睡觉的屋旁有一株郁郁苍苍的乔木，每到夜晚一只乌鸫就栖息在上面，高与窗齐。这只鸟儿每天凌

---

① 阿尔弗列德·鲁塞尔·华莱士（1823—1913年），英国博物学家。

晨三点半钟准时开始歌唱，每隔一小时就重复一次，如此连续约半小时。那时候万籁俱寂，我听不到别的小鸟啼鸣，歌声从打开的窗户进来距离只五码远。它具有这样神奇的美，我只愿躺在那儿，头靠着枕，房间里月色淡淡，充满着夜晚的花香，倾听着那圣洁的歌声，再也不想比这更幸福的生活了。

第十四章·

在绿色的国土上

五月末从德比郡①最高的山区南行，我感觉自从那个五月初的早晨我看到汉普郡的海岸和怀特岛上的白色悬崖和绿色丘陵带后的日出以来②，我似乎跟英格兰从未相识过。它显得这么可爱，像是一个天国里的梦境。我曾经有一个愿望，想让我被什么力量从这个星球送到宇宙的极限，到数不清的星星中最远的那颗，把一切生活琐事抛在脑后，面对无限的空间，既不思考，也不感觉，更不记忆，直至永恒。这时候这个愿望和想法又萌生了，但动机却不同，眼下我纯粹是为了漫长又愉快的旅行，而不是最终达到什么目的。我的愿望是无限延长在这样的景色中旅行的乐趣。如果闲适时，可以坐在火车车厢里眺望窗外青翠的大地，其色泽的浓淡如此多变，鲜花遍地盛开，处处点缀着柔嫩鲜明的金色的毛茛花，沐浴在阳光里，受大树的荫蔽，根部埋在纯蓝色的野风信子花中，是否有人想象得到还有比这更好的幸福呢？如果我们能够用这种方式旅行，谁又不愿日复一日，月复一月，甚至年复一年地继续不断地往星星去呢？

---

① 德比郡在英格兰的中部，汉普郡在英国的南部。
② 指作者迁居英国。汉普郡是英国最南部濒临英吉利海峡的一个郡，怀特岛为汉普郡海岸近处的一个岛屿。

我对星星所知不多，我也不急着要到它们那里去参观，只不过那想象中漫长的绿色的道路使我向往。不一会儿我想起有人说过，为了使我们对从地球往一颗星星的距离有一个概念，那需要一辆火车不停地跑4000万年，这到底是哪一颗星，我却记不得了。这个推想使我开始烦恼，因为也许在几百年之后我想中途休息，比方说，就半个钟头，在某个路旁的小站，让我在草地上仰卧几分钟，注视蓝天和白云，还有，首先可以聆听云雀和其他种种小鸟甜润的歌鸣。我开始考虑，由于我们还有别的感觉，看不等于一切，我要听、闻、尝和触，发挥这些感觉的作用，像小小的昆虫钻进花蕊自由自在地畅饮甜美的花蜜那样，突入花蕊里留在那里。我记起《辛西娅德》那位超凡脱俗的作者①向辛西娅所发的牢骚，他甚至在他们最幸福的时刻——在她跟他是那么靠近，不用耳语就可猜到对方的心思的时候他也不满足：

我渴望

更接近你，跟你更加亲密

他本来想让他们像两滴雨点一样相接触而合成一体，结

---

① 指罗马诗人塞克斯图斯·普罗帕提乌斯（约公元前50—公元16年），他曾作《哀歌》四卷，其中部分诗篇是写诗人对他的女友荷丝蒂亚的爱情，诗中的辛西娅为她的代称。《辛西娅德》即题献给辛西娅的诗篇。

果发现他们的灵魂截然不同而分离，就不满意了。

就我来说不存在这样的障碍；作为一体，我们不能分居两处。我的爱人对我比任何诗人的辛西娅都要宝贵得多，她是不朽的，有青色的头发和青色的眼睛，她的肉体和灵魂都是青翠的，对那些跟她生活在一起并且爱她的人，她给他们每人一个青翠的灵魂作为特殊的好感的表示。

受这种感觉推动我放弃火车而选择自行车，它飞驰起来没有一点声音，好像蛇的滑行或燕子的掠飞，使你跟大地的关系更亲密。

我们对这一礼物该有多么难以言传的感谢呵！我们这些爱好旅行和大自然的幽静的人，我们有温顺沉静的精神继续走我们的路，像猫头鹰在晚上用它柔软无声的翅膀飞翔！自行车是这么安静，我甚至在两次分别经过一条安静的乡村道路，遇到一个盲人时，近得几乎擦身而过他却不知道，直等我说话他才发觉。

我悠闲地骑着我的自行车，从一个郡到另一个郡，参观着城市和乡村，跟各种不同年龄和情况的人交谈，可是所有这一切只留下浮光掠影的印象，因为对那片绿色的土地，在它苍翠的季节里，我匆匆而过时，我心目中总装着一个目标——看一看主要在南部才能找得到某些稀有的鸣禽，听一听它们的歌喉。它们之所以稀有，在大多数情况下是由于博物馆陈列室的标本收集者、捕鸟者和其他伪君子的捕杀所致，他们从事于毁灭一切可爱的野生动物的勾当。这样一来，在受到严格保护的树林里，这是金莺每年育雏的地方，如果我能得到允许在林子里消磨一天，倾听金莺清脆的鸣声，那对于我比城市、乡村的风光、古堡、历史陈迹、大教堂都更有意思，也比在人们中间的奇遇更有意思。

在这类地方遨游只不过匆匆来去，走马看花而已。

再往西行我到达布兰福德，然后是维姆博恩，这儿我发现没有什么便我流连忘返的。在威尔汉姆，一个古老的村庄式的小镇，一个未受污染的美丽的乡村，我久久待在圣玛丽教堂内，沉浸在对殉道者爱德华①的石棺的冥想中。从里面走出来我吃惊地发现当我跟石棺和那可怜的少年国王的魂灵待在一处时，外面的街道已溢满污泥浊水。我走到站着的一群人的身边问他们这水从何处来。"我想，从天而降。"有个人回答，对我的无知直笑。这一回答使我想起儿时读到的一个好孩子的故事。大人教导这个孩子把样样落到他头上的痛苦和不愉快的事情，从丢失一件玩具或淋湿了或挨打，以至出麻疹、患腮腺炎、猩红热，通通都按宗教说成是"从天而降"。后来有一天刮大风时一片瓦掉在他头上，把他打晕过去，他恢复知觉后发现四周围着一大圈来救助他的人。他自己爬起来，指着脚下把他打晕过去的瓦，庄严地说："那

---

① 殉道者爱德华（约963—978年），975—978年为英格兰国王，传说遭其继母所杀，后被基督教视为圣徒。

是从天而降的。"人们一听都笑了，那座城里的人都是轻薄的，他们问他还能从什么别的地方掉下来。

下了一阵大暴雨的古老小镇，以及它周围的村庄倒是一个可待的好地方，但是它留不住我，在这儿找不到我求索的东西。我很快就重新向东，经过了多年没有访问过的普尔。普尔有一个优美的公园，公园里有大片碧绿的草地和一个可以划船的湖——英国所有公园里最大的湖。傍晚六时，一天工作完毕之后居民们纷纷来到这里消遣休息，我从来没有看到过这么多尽情玩个痛快的人，也可说他们是天生快乐的人。围着音乐台的人最多，好几百人靠在椅子上休息，或干脆在草地上坐着或躺着，别的人则在绿茵上或露天舞场上跳舞，这里的地板就是为此而铺设的。再往远处一点是青少年在草地上赛跑或打球，许多打扮得漂漂亮亮的姑娘骑着自行车在小径上来回飞驶。公园里有这么多自由是很不寻常的。我刚好在六点钟左右来到那儿，从东南方冒出一大团乌云，它逐渐扩大，终于遮掩了半个天空；在它升得更高，靠得更近时，原来间断地听到的雷声，力量加强了，响声更频繁了，伴随有活跃的叉形的闪电，你会以为这该把害怕它的人赶回家吧。转瞬之间大风大雨就会压顶而来，人群都将给泡在倾盆大雨里。可是尽管它在我们近处磨蹭有一个半钟头之久，黑得吓人的势头也不稍减，有时还来一阵小小的疾风暴雨，却总是到不了我们的身边。在我到处溜达时，我注意到人们没有丝毫畏惧紧张的样子，在风雨欲来的整个过程中娱乐游戏没有一刻间断，直到九点人群才散去各自回家。

离开普尔，我沿着一条绵延不断的大道跑了十英里，经过佰恩茅斯到达基督堂，一路上都有有轨电车要命的剧烈震荡所产生的当啷当啷的噪声，只有在我到达那古老的灰色的修道院小教堂时，我才感到安全地脱离了"地狱"，踏入了野生动物最丰富的那个郡的门槛。它把我召唤到它的河流、森林和石楠丛生的荒野中来。

乌鸫

雌性和初生的乌鸫没有黄色的眼圈，但有一身褐色的羽毛
和喙。虹膜褐色，鸟喙橙黄色或黄色，脚黑色。杂食性鸟
类，食物包括昆虫、蚯蚓、植物种子和浆果。

· 第十五章
在汉普郡的一个村庄里

进入汉普郡后，我走到了一个不能说出名字的地方，因为我要到那里去寻找一种稀有而避人的小鸟的。极力想保护鸟类的人一定别忘记那些私人采集者；这种"有害"的标本采集者总是一心要谋求到由英国人杀害的最后一个珍稀标本。倘若某一品种濒临灭绝，换句话说，如果它是珍稀的，那么，这个贪得无厌的帮会里的首领兼法规制定者就会说，既然我们是为了科学与后代的利益替陈列室提供大批标本，那么，正确与合适的做法就是尽快地消灭它。法律没有去保护我们的鸟类使它们不受这些强盗的残害；这些强盗中他们有太多的代表，高高在上，备受尊敬，或许在地方行政长官的位置上，或许在国会里，也是重要人物。他们难道不是强盗或那种坏透了的人吗？若跟那些破门而入偷盗我们黄金的窃贼相比，那偷盗黄金只能算是拿走废物罢了；而这些正在夺走我们国家数以千万居民的最宝贵的财富——野生动物的人，却绝不会被送到波特兰或达特穆尔①去。

---

①这两地均设有著名的监狱，所以这里指的是受到惩处，判刑坐牢。

我来到的这个村庄，是我从未造访过的极少数的村子之一；村子离我要进行考察的地点不远，于是我决定在那里待几天。其实我早就知道它了，一个胸前挂着许多勋章的老兵曾经详尽而深情地给我介绍过，他现在是皇家公园的看守人。去年春天的一个晚上，他指给我看一个乌鸫巢，眼里流露出焦虑的关切。这巢筑在一棵西班牙栗树干的树瘤上，离地不过数英尺，淘气的眼睛一眼就可望见，位置不安全。我们关于这只粗心大意的乌鸫以及其他小鸟的谈话引起了他的谈兴，老人对我讲述他在一个与世隔绝的汉普郡小村里的少年时代的生活。我问他，既然对故乡如此深情地眷恋，他又怎么能离乡背井度过一生，为什么现在不回去呢？他回答，那正是他的意愿，不仅步入老年时如此，就是在年轻时，在盛年服役于印度、缅甸、阿富汗和埃及时心中就有这个想法。他的愿望很快就可以实现了；再有两年他将得到一笔养老金而从公园的岗位上退休，这笔钱再加上退伍年金使他能在故乡安度余生。

　　现在我想起他来，这个高大笔挺的老兵，他那优美而严峻的面容，灰色的发髭，他在异国他乡为保卫帝国而度过了最好的年华，现在正焦急地守卫着公园里一只乌鸫巢，以防止伦敦贫民窟里的小阿富汗人和小苏丹人搞破坏。当我坐在溪边一棵倾斜的树干上，离教堂的墓地不过咫尺之遥，想到他很快就会回到这片他童年时代的故土时，由衷地感到愉快。我实际上身处在村子中，然而听不到什么声音，除了树木间微风窃窃的低声细语，和脚下流水的泠泠淙淙。跟着出现了另一个声音，几码之外，一只母红松鸡突然发出了高亢而刺耳的报警声或挑战声。它就站在清清的流水旁，在一片盛开着水薄荷和勿忘我的花坛中，身后是一丛高高的野草和紫草。美丽的黑色头部，带有鲜明的橘红色冠羽，在野草上清晰可辨。我们相互观望着。在那个地方，大自然和人的确以如此亲密的伙伴关系和平相处，生活在这儿是非常惬意的，不过我不适合待在那个村子里。它的魅力主要在于与世隔绝，它隐蔽在远离红尘的树林与丘陵间的幽谷里，可是我最爱开阔的空间，打开大门与窗户就是广阔的天地，风从四面八方自由地吹拂到我身上。因此，我就往离这儿一英里半的另外一个村子走去，那里更为开阔。我寄居在一户劳动者家里——一家三口，夫妻俩和一个十一岁的男孩。

在这个地方，好运伴随着我，我跟他们朝夕相处，难得有比他们更使我喜欢的人了。女主人十分贤惠地让我喜欢怎么生活就怎么生活，一点也不大惊小怪。男主人也是个好客的人，他的品德和工作上的灵巧使他获得比大部分劳动者优越的地位。

还有那个孩子，他在家里像他父亲一样的安静、斯文、细声细气；他不喜欢读书，勉强磨蹭着去上学，也不参加游戏，可是酷爱荒野世界，老是渴望独自离开家门去跟踪观察鸟类。

　　我在他那个年纪也是一样的，不过处境要更幸福些，既没有学校可进，也没有书本需要苦钻。

　　有一天就在我离开之前，在荒原上消磨了好长一段时间之后，我在六点钟进门吃饭，女主人像往常一样准备好了饭菜，甚至殷切地想听听我有什么要跟她说的。她整天独自待在家里，除了中午几分钟之外，那时孩子进门匆匆咽下午饭，以便尽可能在学校响起钟声重新把他召回之前，跑到最近处的林子里和荒原上自由自在地消磨争取到的一点时间。我告诉她在荒原上闲逛时见到的样样事情，似乎都特别使她感兴趣。她愿意听我讲到过哪条老水渠，或哪座古墓，哪丛冬青树，还有我在哪里发现了什么鸟儿，诸如此类事情的经过，以至最无足轻重的小事。她好像在听什么了不起的惊险故事似的，默默地静听我讲完，然后提出十多个问题，寻根究底地让我一一重复一遍，把谈话围绕荒原继续下去。在这个时候她说得多一些，告诉我荒原对她可有意思啦；接着一点一滴地透露她的感受。那是她结婚后到去年这段时间内的生活故事，当时她有两个孩子，分别是九岁和六岁。他们住在荒原的边缘，屋旁有一棵松树和一棵橡树。她的丈夫喜欢鸟类和一切野生动物；他熟悉它们，她呢，经过一段日子，也同样喜爱它们了。她最爱听它们歌唱和啼呼；日日夜夜都能听到鸟儿的声音。你不得不听，甚至那最娇小的鸟儿最细微的音调，这地方是那么幽静，周遭既没有道路也没有房子。她的安慰与在室外的乐趣就是小鸟的歌鸣；她在那里是非常孤独的，既很少读书，也从未听过音乐，得走好几英里才能听到钢琴声；小鸟的歌声对她来说就是世界上最甜润的声音，特别是乌鸫，比其他的鸟儿更使她喜欢。初到这个村子落户时，她简直受不了它的噪声，这么多的雄鸡打鸣，儿童叫喊，人们说话，车辆辚辚，各种各样的闹声，使她头痛。夜晚，他们多么想念那些在黑夜活动的鸟儿的声音啊，在冬天尤其是林鸮霍霍的叫声，夏天则是夜鹰像摇纱机般的叫唤，以及秧鸡和夜莺的啼鸣。

　　就这样这个可怜的女人谈啊谈，她说话的当儿时常语塞，似乎在回避什么。而这个话题我却一直在等待着她拾起来。她终于开口了，未抹控制不住的眼泪，不再克制自己，开始从容地谈起她失去的孩子。她的名字叫薇奥蕾特①，认识她的人都说对她没有再合适的名字了，她长得这么美丽，一朵花似的，眼睛就像紫罗兰。一个幼小的孩子，她热爱花可不同一般，谁也没见过像她那样的。洋娃娃和玩具她一点也不在乎，她爱花如命。至于感觉，她当年不到五岁，却像任何成年人的兴趣一样丰富。她是个非常可爱的小人儿，最关心她的父亲，每天傍晚他回家时她都飞奔着去迎接他，坐在

---

① 薇奥蕾特Violet，原意即紫罗兰。

他膝盖上直到临睡。这父女俩的谈心就不用说了！现在该说那最奇怪的事情了，这是关于两个孩子的——他们是怎么来消磨他们的大部分时间的。由于离村很远，经过一番周折，男孩得到允许在家里学字母。如天气好，两个小孩就很早起床吃早餐，然后把正餐放在小篮里带到荒原上去，要玩耍到下午五点左右回家，这时她才能见到他们。男孩子最喜欢小动物，像他的父亲那样，整天以跟踪和观察它们为乐。女孩最爱花，无论什么时候只要她发现一朵花是很少见的或对她完全是新发现的，她就会高兴得大喊大叫，仿佛在荒原上发现了一件璀璨的珍宝。她是个强健的孩子，是健康的化身，所以当她突然发烧病倒时，他们非常惊惶不安。孩子病得那么厉害，得去请个医生，但等的时间好长，边等着边得想点什么办法啊，于是她就给孩子洗了个热水澡。接着孩子抽风过去了，烧也退了，孩子安安静静地睡着了，情况似乎有些好转。医生来了，他说孩子正在好转——他诊断准确——但他必须叫醒她让她服药。她求他别弄醒她，但他坚持要，把孩子叫醒，让她把药喝下。这小人儿刚把药咽下，立即倒下去面如死灰，几分钟后就死了。

失去女儿后又过去了两年，他们已习惯村中的生活；男孩无可奈何地逐渐对上学更安心些了，她的丈夫有了新的工作，很受雇主的重视，他们跟邻舍的关系也挺融洽。但这种生活条件的改善并未给他们带来快乐，他们总是忘不了孩子的夭折。作为主妇，她每天独自在家度过这段漫长的时间，她就难过；不过傍晚丈夫回家后她就得把悲痛丢掉，总是快快活活，她全心全意的关心是为了使他忘掉悲伤。不过这看来没有用，他似换了一个人；他的全部思想，他整个的心，都跟失去的孩子在一起。他脾气温和，过去也曾会逗会笑；但他现在就是我看到的那样——一个非常安静沉默的人，有时候微微一笑，不过他看来已经忘记怎么笑了。

·第十六章
荆豆鹟莺

❋

　　事情发生在我开始此行的一年前，一位朋友告诉我他
偶然发现达特福特莺即荆豆鹩鹠的一处新栖息地。它一直为
收集者搜求，这是一种栖息在荆豆灌木丛中娇弱的小鸟。他
骑着自行车在南部地区旅行，经过一片广阔的石楠丛生的荒
野边缘的小路时，瞥见一对鹩鹠在荆豆灌木丛中疾飞。先前
他从未见过这种鸟，但是我很满意他能识别出来。这位敏锐
的观察家本人与我并不相识；我们有通信联系，对鸟类抱有
同样的感情，自然而然地成为了朋友。他是那些性情古怪、
过着"双重生活"的人士之一。对我们有些人来说，他以鸟
类学家知名；用常去戏院的戏迷眼光来看，他是位完美的演
员，那些只从舞台上认识他的人，我认为，听说离开舞台，

他是一个喜欢去鸟类栖息的幽静偏僻地方的人，会大吃一惊或难以置信，而在跟鸟类的交往中他享受的是去戏院的观众享受不到的不受打扰的快乐。

荒地的面积很大，有若干平方千米，我对他描述的这个地方经过一番搜索而未曾发现这种鸟并不奇怪。我接着耐心而有条理地着手去寻找别处荆豆，尤其是灌木丛最稠密的地方，在花了整整两天后我开始担心我根本找不到它们。过去我曾在南部和西部花费那么多时日在八九处搜寻这极难捉摸的小鸟，从而非常熟悉它们躲藏的习惯，因此我仍抱着希望。可是费了又一个上午而一无所获后，我决定在黄昏放弃搜索的工作回西部去。我难过地想这是一番徒劳，然后记起"徒劳地"是一位多石头的贫瘠地的名称，那里长有一些石楠，很多年前我就是在那片地里首次发现荆豆鹟鹩的，这地方离这种鸟最近的知名栖息地约30英里。

随后我去了这片荒野的一座高岗，坐下来在风中冷静地考虑；我的注意力被靠近我脚下的一堆羽毛所吸引，这是一只雀鹰最近吃掉的一只小鸟的。躯体上的羽毛是红色或栗褐色，翼羽则是黑色或带黑色的棕褐色。我开始推测这是一只什么鸟，忽然一下想到这便是荆豆鹟鹩的颜色。风力非常强大，很快把羽毛通通刮走了。我迅速收集紧附着石楠上的残羽进行仔细检查。不，雀鹰并不曾击落和吞食那只不大可能是荆豆鹟鹩的小鸟，剩下来的一支小小的有白色边缘的翼羽和一支纯白色的细羽说明那是一只朱顶雀的羽毛——它有着乌黑的翼羽和栗红色的背羽。

我原想来岗顶静静思考，但这件小事使我衰弱的精力得到刺激，我立即越过石楠地重又去寻觅我要找的荆豆鹩鹪，向着离山岗约四分之三英里远的一个目标进发，那是我两三天前曾经搜索过的一个地方。我还没有走过约三百码，这时，在出人意料的地方，我瞥见一只细小的外表看上去为黑色的鸟儿，从一丛低矮不齐的荆豆中疾飞而出，在另一丛荆豆中消失。这就是我要找的荆豆鹩鹪！

剩下来没有什么需要做的了，除了蜷伏在一丛石楠中，我只需一动不动地待在那里观望，到时候鹩鹪会跟配偶重新出现，它们准备出来责骂我，然后看见我这么安静，又走开去干它们自己的事情去。

这对鸟儿使我失望。我去荒地的首要目标是查明它们还留在那里；还有一个目的不是去破坏它们筑巢的灌木，让它照进阳光，然后在"自然环境下"拍照，如我们的摄影师虚构的那样，而是在听完它的歌后立即加以描述，这时印象在脑海中还是新鲜的。然而它从黎明到天黑拒绝歌鸣或怎么也不出声。一声不响有如高雅的灰莺，像一个仙人那样责怪你。保持沉默的另一个原因无疑是因为在那个地区没有另一对，也就是没有别的雄鸟刺激它。

三天后一个黄昏，我在荒地的另一部分，离头一对鸟儿的育雏地约半英里，有一只小鸟从荆豆中疾飞而起，停歇在一株灌木的最高枝上；另一只荆豆鹪鹩，精致的身形只露出侧影，像煤玉一般黑，背衬着苍白的黄昏天色，蹲坐在黑色与金色的荆豆丛上。这是快乐的时刻，一个完全出乎我意料之外的发现，我以前曾探索过那部分地区，但什么也没有发现。这是个荆豆生长成一丛稠密的灌木的地点，四至七英尺高，覆盖三四英亩地面。鹪鹩通常偏爱灌木长得比较稀疏且中间有开阔的空地的地方。

我要寻访的鸟儿很快失去踪影，拒绝再次露面。接着情况有些好转；再过去五十码，又一只鹪鹩出现了，栖止在一丛灌木上开始歌鸣，容许我接近它不到二十码。然后它也消失在灌木丛内再见不到了。我带着这支小曲的印象回家，但并不试图加以描述，因为我希望再度更加自由地倾听它放声而歌。

次日我发现此地不少于九对鸟儿，几乎全部在一处生活，又在一处育雏，在那片稠密的灌木丛中的一个地点。灌木丛以外的地方全是空落落而贫瘠的；就在那里这种小小的活的珍宝群集在一处放光。但是一想到受私人收藏者雇用的狡猾的流氓，或鸟类标本制作商店的老板，自称为"博物学家"的人，也许会带着一支气枪在任何时刻出现，一个上午的光景便会把这个群体彻底消灭，不禁令人沮丧！

我发现观察鸟群最好的时间是清晨五点钟左右，这时它们非常兴奋，引吭高歌。有时大约会有两对，有时三对在我身边，从此处疾飞到彼处，消失了重又出现，相骂不休，过一会儿还打架。我待下来观察它们的地点都选择在一对鸟儿活动的范围之内，要是其他成双的鸟儿跑来帮忙对我示威，它们便会被看作闯入者。占有这块地盘的雄鸟会对它们在场感到气愤，挑衅似的唱起歌来，另一方则以同样的方式答复，但从来不对抗随之而来的进攻；闯入者每次都被不光彩地赶回自己的地盘。胜利者然后回来高唱凯歌，并向所有局外者表示挑战。

它们的歌声，尽管如此热烈，却传播不远，因此要想听清楚必须尽可能接近。声音很短促，每次重复不过持续几秒钟，但是如果这位小小的歌唱家的音乐精神一旦奋发昂扬，它有时可以表演数分钟之久。至于歌声的性质，第一个写到它的英国人蒙塔古①说它像黑喉石䳭的鸣声。这没有错，因为小石䳭的歌是由几声低沉粗哑的啼鸣穿插在其他明亮的乐音中所构成的；但蒙塔古遗漏说明他说的仅仅是石䳭从一根栖木上唱出的歌，而不是它在空中高飞忽升忽降时倾吐出来的那小小又有节奏的旋律，这时它唱得更好。但是石䳭这样的一支歌，或者更确切地说多支歌，只有很少的人知道，原因是它不容人接近它。从老远听去，荆豆鹪鹩的低鸣往往迷

---

① 乔治·蒙塔古（1751—1851年），英国博物学家。

失，而传到耳边的声音可能被当作是石鹏的，或朱顶雀的，或林岩鹨的，甚至是草地鹨的。在同一地点听到的灰莺的鸣声较为高昂和粗糙，不因距离而变得柔和飘逸。灰莺那种嘲弄或责备的声调人人都熟悉；荆豆鹬鹬责备的鸣声像是同样的音调，但经过压低和柔化。正是这同一责备或责骂的音调用于啭鸣，只不过更嘹亮，更具音乐性，同时唱得特别快，在三秒钟内可以重复18～20次。相比之下，水蒲苇莺的十分仓促的歌声似乎是一种几乎软弱无力的表演。鹬鹬快速的发声产生了一种持续的声音效果，有如蝗莺摇纱似的鸣声；然而，究其特点还不是一回事；它颇像飞行中的鹿角锹甲或金龟子发出的嗡嗡声或吱吱声那样，只不过稍微带一点金属和音乐的性质。这种流水般源源不断的嗡嗡声穿插着精细、清亮的乐音，既尖脆又柔和，是非常纯和美的。

梅瑞狄斯[①]谈到云雀的歌声，说那是

> 一条由许多没有裂缝的
> 环节组成的声音的银链。

这同样可以用来说明遍布世界的其他鸣禽的鸣声——所有不是以悠闲的态度歌鸣，中间经常停顿的鸣禽，例如歌鸫

---

① 乔治·梅瑞狄斯（1828—1909年），英国诗人和小说家。

和夜莺。但这条银链在形式上有所不同；这条声音的银链有唱得快的，在某些环节上（换一种说法，即音调）可以区分整支歌曲的个别部分。荆豆鹩鹩的情况并非如此；发声重复得超常的快速使这场表演像一根编织得紧紧的弦索而不是链条。如把这个比喻继续下去，我们可以把它看成是一根黑色或灰色的弦，镶嵌着一些银色、金色和猩红色的丝头，并且闪烁着光花。黑色或阴暗的弦发出低沉的责备或嗡嗡声，鲜艳的丝则发出玥朗、嘹亮、柔和的声音。

荆豆鹩鹩是小型的鸣禽之一，跟黑喉石鹏、林岩鹨、橙尾鸲莺和小灰莺列为一类。它主要是因为别致，跟其他的鸣禽不同。这很难描述，我们无法把对某种鸟音的印象表达出来，除非拿它跟别的众所周知的声音和鸣声类比。一百五十年以来我们的鸟类学家并没有从事描述它的歌声的尝试。我记得我一度问过已故的霍华德·桑德斯为什么情况是这样，他回答荆豆鹩鹩的鸣声是一种有点奇异的急促的抖动，所以你无法描写它。当然你可以描述任何非人的生命的声音，从昆虫到天使，但可悲的是这种印象你不能恰当地用文字传达给别人。然而这类描述可以对一个探寻鸟类的人有所帮助。它不能描绘鸟儿啭鸣的完美的印象——这只有禽鸟本身才能做到，但可以帮助他在第一次听到时识别啭鸣的鸟儿。

白翅鸽

玉者，白也，因翅膀大翎从最外一根开始有若干根雪白
如玉而得名。因其身体的羽色而区分出黑、紫、灰等
品种。

· 第十七章
回到西部

* 目的达到了，带着三个宝贵的回忆我离开了汉普郡的小村：首先最美好的回忆是我一直寄居的农舍的主人给予我的；其次，按照价值的次序是那些放声而歌的披着羽毛的小仙子；最后是那五头白色的母牛，它们从荒原小坡上的小农庄出来，由一名青年农妇领着，到荒原某个遥远的地方去放牧。每天早晨它们从灌木的绿荫深处浮现，农庄就掩藏在这些树荫的后面。牛群以散漫的行列缓缓地走在广阔的棕褐色的荒原上，后面总是跟着那个年轻的牧女；她长得高大笔挺，头上没戴头巾，松垮的灰白色外衣几乎跟母牛的白色相似。牧女和牛群在带露的亮晶晶的朝阳光线下走过荒原时，从远处看，那是一幅美丽的奇景。她的面貌由于雾气而模糊不清，这种情景中有点神秘的意味，或许是由于联想吧——古代人类生活的某种朦胧的暗示，那是一个关注人类的神秘献祭母牛的时代。

*

我已经看到、听到，而且使这些宝贵的东西属于我了；现在我要重新回到西部去，在花季结束前，去到别的繁花似锦的地方。时间已近六月中旬，我也许还可以赶紧去找到其他某种珍稀的禽鸟，在它们沉默前听到什么新曲，黄鹂与荆豆鹨鹩仅仅是我离家外出要去寻访的半打物种中的两种。

在约维尔，我出于双重的动机逗留了两三天。

在这片土地上一个漫游者最有趣的经验之一，是随着日暮把他带到某个陌生而长期未去造访的地方，突然一下子记起原来是他的老友们两三年前来此定居的教区。他非常想念那个乡村地区熟悉的面孔，他是在那里认识他们的，但他从未完全忘记或停止爱他们，现在找到他们的住处串门，使他们大吃一惊，像往昔一样吃一顿家常便饭，畅谈那些可贵的过去岁月和故乡，聊聊老家的每个人，从乡绅老爷到村里的痴汉，那是多么开心有趣啊！

几乎没有必要补充说明，我去寻访的这些失去联系的朋友不是什么有私人汽车的重要人物，他们是普通的世代过着纯朴生活的平民百姓。他们在土地上劳动，身上带着泥土，他们很少接待远方的客人，他们的欢迎是生活中最美好的事情之一。

这是第一个动机。失去联系的朋友住得离小城不远，我找到了他们，发现他们并没有改变，依然是往昔的心怀，依然把我看成他们当中的一员，是他们非常亲近的亲人，虽然难得见面，也许被看作家庭中的游子，并不因此就对我钟爱得差一些。

我第二个目标是参观蒙塔古特府第和园林，以前的几次访问我都失之交臂。我在园林流连了几个小时，它有如荒野或一个没有人烟的地方。它从前一度是一处园林，但是在那里的任何地方我却不曾发现珍禽。

著名的蒙塔古特府第，它是用汉姆山石建造的，一种我无法接受的建筑石料。谢尔博恩修道院无疑是最壮观的宗教建筑物之一，装饰屋顶的石雕使它比该地任何大小教堂都更为美丽。可是我无法欣赏，黄色的效果令人极为头痛，使人深深沮丧。在里面盘桓一小时之后我觉得浑身从里到外都是黄色了。这种印象或者说它的回忆，或者回忆和印象都已消失，留在心中的感觉还会进入一切建筑物，并且把这同样的黄色物质表现出来，加在一切建筑物上。当我花了两个小时把蒙塔古特府第完整地参观一遍之后，这种感觉存在于我的身体之内。我本来大概会想，无疑像大多数人一样，这些石头的黄色大大地增加了这座建筑物的美观。沐浴在这样灿烂的阳光下，上面是无际的蓝空，它跟周围的环境，绿色的草坪和高贵的古树，是和谐的。

待在小城的第一个黄昏我就外出走进附近的树林。树林生长在小河耶奥河河岸陡峭的山坡上，在林中我倾听一只夜莺的歌声有半小时之久，这是我在当地发现的唯一的一只。第二天下午在旅馆内我跟一位行商同桌喝茶，他的面貌和谈吐使我觉得开心有趣。他是一个个子瘦高、外表粗鲁的年轻人，下巴突出，皮肤晒得黝黑，身穿粗花呢套服；与其说他是个商人，不如说更像干活的农民，这类商人通常是衣冠楚楚的城里人。我冒昧地说他来自北方。噢，没错，他回答，是从约克郡一个工业城市来的；他前两三年一直在走访英格兰西部，这是他头一回选择约维尔度过夜晚。下午已把事情办完，他在此地没有什么要办的了，本来可以去布里斯托尔或继续往前去埃克塞特，留下来只为听听他从未听过的夜莺的歌声。他不愿在这个时机结束旅行回北方去，这是他长久向往的机会。

这些从北方来的汉子，尤其是从约克郡和兰开斯特郡来的，总是以他们的热情、他们的审美感让我吃惊！不久前一个星期天早晨，我正在萨利斯伯里大教堂的草坪上观看高大的教堂建筑上的鸽子和寒鸦，这时我注意到一个工人带着妻子和孩子坐在榆树旁的草地上。他们带来了一只装着丰盛的午餐的篮子，显然是外出度假的。不一会儿年轻人起身溜达到我站立的地方，抬眼观看绕着教堂尖顶翱翔的鸟儿，同时开始同我交谈。他告诉我他是一个从谢菲尔德来的锌匠，被派到南方的西得第斯为军队盖锌铁建筑物。当他看见萨利斯伯里大教堂，听到教堂内唱诗班唱赞美诗时，非常感兴趣，决定要在大教堂度过星期天和任何可以歇班的日子。他爱好音乐，参加了故乡小城的音乐团体。谈起他对音乐的爱好时，他的眼睛放出了光芒。他一边谈话，一边观看飞鸟，寒鸦掠过一圈又一圈，升得愈来愈高，直飞到尖顶的十字架上，然后从那个高度猛然投身直往大建筑物和地面降下来。转眼之间，在我们观望着一只鸟儿飞落时，他高举双手激动地喊道："噢，像那样飞，真妙！"

这个人，我心想，生长在一个阴森可怕的工业城市，呼吸的是钢铁尘埃，一个跟丑陋的物质打交道，从事制造丑陋东西的工人，具有的诗情和浪漫精神，却比在这个温和可爱的绿色南国之乡的本地人身上能找到的更多，在一切美的事物中能发现更多的欢乐！

这一事实是否给每一个对南北方同胞都非常熟悉的观察者以深刻的印象呢？想到我们诗歌文学中的优秀作品几乎都是南方人——由南方半个国家的英国人写的，又多么奇怪！无疑诗的感触在北方更强更普遍，我们只能得出结论说，崇高的天才之花并不是从这个看起来非常有利的土壤中生长出来的。

回过头来谈谈我的行商吧。我告诉他到什么地方去找夜莺，后来那天晚上见面时，我问他是不是达到了目的，是啊，他回答，他发现了并且听到了夜莺的歌声。那是一首美妙的歌，不像他熟悉的鸟儿的鸣声，但是没有他预期的那么好，他认为那只夜莺的品种不是非常好。我告诉他，他的判断绝对正确，约维尔的那只夜莺表演得相当差劲，我的话使他得到了安慰。

从约维尔到格拉斯顿伯里只不过约15英里，要是乌鸦飞行——或者对于坐汽车去的要人，路上又没有什么阻拦，这段距离根本算不了什么。对我来说，对所有在旅行中不是急于想达到终点的人，那无所谓，认为多远就多远。那是一片广袤的绿色地区，我发现了好几个古代的小城和比我记忆中更多的村庄；在灰色的古塔阴影里的教堂，你很想在那里消磨你生命中缓缓消逝的最后岁月；小饭馆供应面包、奶酪、啤酒，倘若别的什么也没有，反正可当便餐；老百姓的农舍是人们最喜爱的地方。这里的人不像兰开斯特人对任何事情都那么狂热，他们更和蔼可亲，在性情和举止上更能打动人，这是因为较温和的气候还是较多的凯尔特①血液渗进他们的盎格鲁–撒克逊血管的缘故，我不知道。他们也许是完美的混血儿，像他们在塞文河另一边的威尔士邻居，可是威尔士脸型的粗线条得到了修整，又像他们在东岸的撒克逊邻居，却没有后者的呆板冷淡。再说，他们也不是一点没有前面说到的那个北方人的那种精神——浪漫的气质，并不是完全跟物质的东西相关的光明向上的内心生活。

---

① 在盎格鲁–撒克逊民族统治英格兰以前居住于英格兰的古民族，现代苏格兰人与爱尔兰人的祖先。

第十八章·
阿瓦隆①和一只乌鸫

---

① 阿瓦隆，传说中亚瑟王及其王后圭尼薇最后的葬
   地，据某些考古学家的考证，即现在的格拉斯顿
   伯里。

* 　在格拉斯顿伯里，我在这里著名的修道院消磨了几个小
时，对发掘出来的众多文物有点激动，看到修理复原的建
筑物部分有点难过；为了这个英格兰最可爱的古迹还能继
续耸立几百年，这些修复是必要的。不幸的是，不管修复
工作做得如何技艺精湛，新的部分看起来始终还是新得不
相称。时间无疑会恢复失掉的和谐，令人尊敬的古貌，是
要在这种磨损褪色的旧衣服上打新补丁的后果消失之后。
五十年的日晒雨淋会给新的坚硬的外表带来美化破败的建
筑物的植被——缬草、常春藤、柳穿鱼、桂竹香、灰色和
绿色的苔藓。

*

　我同一些从事修道院修复工作的人进行过交谈，在交谈
中涉及鸟这一话题，布莱斯·邦德先生告诉我，他的花园里
的一只乌鸫会唱一句完整的乐句。

　他带我去主街的住宅听一听，住宅的后部有一个大花
园；我们在花园的凉亭内就座，不多几分钟后这只鸟就开始
吹奏小小的有如人创作的回旋曲给我们听了。主人接着模

仿，他用口哨哼了一遍，然后带领我到客厅用钢琴弹奏，我告诉他无论如何还是记不住，于是他为我用音符录下来：

听到乌鸫的歌声中的乐句像人类的音乐，并且可以用我们的音乐符号记下来，这不是稀奇的事情。我愿意就这一题目从C. A. 约翰斯这本有趣但已被人遗忘的小书——《故乡闲行与假日漫步》（1863年）中摘引一段话：

一只乌鸫栖居在贴近的一棵树的树梢，似乎决心要唱下去直到好天气回归。他的歌曲的副歌是下面一节，常常重复，如果人可能厌烦自然的音乐，那我也会厌烦：

其他所有的曲调都是不按韵律的，似乎其中没有安排旋律优美的乐章，因而总的效果差不多能由一个人用自然声调说话产生。它反复插进一支老歌的点滴，唤起他的回忆，虽然他无法想起是什么歌词，也想不起其余部分的旋律。

这很有趣，因为那个乐句整个出现在一首歌中，跟其余的性质完全不同。

问题是，这些乐句是模仿，还是这只鸟的天然啭鸣呢？"鸟类歌声中的人类音乐"是美国博物学家亨利·沃尔第斯先生所特别研究的题目，如果他来我们这里对英国的鸣禽进行研究，将受到所有鸟类音乐爱好者的欢迎。同时我们出版了已故的C. A. 威切尔的《鸟音进化》，可以和他的研究媲美。威切尔在该书中用音乐符号记录了不下76种乌鸫的音调，和他对这类啭鸣的来源的见解，他认为这些乐句跟我们人类的音程完全相同。他是我国唯一对这个问题进行过特别研究的人，这是非常有趣的。他写道，如果考虑到最优秀的歌唱家的模仿能力，以及人类的音乐在它们的生息之地出现的频度，这些乐句毫不令人惊讶；田间劳动者吹口哨；从农村产生更洪亮的音乐，虽然并不总是更为甜润，一年四季可在乡镇听到音乐之声。我们的音阶源远流长，几千年来我们使用的音程从人使用的乐器传到了禽鸟的耳鼓。

这是远不能使人信服的。有些鸣禽比乌鸫的模仿力要高得多，但它们的啭鸣中从来没有近似人类音乐的乐句。跟我们的居处接近的杜鹃和全世界数不清的其他鸟类，其中许多是在野外生活的，它们从未听到过人类的音乐，可是叫声和啭鸣中遵守跟我们的音阶同样的音程。我的看法是乌鸫按这种方式自然地歌唱，在音阶方面更接近我们，恰如蝗莺、荆豆鹩鹧离我们较远，在音乐上像昆虫，只不过因为那是它们的自然状态。我们看到乌鸫遍布全球，亚种很多，在体形上从不比一只歌鸫大，到跟松鸡一般大或大于松鸡，但全都有美丽的歌喉。这使在热带森林和远方温带的旅行家想起故乡的这种鸟。在有些情况下，据说比老家的乌鸫还唱得好。我想假如这些旅行家对这个问题特别感兴趣，曾经聆听过这种异国物种的鸣声，他们会发现它们唱的有些乐句听起来也像是人类曲调的片段或点滴。

乌鸫每每使我想起普通的巴塔哥尼亚嘲鸫①，不在发出的声音性质上，更不在跟人类的曲调的相似性上，而是这种鸟啭鸣的方式。它开头采用随意的方式，然后它忽然找到了一组喜爱的乐音或乐句，用变奏唱出来。最终，它也许迷上它了，好几天或好几个星期反复地唱。从这个意义上理解，可以这么说，每个歌唱家也是它自己表演的作品的作曲者。

在倾听乌鸫啭鸣时，即使不存在跟人为的曲调有任何相似之处，它也使我觉得比其他的鸟的啭鸣更接近人类的音乐；这种鸟在实习或创作时，不一会儿便提高到一支旋律的水平，其中的音程将跟我们的音阶一模一样。我回想起一只天才的乌鸫的情况，我曾经在新林的法雷附近听到它的啭鸣。这只鸟并不像通常那样以稍为改变的变奏形式重复同一

---

① 拉丁文名*Mimus patachonicus*。

曲调，而是每次唱得都不同，或把曲调改变到使之在每次重复时显得像一支新的旋律，可是曲调的每一支都能用音乐符号记下来。一位音乐速记家能在不多几天之内把乌鸫歌唱的旋律充实他的一卷记录，我想，它们会比威切尔记录的七十多支要有趣得多。凡听过这种鸟啭鸣半小时以上的人，都无法相信这些曲调都是抄袭的。它们太丰富了，仿佛岩石间涌出的泉水那么自然而然。这种鸟是在分隔两块牧草地的一处荆棘篱中，我在那里站了多久，我不知道，在渐浓的暮色下，我的惊异和佩服一直在增长，我像一个神思恍惚的人，或像传说中的那个僧侣，只是那只奇妙的鸟是黑的而非白的。不久，它飞走了，这是它最后的身影，之后我徒然地寻觅它，也再没有听到它的啭鸣。说不定在那个黄昏后的某一天早晨，它死在了某个农夫或雇工的枪下，因为他担心他的草莓为飞鸟啄食，殊不知他杀害了一个天使。可是倘若一个偏爱养笼鸟的人，偶然听到它美妙的歌声，于是进行抓捕，然后拿它在地方上展览，从那里博取莫大的荣誉，或许以它的终身监禁为代价赚到一个英镑，那它的命运就更糟了。

乌鸫歌喉的这个特点，它跟人为的音乐的相似性，我一直在讨论，这并不是问题的全部，也不是它的魅力的主要原因。这种魅力主要是由于它的声音内在的美；它有如笛声，使人联想到的人声，是属于精美、纯粹、美丽的女低音性质。它发声的方式极大地增加了效果，从容地依次吐出，宛如一个心境和平而又极度快乐的生灵，有能力把感情用极其完美的方式表达出来。

正是乌鸫的这种曼妙的啭鸣——最为可爱的声音，以近似活泼悦耳的人声的表达方式，从容而漫不经心地抒唱出来，宛若一个人和蔼可亲的谈吐，其间还糅合着歌曲的因素。把这一切综合起来，使乌鸫作为鸣禽比其他的同类更受我们偏爱，甚至夜莺也不例外。假如某家大众报纸的编辑拿这个问题请读者投票，乌鸫大概会名列榜首，尽管神话和传说使我们从少年时代起便对某些物种感到亲切——春的信使杜鹃，悲悼爱侣的鸽子，用胸脯贴着荆棘的夜莺，善于筑巢的小燕子，还有红胸的知更鸟，在冬天到我们这里来觅食，对人类怀有深厚的感情，在森林和荒漠会把树叶盖在孤单无助、无人埋葬的遗体上。

但是可以说，在英国我们总是偏爱乌鸫。它是一种留鸟，非常普通，遍布世界，为什么它在我们古老的文学中没有突出的呢？如果文学可以作为一种测试的标准，无疑乌鸫大大落后于夜莺。虽然它仅在英格兰部分地区为人知晓，在不列颠不到四分之一的地区，羽毛黑色、喙为橘黄的乌鸫是一种人们熟悉的鸣禽。无论如何，文学测试并不合适。事实上时代较远的诗人，包括苏格兰和威尔士的，之所以肆意描写夜莺，仅仅是要显示他们遵循的是大陆诗人的传统，不论是古代的还是现代的。

从库诺·梅耶教授翻译的远古爱尔兰诗歌判断，爱尔兰是个例外。你会高兴地发现，这里没有古代鸟类外来的神话和传说，而是本土鸟类生活的情景，以及使我们十分惊讶的人类在遥远和野蛮时代对鸟类的感情。在这些诗歌中许多物种都有提到，从最大型的雕、渡鸦、大雁，直到小小的可爱的鹪鹩，乌鸫由于它动人的声音而名列前茅——"它的歌声甜美、轻柔、和婉"。

在诗集中有一首写乌鸫的诗，一个当代的诗人当然可能写得出来。我们每每认为像我们那么爱鸟，不但把它们看成披着羽毛的天使，看着美丽，听着动人，而且把它们当作亲人，以人类的温情和同情心爱它们，这是一种我们的时代特有的感情。诗人哀叹鸟儿在看到它的巢被顽劣无情的放牛娃毁掉，稚儿被拿走后发出的悲鸣。他能理解鸟儿"家破人亡的悲痛"，他也有过同样的灾祸，他的妻儿已死去，虽然他们的死亡是不流血的，但是如同死于刀枪之下，同样使他感到可怕。他号啕痛哭，抗议上天不公，尽管在许多鸟巢中被毁的是个别，可它的家和亲人却失去了：

> 你啊，世界万物的创造者，
> 把不公平的手放在我们头上；
> 对我们旁边的人却手下留情，
> 他们的妻子儿女安然无恙。

另有一首令人注目的诗是用那个感情蛮横、不惜流血的时代精神构思的。诗中乌鸦头一声啼鸣，给那个"忠实的人"传递的信息，是以给人印象格外深刻的方式表现的。这首叙事诗说的是一个名叫福特海德·坎南的人，在另一个名叫阿里尔的人的妻子同意下与她私奔，随即遭到阿里尔的紧紧追踪，故事继而讲述他们如何相遇而发生决斗，直到互相被对方杀死而结束。诗写到福特海德原先跟女人约好，同她的丈夫决斗后，那天晚上和她相会。他遵守诺言到来①，这时她跑上前去迎接，紧抱着他，尽情倾吐她对他的满腔热爱。但他这时不想听，傲然挥手推开她，不让她说一句话。他需要自己说，他满腹心事，有好多话要说，而说的时间不多。他告诉她他们是如何决斗的，如何势均力敌，这场战斗如何精彩！读者如同亲眼看见这个场面——两个长发男人的殊死相逢。他们的蓝灰色眼睛闪耀着怒火和战斗的喜悦；侮辱性的叫嚣；疯狂的进攻以及他们灵活有力如同猛虎的身躯的快捷动作；盾剑撞击的铿锵声；最后他们倒下时盾裂剑断，遍体鳞伤，脏腑洞穿，他们的鲜血不分彼此，流成一摊！

对死在这样一场搏斗中的这样的斗士，还有什么话好说呢！她和她的热烈的爱情，对被杀的情人的永远的悲痛——这都不值一提！这场战斗就是一切，她必须默默无言地听着

---

① 这是死者的幽灵。

这个过程，她，是他愿意拥有的最后一个活的听者。

　　语流戛然停止了；乌鸫"甜美，轻柔，和婉"的歌声从黑暗中传到他们的耳边。听！他在永远从她的眼中消失之前向她大声地说：

　　　　我听到暮色下乌鸫向忠实的人送来欢乐的问候！

　　　　我的话语，我的身形是幽灵的——别出声，女人，

别跟我说话！

绿头鸭

家鸭的原祖之一。体形似家鸭。上体呈黑褐色，头颈呈灰绿色，白色颈环与栗色胸部相隔；下体呈灰白色；翼镜呈紫蓝色，上下缘有宽阔的白边；中央两对尾羽呈绒黑色，末端向上卷曲。

· 第十九章
湖 村

> * 从修道院往旁的湖村不过两英里的路程，我跟布雷德博士
> 在这里一起消磨了几个惬意的小时。他是英国历史黎明时
> 期人类活动中心的发现者和发掘者。他把从黑色的泥炭地
> 里挖出来的东西反复地研究。换句话说，你面前是一位忠
> 于事业的人，一位没有空闲的博士，终年干着他的本职工
> 作，除了夏天几个星期的假日；在假期内他每天从早晨到
> 有露水的晚上，都从事发掘工作，研究由挖掘工抛上来的
> 一铲铲泥土。我的主要兴趣是挖掘出来的湖区居民赖以生
> 存的大型的水鸟骨以及他们用来杀死这些水鸟的武器——
> 用弹弓发射圆而硬的黏土弹丸。

*

从林子走去，我漫步在古湖泊的湖床上，直到一直走到
它最深的部分，这里依然是一片潮湿的沼泽，虽然有部分已
干涸，树篱和堤堰交错。这里有大面积的密密地生长着羊胡
子草的沼地，从稍远处眺望，看上去像覆盖着雪的土地。在
这个地方闲步，陶醉在周围微风吹拂下，羽毛一样雪白的仙
境中，我最后在水边坐下来观赏，谛听这里的绿头鸭、黑水

鸡、秧鸡等水禽；秧鸡我没看见，只听到它的啼声；还有小鹳鹮；但没有陌生的声音来自莎草和宽叶香蒲中或柳树和桤木上的鸣禽。

我或许没有集中注意力；心思在这种场合游移不定，依然在回忆跟布雷德博士的会晤；因为即使我们当中感觉最迟钝的人也不致跟这样一位热心人士十分愉快地消磨一个小时而毫无所获。那时，他的情绪感染力还在我身体之内，我正同时处在两个世界里面——一是那个潮湿的青色的沼泽世界，由于羊胡子草而变得雪白。它曾经是一个大内陆湖，在那之前则是一个河口湾，由于河口泥沙的沉积淤塞，最后跟塞文河切断。同时我也在那同一个不为海潮所动的内陆浅海中，好几个世纪它年复一年变浅，蔓长的水生植物在它上面扩张，一直到视野所能到达的尽头，形成一片绿色的水的世界。我可以听到香蒲中的风声——一英里又一英里黑色的光滑的茎秆，尖梢上带有红棕色的绒毛；那低沉的神秘的声音我觉得是一切变化多端的风声中最使人神往的。这种感觉部分是由于跟少年时代的联系，那时我经常骑马跑进大草原上广阔的沼泽。我骑在马上，长有绒毛的香蒲梢跟我的脸部一般高。我寻找鸟巢，首先是那奇特的小小的麻鸦。莎草黄色的叶子上放着三只椭圆形的卵，跟鸽蛋一般大小，绿色、柔和、光亮，难以描述的可爱，那是极大的收获。一见到它们的样子就会如什么熠熠生辉的超自然的东西或什么天上的音乐一样使我心情激动。

在多风的日子，我常常坐在水边倾听这种声音。它不同于绿色世界里别的风声，它不是连续不断的，也不像海浪般的松涛；它从你周围一阵阵忽然传来，时而高得使你惊愕，时而又迅速地低下去如同细语呢喃，其中总是带有一点人情味，但是更奔放，更悲伤，好像什么幽灵似的东西，对我是隐身的，在香蒲中出没，一块儿交谈，以非人间的声音互相呼唤。

还有鸟！噢，回到那遥远的时代的索姆塞特——那芦苇丛生的内海，鸟的天堂——阿瑟尔奈湖吧！

我常常向往回到古老的未干涸的林肯郡去，为了那里近代的大批野生鸟类。这些鸟类的时间不比伊丽莎白时代更远，如一批目击者，比方说，迈克尔·德雷顿①所描述的那样。是不是有读者知道那一段诗呢？在英国有没有任何人，包括那个时期的诗人，能拿手放在心口上发誓，他读过《波利奥比昂》全诗——吃力地拉长到十二音步一行，好几千行的每一行呢？我对此怀疑。甚至读完那描写剑桥郡与林肯郡的沼泽地带的一百行也是困难的，除了由不可思议的鸟群聚会所表现的画面。按德雷顿的意见，那是林肯郡足以自豪的事物，在英国没别的地方可以见到这样的盛事。我想象得

---

① 迈克尔·德雷顿（1563—1531年），英国伊丽莎白时代的诗人，其代表作《波利奥比昂》是一首描述他游历英格兰大部地区的长诗。

出在史前的索姆塞特湖区甚至有更盛大更多彩的景象，因为这是一个气候更好、更隐蔽的地区，鸟群在人们发现如何用枪从远距离杀害它们和用烟火和雷鸣般的声音吓唬它们的时代以前，数量必然多得多。

今天，心中带着德雷顿的画面，以及对一个我早年目击到而又不再看到的远方湖沼上野禽盛会的许多回忆，我能再现过去了。真好，在短短的期间内，当过去的影响还继续存在的同时，我漂流在那一片漫无边际的水域上，比如说，对二十五个世纪前的湖区居民显得就是如此。湖区居民跟我在平静的湖面一起划着长长的独木舟，经过一英里又一英里，一里格又一里格灰色的藺草和青青的莎草，香蒲和开花的灯芯草，广阔的黑色宽叶香蒲地，覆盖着柳树丛、桤木和更大的树木的小岛。这是早春的清晨，大雁还没有离去，正不断地从我们头上飞过，一群接着一群，世界充满了它们的喧闹声。我望着天空而不是地上，注视大批高飞的雁群。鸳、鸢、沼地鹞在我头上绕着大圈打旋，同时对着地上发出狂野尖厉的叫声。那里还有别的更大的鸟，其中最大的是鹈鹕，这是沼地人赖以维生的大型鸟类之一，但它注定要灭绝，以前作为不列颠的一个物种在德雷顿生活早已被人遗忘。他熟悉的鹗也在这里，它是鹰隼科鸟类之王，它盘旋着掠过，过一会儿在中途停顿，收拢翅翼像一块石头降落在水面，溅起有力的水花。我们在鸟的世界里面漂流，鹭一动不动地站在水中，一群群琵鹭忙着觅食，在较浅的地方和水滨有数不清的滨鸟——杓鹬、塍鹬、饶舌的反嘴鹬。翘鼻麻鸭也在我们眼前起飞，发出深沉的"嘎嘎"的雁鸣一般的叫声，白色的翼翅在清晨的阳光下如白银般闪亮。别的声音也从远处传来，隐隐约约地听得到，尖厉的叫声跟闹闹嚷嚷的嗡嗡声混在一起，仿佛是一大群蜜蜂从头上过去。向声音传来的一方望去，我们看到从芦苇和湖水中升起一股云雾，然后又一股，再一股——成千上万的鸟群，每群自有它的颜色，白的、黑的、棕褐的，按照物种而分，有鸥、黑燕鸥、野鸭。从远处看它们显得像冬天黄昏的一大群椋鸟。随即这批云团散开了或者停留在水上，在短短的时间内，湖面似乎是个静悄悄的世界。然后可以听到远处有新的声音，也许在一英里外——由狂野嘹亮的欢呼声组成的大合唱，在无边无际的水面上反复地发出回声，我知道那是鹤——声音像喇叭似的鹤。

这些鸟我觉得都非常真实，看起来十分清晰生动，它们的声音如此洪亮、清楚，使我惊愕、兴奋。

从幻想中看到的野生鸟类的盛大情景，我回到现实中来，其中有件事"愉快"地吓了我一跳。我走向切达尔河谷靠近温斯可姆布处，顺便去访问一位老友，他也是一位作家和爱鸟者。他在芒迪昔山间盖了一幢迷人的平房。我们坐在露台上饮茶，有玫瑰和攀缘植物遮阳，我在炎热的天气下长时间散步后到此一想，那是个非常凉爽的地方。露台下是一片翠绿的草坪，另一边有一排高大的松树。我的朋友告诉我，他最高兴的是过去一段日子里有一群交喙雀在此地出没。刚好在那时，看！这种雀飞来了，有半小时它们就在我们眼前；我们一边饮茶吃着草莓，一边观望它们啄食球果。奇特有趣的漂亮的小鹦鹉来自北方，色彩如此缤纷——一只红得像红衣凤头鸟，两只是黄的，其余的是绿色或杂色。

第二天，我待在威尔士；这天是星期天，早晨碰巧看到敲钟人匆匆忙忙走进圣古斯伯特教堂，这使我想起我的一个旧心愿，在敲钟时体会一下待在钟楼上的心情，这个心愿是多年前读《星期六评论》的一篇文章时产生的，作者瓦尔特·赫里斯·波洛克描述他在一座钟楼内的感觉。这次我有机会了。圣古斯伯特教堂钟楼是威尔士教堂大钟楼中最大的之一，一组有八口大钟。我常常从相当远的距离高兴地听它们的钟乐，现在能如此贴近地熟悉它们，我觉得稍微有点忐忑不安。敲钟人被我的请求逗乐了，他们向我担保从来没有人请求在敲钟之际待在大钟中间。不管怎么说，他们没有反对，这样我就爬上了钟楼等着，有一点紧张，如同乐迷等待听一阕产生于伟大的时代，由柴可夫斯基①创作的，用"形状未知"和宏大的乐器演奏的交响曲。我没有失望，效果太惊人，无法用言语形容，但比我原先设想的音乐性较差。在不

①　彼得·伊里奇·柴可夫斯基（1840—1893年），俄国作曲家，作品甚多，交响曲以《第六（悲怆）交响曲》最为著名，作者此处为泛指。

到三分钟的时间内，钟声就变得无法忍受了，我于是溜出来爬到屋顶，逃脱一场大难。一分钟后我再回来，间隔地逃到屋顶，待在那里直到敲奏结束。除这个办法外我再也无法忍受，我害怕随时有被它永远震聋的危险，从而再也听不见鸟鸣了。那对我来说，一切都完了。波洛克，在上面提到的文章中，用一两句话描述我经历到的感觉。"它不像任何单一的歌手的声音，也不像一个受过训练的合唱团的声音，"他写道，"它更像是分割为一种乐音的大批人群的语言，其中半数，也许并非全体，是人声，声调不尽相同，从高昂的欢快到低沉的忧伤，从庄严的告诫的调子到使人害怕的训斥的呼喊都包含在内，这一切自然都带有腔调上或多或少细微的变化。"

大概圣古斯伯特教堂的钟声比他听到的那些更响，也说不定因为我更靠近它们，我发现钟声里根本没有欢乐的表现；它是可怕的，而其中最糟的，他未曾提到，是一种连续的乐音，一种单一的洪亮的金属的声音，像一台脱粒机的轰鸣，调门如此高亢，如此刺耳，贯穿所有的尖呼、撞击和咆哮声，好像一支刺穿了大脑的钢矛。正是这种连续不断的声音使人最难忍受，我认为，如果我在钟楼上待得太久，它会使我完全丧失知觉。

· 第二十章
沼地莺

＊ 从威尔士启程后我继续前往布里斯托尔，又从那里去了切普斯托，从切普斯托向郊外走几英里我希望能找到我心目中珍禽，但是一经探询，这些珍禽早已从这块生息地消失。我无事可为，只好尽可能去古城堡、怀河河谷、亭台寺①等地访幽探胜，自寻乐趣。在切普斯托，这个寄生性的小城，有好酒贪杯的风气，我看到两件事，大概是旅游指南书籍的作者所忽视的——一棵胡桃树和一株常春藤，都生长在古堡内。前者准是本地区最优美的胡桃树之一，一根横生的巨柯，从树干到顶梢有十五码长；树干另一面的枝柯也有十五码长；树宽达九十九英尺！常春藤长成了通常意义上的树木，也就是说，一棵超过一株灌木大小的植物，它不是由另一株树支撑，而完全靠自己自立。它长得靠近但不是贴着一堵墙，圆而笔直的树干合抱达三英尺，高十五英尺，树皮粗糙像榆树，树梢是圆圆的一堆浓密的枝叶。无疑它原来是长在一棵树上的，树枯死后它自己的主干已又直又强壮，在支撑它的大树慢慢死亡和逐渐枯朽期间，为了适应变化，它的木质增加了，长得更坚牢，当它依靠的老树树干倒塌时，它已站得笔挺，成为了一棵健全的、独立的树。

＊

---

① 因诗人华兹华斯的名句而著名的古迹。

那座十分著名的修道院的主要引人入胜之处是鸟类。椋鸟、麻雀与寒鸦为数不少，还有许多蓝山雀与山雀、鹩、橙尾鸲莺，在给雏鸟喂食或带着它们离开。椋鸟的数量最多，到处都有幼鸟从墙上摔下来。我跟一名说话慢吞吞的清洁工交谈，他正在懒洋洋地清扫草坪上散落的麦秆和落叶。这时一只愚笨的幼鸟开始跟着我们到处转悠，叫嚷着要喂食。老清洁工用扫帚轻轻地把这只可怜的笨鸟赶走。"行啦，行啦，走开吧，要不你会受伤。"他说，鸟儿真的跑开去了。

"这个季节可再没有什么珍禽了！"我说，于是转而踏上归途。但在格罗塞斯特郡我找到了一个人，他告诉我有一个沼地莺群。这是我没有打算见到的一个稀有物种；更高兴的是，他领着我去观看。虽然他希望我理解这是他所在的管辖地，他的发现，还有他一直在把这办成一件好事。他让我留在现场去体验珍禽寻访者那种最为难得的乐趣，熟悉一个新物种，一小时一小时，一天一天地跟它发展更加亲密的关系。沼地莺不过是一种朴素的棕褐色的小鸟，比夜莺还要朴素，即使放在手中也几乎跟熟悉的苇莺难以区分，但它华丽的鸣声不但超过蓝翠鸟，也胜过任何出色的热带鸟儿。

这个栖息地是在一片树龄一年的柳树苗圃上，幼树有三四尺高，整个地方覆盖着稠密的高高的青草和莎草、绣线菊、聚合草、荨麻。有的地方潮湿得像沼泽，但没有水，只有一个小潭，供邻近所有的小鸟饮水和沐浴之用。

坐在一个高于地面数英尺的土墩上，我可以扫视整个七八英亩的苗圃。它的三面由高高的树篱所包围，剩下的一面是一排截去树梢的柳树。我发现在这片地里生活着约九对沼地莺。每对鸟儿都有自己的领地，挺容易计算出来。雄鸟经常到处乱飞以追逐雌鸟或赶跑别的雄鸟，达到目的后便站在成簇的柳枝最高枝上高歌。这个莺群我发现仅仅是其中之一，莺群总数达七十对。然而，沼地莺作为一个英国物种，只在近几年内才为人所知。先前它被认为是从欧洲大陆偶尔来访的客人，直到华德·福勒发现它是一位夏天定期到牛津郡来的访客，还有，它还被看作是到达我们这里最迟的候鸟，育雏期要晚好几个星期。我们这个国家不大而鸟类学家又如此之多，这一物种却被忽视真是一件怪事。他们，鸟类学家和收藏家，说情况并非这样。一种歌声那么美妙动听的鸟，又跟它最近的亲属苇莺和莎草莺唱得那么不同，本来是不可能被忽视的。无可争辩的是，它的确被忽视了，这个莺群，数达七十对之多，它准是个古老的物种。在索姆塞特有其他莺群，除西部地区和密德兰外，无疑还有许多地方存在它的踪迹。这一物种并未在我国更多的地方繁衍，唯一的原因是，它总是在柳树芒地营巢，而这像云雀和长脚秧鸡喜欢在玉米地营巢一样，易于受到毁坏。种植柳树的潮湿地每年都长满了茂盛的青草和草本植物，必须割掉以便空气流通让柳树得到生机。割草的时间通常在五月中间，这时鸟儿正在产卵，许多巢内孵化的工作已在进行。鸟巢不管是在柳树上或绣线菊的高茎上或其他植物上，大部分都会遭到破坏。

我谈到这些细节不过是要指出：沼地莺的育雏地普遍皆知是柳树苗地，只要通过引导苗地主人把割草季节从六月中旬之后改到五月末，就可以给鸟儿更佳的时机繁衍，这是容易办到的。这个工作可以由格罗塞斯特郡与索姆塞特以及可能发现有沼地莺群的其他郡的保护鸟类协会去做最好。

在不列颠肯定没有更可爱的鸣禽比沼地莺更值得保护。我应该把它列为我们四种最宝贵的鸣禽之一，它们是乌鸫、夜莺、云雀、沼地莺。乌鸫列为榜首，因为它的声音与表现力的优美，由于它跟人的关系。拿沼地莺跟云雀和夜莺比较，它的声音比较细小，不能传播太远，但是在鸣声的甜润方面，它可以跟任何一种鸟类并驾齐驱，且在变化上超过它们，因为它能模仿其他鸣禽的歌喉，甚至是最妙的。

> 那欢快的小音乐家，她知道
> 一切有翼的歌手的所有歌曲，
> 在一连串悦耳动听的声音里
> 倾吐出他们的全部音乐。

在骚塞①的巨幅诗卷中，值得引用的片段极少，这是其中之一。由于表现出这一英国鸟富有特色的鸣声，这三四行佳句比大洋彼岸的诗人就这个题目所写的全部诗歌都更有价值。

　　骚塞所写的嘲鸫②，我可以在这里说说，是一种强有力的鸟。我注意到，在倾听巴塔哥尼亚的白翼嘲鸫的鸣声时，我以为它是这一属鸟类中最了不起的。在模仿小声或低声的鸣禽时它压低或缩小它的声音，但尽管如此，从它的大风琴发出的歌声依然有力量有深度。沼地莺的情况恰巧相反：低细的歌声通过忠实的模拟，高昂的调子在形式上准确得到保留，不过用较低的音调发出。这样它可以抄袭鸫的乐句，但是音调不比它对柳鹨鹩的模仿传播更远。这使你想到约翰·戴维斯爵士③的诗句：

> 所有接受下来的东西都按比例照
> 那些东西被接受时一样来压缩，
> 制造小小的眼镜，小小的面孔，
> 在狭小的框架上织狭小的网络。

---

① 罗伯特·骚塞（1774—1843年），英国浪漫派诗人。
② 嘲鸫原文为Mockingbind（直译为模仿鸟），产于北美，以善于模仿其他禽鸟的鸣声得名。
③ 约翰·戴维斯（1565—1618年），英国诗人。

另一方面它仿效很多鸣声，但加以改进使之比原来的声音更甜润更美。我们可以说它在模仿上是一位完美的艺术家，使其他禽鸟的鸣声跟它自己的本色音相互和谐地悦耳交融。华尔德·福勒注意到这一点，他是英国第一位描述沼地莺鸣声的人。他写道："尽管这种鸟总是在尽情模仿，但它自己的声音中表现出一种非常甜润的、清脆的个性，这使它听上去相当明确而不致被误解。在沼地莺声音固有的性质中它的清脆圆润我认为最接近苇莺的鸣声。这一性质的确是它的鸣声的主要长处，听者只有站在跟芦苇同一水平面上，离它不多几码之内才能准确地欣赏。"

相隔一定的距离去倾听沼地莺的啼鸣，我的感觉似乎是最初它唱的是自己的歌，穿插一些模仿，效仿的鸣声和短乐句是从它自己的乐音中挑选的，因而整个表演像一曲总是在变化的旋律。一旦比较熟悉后我发现，它的表演主要是模仿，其中高昂、刺耳和粗哑的声音被压低并软化——模仿者本身的清脆甜润的音质在某种程度上则分给了所有的声音。我能识别的那些物种的鸣声，分离的短句、呼叫，分别属于燕子、麻雀、红额金翅雀、金翅雀、苍头燕雀、朱顶雀、赤胸朱顶雀、芦鹀、柳鸱鹩、知更鸟、橙尾鸲莺、草原石䳭、黄鹡鸰、树鹨、云雀、鹪鸱——沼地莺的模仿都是准确的，但是把音调压低了并使之具有自己的鸣声的音乐性。还有一些音调和短乐句似乎完全仿效夜莺，但我不想说现场根本没

有夜莺，它们是地道的模仿而不是夜莺本身在啼鸣。我开始
聆听时抱着一种怀疑的态度，除非推测那只被模仿的鸟儿就
在附近，我不能断定任何音调、乐句，以至整支歌都是仿制
品。我在当地无法找到的另一种鸟是蝗莺，可是一天我听到
一只沼地莺的鸣声，它使我觉得仿佛是对蝗莺摇纱似的表演
无懈可击的模仿。

但是读者会问，既然朱顶雀远在北方的松林育雏地，而
沼地莺又在西部，那么它怎么能得到朱顶雀的乐谱呢！说来
奇怪，有一个朱顶雀群在柳树苗地边的榆树篱中育雏。指引
我去这一地点的向导曾告诉我这些鸟的情况。在英格兰南部
听到这种鸟在榆树梢上吐出细细的美妙鸣声，带着微风吹拂
似的颤音，有如枯叶迅速被风吹得跟另一片枯叶擦拭，是一
桩难得的快事。

我没有听过沼地莺是如何模仿乌鸫的，虽然有时可以
听到它轻轻的笑声。我觉得沼地莺虽然是位优秀的艺术家，
却没有试图像愚笨的椋鸟那样去仿造它自己的音域以外的声
音。别的听者，确实听到过它模仿乌鸫的鸣声。至于草原石
䳭，在接下来两天的时间内我没有听到沼地莺模仿它，虽然
石䳭在场，也在柳树苗地营巢。我以为石䳭精美温柔的细细
的鸣声超过了沼地莺的模仿力；但是我错了，不久我听到了
如此完美的复制，简直不能相信自己听到了什么。我不曾听
到鷦鷯鸣声的模仿，只能得出结论，沼地莺不愿仿效是因为

它的清晰尖厉，使有些人联想到酸味。

我想最使我欢喜和惊讶的是沼地莺对柳鸎鹩鸣声的欢乐还有那对温柔的旋律的精巧模仿，直到我亲耳听见，我原来不相信任何鸟儿模仿者能够这么完美地再现那种降调式的曲调。

生活中最大的愉快之一——我指的是我的生活——就是隐身出现在人类世界以外另一种生物的圈子中。这是任何渴望做到的人可以得到的。有些较小型的鸟容易为人提供这种不怀恶意的窥探机会。人对它们比对更小更易于被观察到的昆虫更为同情。某些社会性昆虫对人有一种恒久的吸引力，特别是蚂蚁，它的态度使我们觉得有趣又使我们不安。假如我们具有泛灵论的思想，当我们观察它们的时候会不安地意识到，大自然中有一个灵魂，它深不可测的眼睛或嘴唇上带着嘲讽的微笑，也在观望着我们。

我们最卓越的生物学家之一，他写过一些有关低级生命形态的专著，这些专著是经典性的，但他从未把昆虫包括在他的研究范围之内，不过是因为他从未能使他自己从它们给他的神秘感中解脱出来。我的头脑中有时也会产生这种感觉：这些数量无比庞大的生物像尘埃一样在日光中浮动；细微、精巧无比、奇形怪状的身体，配以精巧无比的灵魂，它们向我们飘来，像一粒鲜活闪光的微尘从夏日天空里某颗彗星的尾巴摇落——一粒尘埃落定，然后当空气随着严冬来临而变冷的时候消失无踪。

· 第二十一章
红额金翅雀

但是小鸟——亲爱的小鸟或者宝贝儿，像我们不含训斥的意思这么称呼它们那样——是脊椎动物，也是人类的亲戚，跟我们一样头部有认知、动情、思考的大脑，像我们一样有官能，只是更敏锐。它们的优雅美丽超过我们许多，它们的飞行能力可以使它们每年从遥远的异国回到我们这里，它们能飞翔的身体和灵魂不让它们变得神秘怪异而只像仙子一样轻灵飘逸。这样，我们热爱它们，认识它们，我们更为高度发达的心灵能够弥合把它们和我们分开、使鸟类有别于哺乳动物的鸿沟。尽管它们身躯细小，有时跟人的一个脚指头不相上下，我们知道它们和我们是在同一株生命之树上，是同根所生，在它们的血管里流着同样鲜红的热血，血浓于水——无疑它浓于无色的液体，而这乃是昆虫的生命。

我们回到细节和本章的题目上来吧，当人在场时，不同物种的禽鸟在情绪和行为上会存在很大的差别。有的莫名其妙地腼腆、多疑到这种程度，一旦我们立即离去避免引起疑虑，它们也不愿镇定下来。石鹏与戴菊莺就截然不同！前者总是观望我们，总是焦虑不安，若我们在场，不仅不愿继续进行求偶或营巢，甚至不愿歌唱，而对后者我们在场犹如一块岩石或一棵树。我高兴地发现沼地莺更像后者，它继续觅食、求爱、营巢，继续跟对手或跟胆敢侵入它小小领地的雄鸟争斗，它照样歌唱不辍，好像我根本不在那里。我最大的乐趣是发现一对鸟儿选择某处作为营巢地后，我把它标志出来，然后自己在这块神圣的地盘中央坐下。这时雄鸟会迅速来找我，显然认出我是某种活的生物，一头具有行动力的大动物。开始它会流露对巢的安全有一点焦虑，但不多几分钟之后，这个烦恼会从它小小的活泼的头脑里消失，它会自由奔放地引吭高歌，好不快乐。像以前一样，有时它也会发一阵脾气或流露别的情感。我有时听一只鸟儿不停地唱好几分钟到半小时，仅离我坐的地方不到十码。它的音调听起来较高，但跟在相距四五十码的地方听起来同样甜润。有一回由于一次小小的倒霉事故，我跟它甚至更接近，当时我正沿着一条宽阔的旧沟走下去，这条沟是在柳树苗地旁的一排树篱的下方，沟底是干涸的。我走到一口泥泞的深潭面前，为了避免绕过去的麻烦，我攀住一根垂悬的柳条想荡到另一面去，但没有完全抓住，一下子掉到淤泥里去了。在擦掉身上恶臭的污泥后，我转回到柳树苗地内的清水池，脱下花呢套服和靴子，费了一小时工夫洗涤干净，然后摊在阳光下晾干。我想这过程得需要五六小时，由于我无法穿着没有弄湿的袜子和内衣，回到文明生活中去吃一顿饭或茶点，我想最好的办法是躺在靠近沼地莺最喜欢的一处灌木丛旁听它歌唱，以消磨这一天剩下的时光。我选择一个有阳光的地方，离沼地莺歌唱的灌木丛不到两码，在那里用莎草铺好一张舒服的床。随即有一只雄鸟到来，在空中飞旋，一会儿停落在这根枝条上，一会儿停落在那根枝条上，忽叫忽鸣。它一次又一次飞来飞去，最后对我的在场不再恼怒，回到它自己的柳树上，距离我的头部仅仅两码，间隔较长而无拘无束地放声高歌。

我觉得我从未听过比这只鸟更甜润的歌喉了，我掉进泥坑原来是一次非常愉快的意外事故。

红额金翅雀

上体灰褐或乌褐色，两翅和尾黑色，翅上有黄色斑。下体
喉、胸也呈灰褐或乌褐色。主要以植物果实、种子、嫩叶、
花蕊等植物性食物为食，也吃部分农作物种子和昆虫。

＊　　通过那条孤寂而漂亮的大路，我离开了约维尔往多切斯特。这条大路沿着清澈湍急的塞恩河蜿蜒，带着你经过一尊矗立在赛恩阿巴斯村山坡上拿着大棒的古代巨人像。我离开驿道去访问一座小村，完全是因为它独一无二的漂亮的名称。更确切地说，这是两个村子——耶特明斯特和莱姆因特林塞卡。谁会不愿多走十来英里来到有这类名称的地方一睹为快呢！头一个村子我并不走运，我唯一结识的居民是一个眼光贪婪、不叫人喜欢还唠叨的老太太。她虽然不太穷，却想变魔术般地马上从我口袋里掏走一先令。我们争吵了一番，我走开了。我为遇上她而让她那讨厌的形象在我的脑海中跟耶特明斯特联系起来而感到遗憾。村子里高贵庄严的古教堂耸立在宽阔的草坪上，石基的旧草屋环绕周边，断墙上长满了缬草、柳穿鱼和桂竹香。

　　＊

　　在莱姆因特林塞卡我比较幸运。这是一个迷人的村庄，由于在石乡，农舍照例是用石头盖的。遍地鲜花盛开，青翠的墓园中央有一座美丽的小教堂。这里还有几棵小紫杉树，我刚一踏进大门,一只羽毛鲜艳的红额金翅雀随即扑翼飞来,一边发出尖厉的惊惶声。接着从四周它们藏身的乔木和灌木中,更多的红额金翅雀扑翼冲出,多达十二只,一齐大声抗议我出现在这个地点,从一棵树疾掠到另一棵树,停歇在离我头部不到三四码的高枝上。我从未见到红额金翅雀如此激动,如此大胆来围攻人。我只能推断这个与世隔绝的墓园来的访客极少,红额金翅雀正在育雏,一个陌生人在这个地方无疑是比教区牧师或任何村民更使它们担心的人物。但是发现这么多鸟成对在一起育雏以及在伸手可及处筑巢是一个可喜的新经验。

我站在那里观望这些鸟儿时,偶然注意到一对夫妻和一个小女孩站在农舍门口,正疑惑地看着我。从墓园出来,我便向他们走过去,问那名男子,这么多的红额金翅雀在墓园里繁殖时间有多久了。几年前,有人告诉我金翅雀在多塞特几乎绝迹。他回答这没错,红额金翅雀只在最近三四年才开始增加,因为它们受到保护。

他不可能给我比这更令人欢喜的消息了。我极其满意地记得住在多塞特滑孔布已故的曼塞尔·普列岱尔——波维里先生曾经给我写过信,为起草一项新的保护鸟类的法令征求我的意见,在作答复时我强烈敦促他要努力设法为所有小型鸟类中最可爱和最容易被迫害的物种提供最充分的保护。

两三年前我曾经用几个星期的时间在索姆塞特徒步走

了许多路，从来也没见到一只红额金翅雀，可是倘若我走往距一双金翅雀栖息的薮生林或果园50码之内，它们尖厉的叫声会明确无误地表明它们在那里。在威尔士我认识一个中年人，他从少年时代起就喜欢捕鸟，现在仍继续从事这项使他入迷的活动。"你在本地区从没有捕到过红额金翅雀吧？"我问他；他回答道，他记得这种鸟数量最丰富的时候，但近30年来，它们在持续地减少，现在实际已经绝迹。这是因为捕捉的人太多。接着他补充说："假如制定一项法令禁止人们捕捉，多半这种鸟会再来的。"我表示希望能及时施行这样的法令，对此他摇摇头，嘟哝了一声。如今索姆塞特已经有了这样一条法律，我听说红额金翅雀又重新在威尔士地区出现。事实上，一个郡又一个郡已经实行对这种美丽的小鸟的保护。我面前放着本区的一幅小型地图，地图上凡红额金翅雀受到保护的郡都以红色标出，我发现整个英格兰与威尔士超过四分之一的地区，金翅雀的安全已得到保证。结果它们在全区的数量正在增加，但要恢复到以往的数量还需要许多年。大约80年前它们多极了，我们可以从考贝特[①]的《骑马乡行记》中看到一段描写他在威尔特郡的旅途情况：

在索姆塞特与奥克赛之间，我看见，在大路旁边聚

---

① 威廉·考贝特（1763—1835年），英国作家，记者。

集着一群红额金翅雀，我想是我一生中见过的最多的一次的五十倍。红额金翅雀最爱吃的食物是蓟草籽；目前刚好熟透。蓟草全部收割完，从田间运走了，但它们还沿着路边长，这地方数量还特多，红额红翅雀一群群聚集，它们在我面前不断地飞翔，飞了近半英里，还仍旧不离大路和灌木丛，我的确认为，最后有10,000只在我面前飞翔。

考贝特说得对，蓟草籽是金翅雀最爱吃的食物；从前一位鸟类学家曾发表过一个声明，指出英国农业改良的办法夺走了红额金翅雀天然的粮食，结果金翅雀数量下降，濒于灭绝边缘。这一声明发表后英国有关鸟类的专著差不多都加以引录。明智的鸟类学家啊，红额金翅雀在一年的九个月内依靠什么为生呢？假如没有天然的粮食它如何度日呢？我知道这可怜的囚徒被关在铁丝盒内度过十八年的例子。此外，博物馆或密室的博物学家在谈论铲除蓟草时非常脱离实际。这种植物照样生长得极好。就在1894—1895年的法案授予地方当局保护鸟类的权力以前，我曾经是英格兰南部许多广泛生长蓟草的地方的常客和来往者。这些地方，我在七月和八月可以俯瞰好几百英亩锈黄的蓟草，遍地覆盖着落下的烂熟发亮的种子，却看不到一只红额金翅雀！

现在我必须回头谈谈莱姆因特林塞卡和它的红额金翅雀。那十二只鸟儿绕着我头上扑翼而飞，一边焦急地叫喊，形成一个非常引人入胜的奇观。我还要回到一个更鲜明的过去的画面或幻景去，它一下子同时重现在我的脑际。我们熟悉某些香气对感情的强有力影响，这跟我们早年的生活有联系；有时由视觉和听觉产生的影响同样强烈，下面便是一例。当我站在墓园内观看穿着黑色、金色、红色服装的小鸟飞翔，倾听它们兴奋的叫声时，幻想把我带回到少年时代，在眼前如此生动，仿佛是现实。我再次成为孩子，在我遥远的故乡，十月时，明媚的春天已跟炎热的夏天糅成一片。①我在风声飒飒吹拂的高大的伦巴底白杨树之间，吸入它们的清香，在那个地方，一个二十多只的黄雀群正在育雏。它们的脸上没有深红色，羽毛是黄色和金色，但是对于那个遥远的国家讲英语的人来说，它们以红额金翅雀的名称为人所知，在飞行的姿态、习性、爱吃蓟草籽、歌唱的调子、急促的节拍方面，它们都和我们英国的红额金翅雀相似。在我的回忆中这时它们正在我的周围飞翔着，像莱姆因特林塞卡的鸟儿一般，在灿烂的阳光下它们那金色的羽毛闪烁着，正发出兴奋的呼声，同时我则一棵树接着一棵树地爬上去，在每棵树上发现两个或三个或四个鸟巢——小而精

---

① 这是指南美的夏天和春天，与北半球的季节相反。

致，铺着苔藓，线条向下成杯状，夹在树干和细瘦的树枝之间，每个巢内都有发亮的珍珠般的卵，这对一个孩子真是美妙的奇观！

接着又是另一幅画面，火烧似的十一月和十二月，广袤开阔没有树木的平原，一眼能望到的天边。平原被太阳晒成铁锈似的棕黄一片，数以千计的牛群、马群、羊群都被赶到井水边饮水。我看见一个少年骑在大马上拉起帆布水桶；在井边的男子抓住升到水面的水桶铁箍，让清凉的井水倒进长长的木槽。但是要看好的是畜群：牛、马、羊群午前集合在老地方，它们从没有树荫、一望无际的原野上成队成行而奔来。有的步行，有的小跑，有的急奔而来，干涸的水潭中最后的泥水已经吸干。多么狂烈的一群！争夺得多么激烈，马嘶、牛哞、羊咩，乱成一团，吼叫得很是厉害！角和蹄子雨点般在粗糙的毛皮上互相撞击是多么令人感到恐怖！它们看到和闻到水都发狂了，一次只有不多的牲口才有在水槽旁饮水的地盘。

虽然拥挤，争抢，但不一会儿饮喝都结束了；甚至最后到达水槽的绵羊也喝够了，它们再次川流不息地拥到平原上去了。洒在长长的水槽旁的水形成一洼一洼，现在由成群的小鸟一批批来到这里畅饮——小小的凤头歌雀，有光泽的紫色朱鹂，其他色彩的黄鸟科的鸟，美洲的"棕鸟"；各种颜色的霸鹟——橄榄绿的、黄色的、栗色的、黑的、黑白灰色交杂的，等等；还有鸽子，各种各样的雀科鸣禽；其中最漂亮的要数红额金翅雀，一群群或一个家族一个家族，雏鸟不断地发出鸣声，叫嚷着要吃食物要喝水。

这批羽毛艳丽、精致娇美的禽鸟和推搡、争斗、吼叫的牲畜之间对比是何等鲜明！对一个少年的眼睛，这是何等新奇的景象

我会在烈日下待在那里，别人在给牲口饮水后急急忙忙到树荫下和屋内歇气去了。我渴望更贴近地去看小鸟如同看一朵鲜花。我是如此耐心，如此专注。我没有双筒望远镜，甚至不知道世界上有这样一种仪器，最后，为满足我的渴望我想到捕捉它们——用双手逮住一只又一只红额金翅雀，好多，好多，这容易办到。我拿一只旧松木板箱或货箱，用小木棍支起来，放在水洼上，木棍上系一根长绳。我手里抓着绳子一头，坐在远处等候着，各种小鸟飞来，啜饮五六口后飞走了，但是等一群红额金翅雀出现，聚集在木箱下饮水时，我一拉绳子，使它们通通成为俘虏。然后我把它们关进一个大笼子，放在树下的架子上，坐下来慢慢观赏——我观看一只红额金翅雀如同观赏一朵花。我自有可以得到的酬报，那是无以复加的快乐，但时间是短暂的，很快我的小俘虏们的恐惧与痛苦和它们无知地想逃出樊笼的拼命挣扎使我心烦意乱，这样显得我十分卑劣可耻。我说"无知"是指我没有要把它们关起来喂养的打算，少年天真的头脑所想的

似乎只要它们克制一点，让我得到观赏它们一两个钟头的乐趣，我会给它们自由的。但它们扑腾、挣扎和痛苦地叫唤，我随即打开笼子放它们飞走了。

现在回顾起来，我做了一件相当违反人性的事情；但对一个孩子来说，他并不知自己做了什么，许多事情不得不加以原谅。他有一种猴子似的对事物好窥探的好奇心，尤其是对活的东西，但没有什么爱心。一只笼鸟对他比一丛灌木里的鸟群更有意思，有的孩子的智力发育没有超过这种较低阶段。对动物的爱或宠爱、仁慈，或其他类似的表现，只是挂在我们嘴上，尤其是那些用笼子喂养百灵、朱顶雀、黄雀、红额金翅雀的人。那是一种多么奇怪的"爱"和"仁慈"，它剥夺了小鸟的自由和它的奇妙的飞行能力。伦敦东区有个鸟迷，用一根烧红的针烙坏苍头燕雀的眼珠作为标记，为的是能永远爱护它①，当失去光明的小小生命结束后，他万分悲痛。"你会认为我是个软心肠的人，凭良心说，我一起床就去对我养的鸟儿说早安，给它一点什么东西啄食，但是我发现它躺在笼底已经死了，身体冰凉，这使我热泪盈眶。"

这也是一种"爱"，没有疑问。

这个东区人对他的苍头燕雀是"一往情深"的，但一般说来，红额金翅雀无疑是最受宠爱的笼鸟，若跟百灵和朱

---

① 原文如此，这人的心理不可理解，或许是怕别人偷走此鸟，一种恐怖的占有欲。

顶雀相比，作为笼鸟较为少见，因为它们数量较少而价钱更高。我们对它的热爱，如我们所见，几乎造成它在英国的灭绝。现今我们从西班牙大量进口以满足需求，由于西班牙人正像我们一样爱将这种鸟养作笼鸟，有人怀疑长此以往，它的数量会陷于枯竭。

说到这里我想起我最喜爱的作家梅伦德斯[①]，这位生活在18世纪的一位诗人所写的一首迷人的小诗——《斐莉丝的红额金翅雀》。

该诗讲的是一天斐莉丝发现她的宠物红额金翅雀处于一种奇异的兴奋状态，它对自身的命运进行反抗，向铁丝笼宣战。

斐莉丝从小就是一个心地温柔、兴趣单纯的爱鸟者，她现在虽然已出嫁，但仍旧珍爱小鸟，从小鸟身上得到快乐。

是什么使她的小鸟苦恼呢？它用它细小的喙敲击铁丝，一敲再敲；它紧贴在笼边上；它飞上飞下，飞到这边又飞到那边，然后用它的小嘴咬住一根铁丝拉呀拉呀，好像它希望使出全力去折断它。可是它无法折断也无法扭弯；拉累了，它把头从紧密的铁删栏内伸出来，使劲想逃出去，用翅膀扑打那些栅栏，短暂的停顿后重新开始，加倍使出它弱小的劲头；最后智穷力竭，只好从这边冲到那边，使吊着的笼子由于它的激情而来回摇晃。

---

① 胡安·瓦尔德斯·梅伦德斯（1754—1817年），西班牙诗人，作品富有音乐感与意象性。

噢，我的小鸟，可爱的斐莉丝喊道；她对这一景象感到惊异又悲痛，你对我的回报多么糟糕！你发脾气多么不合适！你使我伤心的尖厉的声音跟你平时温和的嘤鸣多么不同！但我太清楚那原因了！亲爱的小鸟，别害怕我会转移对你的热爱，在你反抗的时刻我会忘记使你变得那么宝贵的魅力，指责你忘恩负义，瞧不起你，一怒之下把你赶跑再也不想见到你。我的关怀和爱心有什么用？我亲手供给你吃喝；用我的手指爱抚你；用我的嘴唇亲你；这一切有什么要紧？你对我那么宝贵，我主要的乐趣是倾听你甜润活泼的啭鸣啁啾，这算不了什么，因为我不过是你的看守人，我禁止你飞向自由的天地，那里才是你的家，也不让你跟你的配偶团聚！不，你不可能快乐，也不可能不害怕那只操纵你的吃喝需要的手，因为那是无情伤害你的同一只手，也许还会用更严厉更野蛮的禁闭手段进一步伤害你。

唉，我知道你的痛苦，因为我也是一名俘虏，我也悲叹我的命运，虽然捆住我的枷锁是用鲜花织成的，我也能感觉到它们的重量，它们同样严重地伤害着我。我很小就成了孤儿，不到十七岁离家，随着别人的意愿而为人妻，这是我的命运。娶我的人和蔼可亲，对我格外好。他像一个兄弟、一个朋友、一个热烈的爱人，保护我，尊重我，崇拜我，在他的家里，我的意志就是法律。但我在家庭内并没有乐趣。当我为你的美丽和歌声心醉神迷，当我称你为我甜蜜的小宝贝，当你听到我的呼唤而拿你的小嘴亲密地爱抚我，扑动你的黑而黄的翅膀仿佛想拥抱我时；当我在热情奔放下把你温柔地握在手中，送到我起伏的胸脯上，在亲你的时候，但愿我能把我的生命呼进你的生命之中；他的满腔热忱，他赠予的礼物，就像我对你的一样！

即使我的主人这样对待我：在他热情高涨时用力把我拉近他，当他用金钱珠宝和种种美丽的礼物堆在我头上，寻求种种娱乐使我高兴，甚至愿意为我——他的情人、新娘、王后——献出生命，我对他比整个世界还重要。徒劳——徒劳！有一个声音在我心中，它问我：这使你快乐吗？这使你的俘虏生活变甜了吗？噢，不，不，他的好意不过增加了内心永恒的苦涩！

即使这样，噢，我的小鸟，你还是为这种命中注定的乏味的生活用尖厉而痛苦的叫声责备我，回报我的爱和温存；即使这样，你还是为失去的自由而呼唤，张开翅膀扑腾要想飞走。

你不会徒然张开双翼的——你的哀求已穿过我的心房。你一定会远走高飞的，我亲爱的小鸟，你将平安地离开。我的爱心不能再拒绝给你如此热烈渴望的幸福，你应该安心地得到它！去吧，认识自由给你的幸福，如今它是属于你的，但是，唉，永远不可能再是我的！

这么说着，斐莉丝打开笼子，把鸟儿放了。它飞走了；

她看到这情景泪水夺眶而出，用模糊的眼光观望着它一路飞上云天，直到小小的身影在远方消失。有一会儿，那是一个甜美的时刻，她的幻想也腾飞起来，追随它，仿佛她同样也恢复了她失去的自由。

第二十二章·

不朽的夜莺

* 　没有比三月初的日子更缺乏生机了，那时第一批候鸟还没有回来。比平常时候更为光辉的太阳只是使大自然显得蘧蘧然，使我们更意识到它的沉默。自秋天以来，经过冬天几个月的饥寒，这时一半鸟类已经离开这块土地了，这个破坏分子①一直在忙于对付那些留下来的飞禽幸存者。今天东北方吹来了萧瑟的风，太阳挂在冷酷灰白的天空上，野草和犁过的田地显得比以往更加空荡和荒凉，我对徒劳地寻觅活的生物感到厌倦，便到一丛孤零零的矮林里找一个安身之处。这个矮林在一条小溪旁，一块长而斜的田地的低处。这里简直不能称为矮林，它生长着一丛荆棘、榛、薄荷和悬钩子，中间夹杂着十多棵枝条横生的老橡树。找到这样一个容身的避风之地后，我就安心去观察我面前开阔的空地，在这样一个日子里，再没有比它更好的地方了。

*

① 指冬天。

它四面被大片的乱七八糟的悬钩子所封闭，非常可能引诱任何在树根当中走动，血管中已带有春意的动物跑过来到空地上去晒太阳。空地上稀稀疏疏地覆盖着苍白的枯草，还夹杂着去年的落叶，稀落落残留有几丛枯萎的豚草和蓟。然而在长时间的观望中我什么也没有看到，连一只兔子也没有，既没有野鼠，也没有鼬，在别的季节里我曾看到它们出来，每次两三只，在沙沙作响的树叶间跳跳蹦蹦，互相追逐。我也没有听到什么；既无小鸟，也没有昆虫，什么声音也没有，除了在僵硬的薄荷叶和光秃秃的灰色、棕色和紫色的树枝间飕飕地迅逕移动而又不断窃窃私语的风声。我记得我上次来时，这个小树丛充满了生机，看得见也听得到；那时正好是春天，浓荫匝地，苍翠清新，晶莹的露滴由于草地盛开的繁花显得欢快鲜明。我倾听着鸟儿的喞啾，直到夜莺忽然放声歌唱，以后我就再不听别的鸟儿的鸣声了。虽然它是我们每年的常客，但这是在春天第一次可以听到它歌喉婉转，那曲调在我们的经历中总是使人感到完全是新的一样，可以把大自然无限的丰富和美又以崭新的面貌表现出来。

我知道在不多几个星期后它又会回到老地方；我们一般不会说"除偶然的情况外"；这类情况并非不可能，不过少得可以不加考虑。然而这是桩奇怪的事！它在六月二十日左右停止歌唱，大约在九月末消失；然而我们可以满怀信心地从今天算起大约六个星期后，会将找到它的踪影，听到它的歌声。当它离开我们后首先南飞，旅途经过英吉利海峡，然后穿越整个法国，那是一个危险的国家，一路上都有猎食鸟类的人；越过西班牙到地中海，再飞越阿尔及利亚和的黎波里到撒哈拉和埃及，最后沿尼罗河或红海海岸，继续飞往更南的国家。它的旅程达4000英里或更多。路程不是笔直的，时而向东，时而向南，方向要改变多次，直到它找到越冬的家。我们说不上这个家的确切地点；大概英国种夜莺度过半年越冬期的远方可能比这个岛国要大些。11个月前正在这个矮林中歌唱的那只夜莺，这会儿也许是在阿比西尼亚①或英属东非②或刚果。即使现在远离它真正的家园——这一丛灌木，苍白色的光秃秃的橡树、悬钩子和荆棘，它的身体内也有一种什么东西刺激它；大约不是记忆，也不是热情，然而可能其中两者都有一点——一种遗传下来的记忆和躁动不安的迁徙的热情，那难以扑灭和压倒一切的痛苦与渴望，使它可以越过不毛的沙漠、莽莽苍苍的森林、重重的高山大海、文明的国家、未开化的蛮荒，越过迢迢旅途上的险阻而平安归来。

在科学时代，人们的头脑已习惯于从事物本身去寻求一切现象的说明，然而直到今天鸟类的迁徙仍然是一个例外，人们依然相信（甚至牛顿爵士也是如此），推动和指导它们迁徙的是一种超自然的力量。古人不知道夜莺在离开之后情

① 阿比西尼亚即埃塞俄比亚。
② 英属东非指现在的坦桑尼亚、肯尼亚。

况如何。在希腊，它也是一种守时的候鸟，可是年复一年它在原来地方的出现本身，却是个奇迹和难解之谜，它今天依然如此，希腊人必然认为他们看到的是同一只鸟儿。我们在卡里马克斯①为他的朋友哈利卡纳苏斯②的赫拉克里特，所作的墓志铭上（柯利③英译）就看得出来：

> 他们告诉我，赫拉克里特，他们告诉我你已辞世，
>
> 他们带给我辛酸的消息，使我流下心酸的泪水；
>
> 当我记起你和我开怀畅谈，谈得常常
>
> 把太阳从天空送下，因为它已厌烦。
>
> 现在你正长眠，我亲爱的卡里安④老客人，
>
> 一小把灰色的骨灰，早就安静地在那儿永息，
>
> 可是你的愉快的声音，你的夜莺，依然不死，
>
> 死神拿走了一切，但这些他不能拿走。

这可能与原文读到的意思不尽相同，不朽是指歌，不是指鸟。我的一个朋友为我直译出来，是这样的："然而你的夜莺的音调永生，一切事物的强夺者，黑帝斯⑤，将染指不

---

① 卡里马克斯（约公元前310—前235年），古代亚力山大里亚诗人。

② 哈利卡纳苏斯为古代小亚细亚一城市。这里不是指古希腊哲学家赫拉克里特。

③ 威廉·约翰逊·柯利（1323—1892年），英国诗人。

④ 卡里安，古代小亚细亚为一个地区。

⑤ 黑帝斯，希腊神话中的冥王。

了。"或："但你的夜莺（或夜莺的歌曲）却永存不朽，海岱士，对这些歌插不了手。"

济慈在他著名的《夜莺颂》一诗中也表达了这一观点：

> 你不是为死亡而生，不朽的鸟儿，
> 一代代人的饥寒绝不能使你沉寂；
> 此际正在消逝的今夜我听到的歌声
> 在古代也曾传到帝王和村汉的耳旁
> 或许这同一首歌也曾进入路德的
> 心坎，当她站在异国的庄稼地里
> 满面泪痕，怀念着故乡的时候；
> 同一首歌也曾使幽居在高楼的
> 女郎入迷，在那渺无人烟的仙境
> 她的窗口对着波涛汹涌的大海。

想象使他写得过头了，因为"同一首歌"也就是同一只鸟唱的歌，绝不能在一个地方以外听到，比如，汉普斯泰德①。虽然它可能旅行得很远，每年在阿比西尼亚，或别的什么偏远地区消磨六个月，但它只在家乡歌唱。在描写这种对我们最有影响的歌的所有英国诗人中，乔治·梅瑞狄斯②的尝

---

① 汉普斯泰德，旧伦敦市西北部的一个区，济慈在此听到夜莺鸣唱。
② 乔治·梅瑞狄斯（1828—1909年），英国诗人与小说家。

试是最了不起的。但济慈却不这么做，在热情洋溢、美得无以复加的一节又一节诗中，他表现的是夜莺歌声对灵魂的作用，这样，济慈就更了不起了。散文也是如此；在读尽使人厌倦的描写之后，发现伊扎克·沃尔顿[①]为人们所熟悉的段落具有万古常新的趣味，他把倾听这位歌手所感到的乐趣朴实无华地表现出来：

> 从她小小的乐器般的歌喉里吐出这样甜润响亮的音乐，可以使人想到世界上不可思议的事情并没有绝迹。

夜莺之为至高无上的歌手这一题目，现在并不如它在英国的分布和它年年回到老地方这一情况使我们那么关心。比方说过去几年来熟悉这个小小的孤零零的矮树丛的那只夜莺，现在也许远在阿比西尼亚，在四月八日左右单独回来。它不会在自己小小的领土内容纳另一只同类，做它的配偶的雌鸟则要晚一星期或十天才会出现。

那么听者倾听到歌声时想象它就是去年他在同一地点听到歌声的那只鸟，是何其自然啊！甚至那年事最高的庄稼人，他就在附近度过一生，在自己还是个小男孩时，曾经盗过五个橄榄色的鸟蛋，跟别的有色的鸟蛋穿在一起，做成一

---

① 伊扎克·沃尔顿（1593—1683年），英国作家，其代表作为《钓客清话》。

根项链，作为农舍堂屋的装饰品；他的儿子们在童年时代，为了同样的目的也偷过，他的孙子们也许现在还在偷——甚至他会认为他不久以后要听它唱歌的那只鸟儿就是这些年来那同一只。但这一观念，毫无疑问，在我国夜莺分布较稀的地域最为强烈。在苏莱与汉普郡边区——这是夜莺之乡的中心，在这些地区常听到两只鸟儿对鸣，有时也看到它们争斗，也可以认为如果一只鸟在某个矮林或灌木丛的居留时期告一段落，那么另一只会迅速地占有这个空下来的地方。汉普郡、苏莱和坎特三地的夜莺最多；在苏塞克斯和伯克郡稍为少一点，但这五处（如加上白金汉郡则有六处）的夜莺比其他地区加起来的总数还要多。这种鸟途经法国飞向北方，每只鸟都回到在我们这里的故地，大部分都在英格兰南部偏东南地区建立家园；其余继续飞向北方或西部。在地图上，红色表现分布状况，上面提到的诸郡，整个地区的大部分地方都是深红色；同时西北方的西南诸郡则深度逐渐减退，泰晤士河北岸的伦敦附近各郡，密德兰、东安格利亚、西洛普郡与南约克郡以北，这种鸟就绝迹了。在英格兰西部它止于威尔士的边境和东德文。在埃克斯河流域以西的整个德文郡，以及康沃尔，实际上整个威尔士、苏格兰和爱尔兰都没有夜莺。

这是一种奇异的分布，使人迷惑不解；为什么黑冠莺、园莺、林鹟鹪及其他娇小玲珑的候鸟经过同一行程到达我们这儿，然后继续向西或北进发呢？我们只能说夜莺的旅程更受限制，并不是因为气候条件，很有可能是它的"乡土观念"更重；换句话说，我们不知道原因。有人以为它在食物上挑剔讲究，只去那些它能找到它喜爱的食物的地方；有人认为它只栖息在立金花容易生长的地方；还有人认为它专挑有回声的地方。这只不过是许多臆想和童话中的几则罢了。

不但它的分布是奇特的，在某种程度上也是不幸的，因为人人都爱听夏之声——夜莺的歌声，超过所有其他鸣禽的，也远胜令人愉快的燕语、鹃啼和斑鸠的鸣声。因为分布情况是如此，不列颠群岛上的大部分居民都从来没有听到过它的歌声。在那些它分布稀少的地区，如索姆塞特和东德文，在整整一个教区，恐怕统共仅有一只，村民会为它而感到骄傲，也许还会吹嘘他们的境况比周围好几英里的邻居都要好。

四月下旬我正在靠近塞文的一个村庄里待着，一个星期天的早晨，我寄宿的主人告诉我他听到夜莺来了（仅仅一只），我们便一同出发去寻觅。他领着我穿过一个树林和翻过一座小山头，然后下山走到一条流水淙淙的溪边的一丛矮林，离住地约两英里。他说这就是去年他听到鸣声的老地方；我们站住不到五分钟，一边静静地听着，从不到十二码远的一丛荆棘里就发出了啼声以作为我们来此的报酬。这还是一段序曲，它的突如其来和力量几乎使人吓一跳，好像在一根粗大的金线上反复有力地敲打似的。

就如同在这个教区内一样，夜莺稀稀落落地散布在全英国数以百计的教区内，每个教区居民对它的家都是熟悉的，他很容易找到它。他若渴了，他就会找到清冽的泉水，这样的泉水深藏在他家乡树木岩石间的什么地方。夜莺的歌喉同样也是一泓美丽的声音之泉，晶莹澄澈，熠熠生辉，当它从那神秘的永不枯竭的水源潺潺不绝地迸出时，使我们的灵魂为之一新，同时也是一种永恒的快乐①。

在只有一只夜莺的地方，失去这只夜莺全体村民都会感到悲痛，尤其是那些热爱夜莺的年轻人，他们是这种鸟儿的爱慕者，夜晚聆听它的表演，是一种特殊的乐趣。夜莺的"独唱"是全村的乐事。然而有时候确实发生过这样的事，它一下从所在地失踪了，而且再不归来。唯一的解释是这只忠实的鸟在度过多年岁月，最后结束了一生。我遇到的夜莺失踪的独一无二的例子发生在东安格利亚，这种鸟较少的一个地方。我信步而行，来到了一个远离市镇和铁路的土里土气的小村。它有一座古色古香、样子奇特的小教堂，孤零零地盖在半英里外的一块草地中。人们告诉我教区长亲自掌管教堂的钥匙，他有点像一个隐士，也是一个勤奋的学者，是一名神学博士。因此我就去访问他。教区长的住宅是一幢可

---

① 这句话出于济慈不朽的名句："一件美的事物是一种永恒的快乐。"

爱的房子，位于一片宽广的庭院中间，有草地、灌木丛、大花园和成荫的树木，一片老橡树林把它跟村子隔开。我看见教区长正在园中掘土，他对我的请求并不高兴；我请求他不要放下手头干的活儿，并且答应把钥匙送还给他，如果他愿意给我。这时，他放下铁锹说，他一定要亲自陪我到教堂去，因为有些有关教堂的特色需要做些说明。

没有什么纪念物，在我们参观完内部，并且由他把那最有趣的地方省点之后，他走出来坐在入口处。

"你是位考古学家，还是别的什么人呢？"他说。

我回答："我根本不是那么重要的人物，我只不过对古老的教堂感兴趣而已。我主要对生物有兴趣，勉强称得上博物学家吧。"

于是他站起来，我们往回走。"对鸟类方面的吧？"他随即又问。

"是的，尤其是鸟类。"

"你对预兆是怎么想的呢？你相不相信预兆？"

这个问题使我奇怪，我小心翼翼地回答说如果他首先告诉我此刻他心里想的某一特殊事例，我就告诉他。

他沉默不语；回到他的住宅后，他又领着我把整个房子转了一圈，然后径直带我到对着草地和一处灌木丛打开的法国式大窗子前。"这是客厅，"他说，"我的妻子，她弱不禁风，过去总坐在窗户后面，那时候我们就有一只夜莺；自多年前我们迁居到教区来起，就能听到这只夜莺唱歌了，它是个唱得非常美妙的歌手。每天早晨，只要它唱个不停，它就待在草地边的那棵小树上；正好就在窗前，一般要唱一两个钟头。我们为我们的这只鸟儿骄傲，认为它比我们听到过的随便哪一只夜莺都唱得好些。它是附近一带唯一的一只；你要走出老远才能找到另一只。"

"一天上午大约十一点，我正在房子另一头的书斋里写东西，我妻子走来，脸色苍白又悲痛，说发生了一桩奇怪的事。她正坐在关好的窗户后干活，一只小鸟对着玻璃猛撞；然后它飞到一段距离外，回过头像第一次那样再对着玻璃撞；它又飞走，转身又撞，甚至比先前还更猛；然后她看到它扑动翅膀掉下来，她怕它的伤势很重。我立即跑去看看，发现那只鸟儿，我们的夜莺，躺在窗户下面的石阶上喘着气直哆嗦。我把它拾起来，捧在张开的掌心里，两三秒钟后它死了。"

"不久后我就失去了我的妻子。那是五年前的事，从那以后我们这儿就再也没有夜莺了。"

这只小鸟的悲剧给他留下了深刻的印象，那并不奇怪；他妻子的去世确实使他想到这当中有某种超乎自然的联系。但是我不能说我同意他的想法，虽然我相信她目睹这样一件事所感到的剧烈的痛苦，对此想得太多而造成的后果可能加重了她的病情，或许甚至加速了她的死亡。

夜莺之死这个意外事故，使这个村子和这个教区失去了它们的歌手，在鸟类中并不是罕见的；我们的窗户和我们头上的电线对它们就是一种危险。我见到过好多好多次一只小鸟对玻璃窗猛撞。有一次在爱尔兰，我住在乡下的一幢农舍里，当时我正观察一只棕柳莺，它对着我卧室的窗户猛撞了两次。引诱物是一只苍蝇，它在窗户里面正爬上来。但这个原因不足以说明那只夜莺的情况以及我观察到的别的例证；夜莺①不像莺和花鹡鸰（经常碰撞玻璃窗），它们才是苍蝇的追捕者。毫无疑问，有时鸟类是让玻璃上闪闪的阳光弄得眼花缭乱，迷糊慌张的，那只夜莺栖止的矮林刚好正对着窗户，距离25～30英尺。它一动不动地待在那里，看得时间太久了，甚至两次撞击玻璃后它小小的头脑还没有清醒过来，结果第三次就是致命的了。

现在回到夜莺在英国奇特的分布这个题目上来。事实似乎表明它在我们这里是有一定的居处的，严格地限制在一贯居留的区域之内，数量大致也没有增减。捕鸟者、掏鸟巢的顽童和猫在各个城镇捕杀它们；但是，就全国而言，我们还看不出重大的变化，像我们注意到的别的候鸟，比方说家燕和毛脚燕，以及莺类，就提出一种吧，小种白喉莺的情况那样。这一结论似乎是每一季度的增加数足以抵消每年由于自

---

① 夜莺，据郑作新先生《中国鸟类分布名录》，属鹟科。

然原因及人为的残害所造成的损失；也似乎是每一只夜莺都准确地回到它孵出的地方，没有形成新的聚居地和扩大它们的分布区。

我提出了一个实际问题，假如每年人为的捕猎加以禁止是否会使情况有所改变呢？我相信会。我们发现每一只雄性夜莺，一来就占有它的小小领地，如同它的亲戚歌鸲一般，不容另一只莺跟它分享；一窝或一家中若有两只或两只以上的雄鸟能生还回到旧居，其中一只立刻成为家长，另一只或另几只则被赶跑，只能尽可能在附近找个它们能找到的地方安居。远离它出生和长大的地方，这要比在秋天飞到几千英里外的越冬地大概还难些。这种鸟特别不愿意离开它的家园，可是若每年增长的数字较大，假定说三分之一，那么愈来愈多的鸟将被迫赶到野外去。它们将慢慢地迁走，但不会远去，而是留在出生地附近。夜莺王国最理想的地方是成千上万的橡树或榛树丛和灌木林。我们从约翰·辛克莱爵士在苏格兰和别人在英格兰北部的试验知道，夜莺不能以人工繁殖而数量增长。他们的办法是设法找到夜莺卵，把它们放在知更鸟的巢内，小夜莺孵化出来平安成长，不过如预料的那样，在秋天它们将失踪，而且一去不返。我们只能揣想它对故居的"遗传性的回忆"，在每只鸟的头脑里是与蛋壳俱来的，它的故居既不是苏格兰也不是约克郡，而是鸟蛋生下来的地方，如果它得以从长途旅行中幸存，它会忠实地回到它那破壳而出的旧地。

人类对物种残害所产生的严重后果可以从在欧洲大陆发生的事情看出来，即使在一些国家里吃夜莺和其他一切小鸟的可憎习惯还没有人知道，但是人们却想方设法捕捉夜莺作为笼鸟。在德国南部许多许多年来夜莺一直在减少，现在已变得珍稀，在许多地方甚至已完全灭绝。就我们来说，对这一物种的滥捕滥杀也很严重；一方面是顽童掏鸟巢，另一方面是捕鸟者捕杀。

不幸的是，对于夜莺并不存在什么迷信的感情，不像它的表亲欧洲歌鸲①那么走运。歌鸲曾被伊丽莎白时代的诗人赐以"金秋的夜莺"这样一个佳名。这个名称所起的作用我曾一再目睹，我发现甚至最喜欢掏鸟巢的村童也惯于放过歌鸲，因为他们说谁掏了谁就要碰上倒霉的事，或者手就要萎缩。夜莺的卵，像画眉、篱雀或白喉莺的卵一样毫无顾忌地被拿走，并且由于它们的美丽和浑身那不寻常的色彩，谋求的人更多。

我认为要不是因为这个损失，每年夏天，夜莺的数量会比现在增加约三分之一。

捕鸟者造成的损害不像过去那么严重了。这种滥捕已经持续了几百年；总之，捕夜莺做笼鸟的习惯可以追溯到伊利

---

① 欧洲歌鸲，一译知更鸟。

莎白时代。威勒比①，这位"英国鸟类之父"在他的著述中，对鸟类在笼中生活的记载相当于对它们在自然状态中的习性记载的八倍。

把一种鸟关在笼子里的代价，就夜莺的情况而言，大概要比别的鸣禽更大。众所周知，如果夜莺在找到配偶，也就是说在雌鸟露面后，它比雄鸟出现迟一星期到十天，随即被人猎捕，那么它很快会在俘虏生活中由于悲痛而死。那些在雌鸟出现前被捕的可以活到换羽期，毫无疑问，这个打击是致命的，在一年俘虏期后幸存下来的，十只中差不多只有一只。

可以庆贺的是，由于过去十五年来的立法，主要是赫伯特·马克斯威尔爵士的明智的法案，保护野生鸟类及鸟卵，我国的夜莺再不会大量地遭到捕杀了。不过法律每天都在遭到破坏，挽救野生鸟类是一项长期的斗争，还远远没有结束。鸟贩子们和他们的支持者那些鸟迷以及他们的仆从捕鸟者，合起伙来使法律成为一纸空文。还有为数不少的地方官，只要他们尊重所谓"野味"就对违法者心慈手软。一只鹧鸪，也许一只兔子对坐在法官席上的狩猎家，比起一只平凡的棕色的小鸟或赤胸朱顶雀和金翅雀，问题要显得更加严重得多。法律，我们知道，如果有强烈的公众支持它就行之

---

① 弗兰西斯·威勒比（1635—1672年），英国博物学家，致力于鸟类和鱼类的分类学，著有《鸟类学》一书。

有效；可是这一点还不普遍，也没有什么地方堪称强烈，或像爱鸟者所希望的那样强烈，然而它存在，而且在过去半世纪来在日益发展。这种感情，再加以法律的支持，正在产生效果，而法律也是在它的感召下才得以制定的。这一点我们从过去大量遭到捕杀的一些物种近年来的增加而得以知悉。金翅雀是一个引人注目的例子。金翅雀是笼鸟爱好者偏爱的小鸟之一，对它过度地滥捕造成这种鸟20年前就已极为稀少，在很多郡，它如果不是灭绝了，就是濒临灭绝的边缘。由于受到保护，它的数量稳步增长，已不再是一种珍禽。如果这一增长率再持续十年，那它就会重又成为50年前普通的鸟类。这一变化是它受到全年保护的直接结果，是得到全国市县议会批准的。

夜莺没有因为这样增加过，它也根本没有增加；它不是那种生命力顽强的物种，虽然它被诗人称为"不朽的鸟"和"热情奔放的生灵"，每年大概活不到出色的小歌雀那么长。它也不那么多产；年复一年它在同一地点筑巢，繁殖地为附近地区人人所熟知，因而比其他大多数小鸟更加暴露在盗巢者的黑手之下。这一物种的繁衍，是极其缓慢的，只有在繁殖期受到最充分的保护才有可能增加。这就是说，要保护它免遭人类的捕杀；至于野兽和其他残害因素，我们无法防止。

这意味着要改变农村少年的习惯，即对这一物种要培养一种新的感情，如同对我们熟悉的知更鸟所具有的那种感情，这样，就会使它大大地受到保护。这不是一个梦想。我认为这一变化正在乡村"年轻的野蛮人"中得以实现；它正在通过各种手段在各方面取得成功，例如扩大动物爱好者与自然爱好者的人数，让他们在城镇和乡村形成个人影响的中坚力量；成立男男女女都能参加的鸟类保护协会，塞耳彭协会[①]，以及各种学会；在整个农村地区学校中学习自然，向儿童提供大量定价低廉的自然读物。现在，这类书籍连最贫穷的孩子也可以买得起，虽然价格这么便宜，在同类书中却特别好——写得好，印得好，插图也十分精美。我每年要翻一大堆这样的出版物，回忆起我自己也是个年轻野蛮人的时代，却读不到这样的书，并从中得到乐趣和教育，不免叹息。

对我的信念，我有比这些事实更好的根据，那就是农村少年的观念正在发生一个变化，他们对野生鸟类的兴趣正在发展，随着这种发展，他们的破坏性也变小一些了。我的很多时间消磨在全国各地的乡村；我结识了一些孩子，取得了许多小男孩的信任，知道他们对鸟类是怎么想的，有什么感觉，做了些什么，我的经验说明近几年来他们的头脑里产生了新想法——对披着羽毛的、同属生灵的朋友有了更和蔼可

[①] 塞耳彭为博物学家吉尔伯特·怀特的故乡。为纪念他，1885年建立该协会，宗旨为保护野生的动植物。

亲、更富于人性的感情。另外，皇家学会为了保护鸟类而举办的以鸟和树为题的农村小学生论文竞赛，在这些论文中所表现出来的精神是值得重视的。在过去四五年内我读过好几百份这样的论文，每一份都从孩子们观察的角度来探讨一个物种，这种阅读是非常愉快的任务，小作者们在论文中流露的是真情实感。如果仅仅作为论文来考虑他们的热情即使在写得最差的文章中也是熠熠生辉的；我们可以想象得到这些十二三岁的农村男女孩子看到这指定给他们的任务，用大页书写纸放在他们面前的桌子上，给他们一小时去写一篇以鸟为题的论文，把他们观察到的一切，选精去芜——观察收获的精华；与此同时他是百里挑一来参加这个竞赛的，全村人的眼光都看着他；他一定要全力为学校争取全郡的殊荣——郡盾①，会觉得很不简单吧。条件并不是太有利；不过，孩子们正干得非常出色，他们全心全意去做。人们高兴地看到这一学习不仅促进了孩子们对大自然的兴趣，而且教导他们按新的习惯和怀着保护它们的感情去看鸟类。我们可以有把握地说，在他们毕业离校后别的东西可能会从他们的记忆中消亡，这些孩子将绝忘不了他们现在正在上着的新的一课；未来，当他们自己成为父母，他们将把同样的感情灌输给自己的孩子们。

———————————

① 即盾牌，绘画着本郡特有图案的盾牌。

在我们为挽救我国野生鸟类而正在进行的各种努力中，照我看这一活动是最有前途的，我相信我国的珍禽中最出色的一种——夜莺，不仅能保持数目不减少，到一定的时候还会增加，扩大它生息繁衍的领域。

游隼

头至后颈灰黑色，其余上体蓝灰色，尾具数条黑色横带。主要栖息于山地、丘陵、沼泽与湖泊沿岸地带，有时也到开阔的农田、耕地和村屯附近活动。

· 第二十三章
最后的渡鸦

*　　教区的老文书几乎像村上的教堂乐队或乐团一样过时了，但是你确实能在偏远的地区偶然碰见他，仍旧"恋恋不舍地站在那里"。不多几年前，离温切斯特几英里，护城河上游一个美丽的小村，护城阿巴斯就有一名。怕有人敏感的感情受到伤害，我得赶紧说明，这个小村在样样事情上，除它的教区文书外，都显得相当现代化。星期天早晨做礼拜时他坐在我近旁，我可以清楚地看见他，清楚地听他说话。他奇特有趣的外貌和举止首先引起了我的注意：那是过时了，我们可以说，也跟环境不和谐；可是在那个了无生气、机械的礼拜式的和谐中，这个小小不和谐音的出现倒是一种相当受人欢迎的调剂。

*

　　他是个瘦小的老头，眼睛黑而锐利，苍鹰似的，胡子雪白，灰白的头发上戴一顶黑色的无檐便帽。他高而尖的声调与说话的口音像一名地道的汉普郡农民。念赞美诗时，我试图在牧师刚一停止马上开始飞速地念下去，尽快跟其他人保持一致。但是教区老文书绝不允许自己随大溜！他的父亲教他慢慢念,他便照老规矩慢条斯理地念到一章的结尾,声音高而清楚,但声调哆嗦,每个字、每个音节都抑扬顿挫地清晰明白,庄严地把许多词念完。

作为一个外来者和讨厌说话急促不清的人,他的在场使我做礼拜变得可以忍受,因此我乐于跟他结识。那天,他穿着磨得褪了色的旧衣服,像披了件麻袋,戴的是破旧而扁得不成样子的帽子。他是村子里最多人熟知的人物了,外表上活像一个稻草人。他也是那里最忙的人。他喂养了许多家禽,在农舍的园子和分配给他的一块地里种水果蔬菜。那天正逢两周一次的市集,他赶着装满农产品的大车去邻近的市镇出卖。他的业余时间排得满满的——修剪树篱,平整草地,从事一般的园艺,修补草盖的屋顶,还有七七八八的事情。我从未发现他坐下来,也无法让他静坐五分钟以上;但他有时愿意靠着铁锨休息,跟我谈一点往事。他外貌瘦小,已经是七十四岁高龄的老人了!他任教区文书已达四十五年以上,以前他的父亲担任此职超过了五十年。

老文书把我介绍给他的一个老友,请他把当地的鬼怪故事讲给我听。这个故事发生在约五十年前他年轻的时候,一个静悄悄的黑夜,大约在子夜,他到宅子里去偷摘苹果。在树林和宅邸周围的花园及草坪之间有一个大苹果园,树林和果园之间是一堵高高的石墙。此时正是十月,树上结满了成熟诱人的苹果。

他爬过墙去开始匆忙地摘取苹果，把一件劳动服用带子在腰间系好后，把苹果装在衣兜内。等苹果多到他能尽力带走的分量后，他开始考虑爬过去。正在这时，果园外的林子里突然刮起一阵风，好像迅速朝他和宅邸刮来。他从别人那里听到的故事告诉他这便是所谓的"阴风"。顷刻之间风猛烈得好像暴风雨要来临，但没有一片树叶摇动。在恐怖中他赶紧逃走，也不顾衣兜里的重负一下就爬上了墙头。他说，一只猫也不可能比他更快了，自己都纳闷他是怎么做到的！他从墙头上滑下来，皮带断了，苹果在光滑的草坪上滚了一地，他没顾得上去拾拾，一个劲地冲向大门，纵身一跳身体已到了大路上，然后一口气跑回了农舍。过去的这些故事非常好听，但我对阿文顿最后的渡鸦故事更感兴趣，而老文书在村子里是讲这个故事的最佳人选。

渡鸦，不管我们喜不喜欢，是鸟类中最使人入迷的。它肯定具有鸟类中不寻常的智力且富有活力，声音深沉仿佛人声，寿命很长。这些都影响了人对它的看法，也是渡鸦离奇的名声的原因，就是说它不只是鸟，而且是命运的信使，一个邪恶的精灵或者什么已死去的大人物的灵魂，重游他过去建立世俗功业的旧地。

19世纪早期，作为一种内陆的留鸟，它已在相当程度上普遍被消灭，只有峭壁环绕的海岸是比较安全的地点可以产卵，以及内陆少数荒凉的山区它依然存活。但它销声匿迹的时间并不长，因为人们对它记忆犹新。"渡鸦树"在全国颇为普通——指的是这种已绝迹的鸟儿曾经营过它们好大的巢，并且每年在此育雏的树木。最后的渡鸦的传说也在全国无数的地方流传。凡读过吉尔伯特·怀特①的《塞耳彭》的人都记得书中所讲的最后的渡鸦的故事。这段历史是相当凄惨的。这已过去很久了，众所周知在怀特辞世后，渡鸦继续在汉普郡生息了一个多世纪。我在这里说的是在内陆繁殖的留鸟；今天还有一对在内陆大树上生息的鸟是阿文顿的渡鸦。它们生活在那片古老高贵的领土上有多久了我不知道，但能肯定它们每年在那个公园里繁殖直到1885年左右。所谓渡鸦营巢之处"渡鸦丛"至今依然长得茂盛，但更著名、古老得不可估量的"福音橡树"是盖温切斯特大教堂时就有的，据认为当圣·奥古斯丁②在这些地方传道时曾在该树下站立过，唉！这棵树是永远枯死了，空洞破败的树干正慢慢地倒塌而成尘土。

阿文顿的这些渡鸦受到过很多迫害，一只丧命后另一只常常会几天不见踪影，原来是去找新的配偶去了，找到后带回老家。最终某个无赖把两只鸟儿都弄死了，完了，不会

---

① 吉尔伯特·怀特（1720—1793年），英国博物学家与作家，生于汉普郡的塞耳彭，终生任故乡的助理牧师，代表作为《塞耳彭自然史》（简称《塞耳彭》）。

② 圣·奥古斯丁（生年不详，死于公元604年），奉罗马教皇派遣第一位来英格兰传教的天主教教士，首任坎特伯雷大主教。

再有其他的鸟来填补这个位置了。老文书说他年轻时在庄园上当过几年护林员，关于他爬树的绝技有好多惊险的故事可说。在过去久远的日子里——1850年左右，爬树比赛在园林工作者当中是常有的，他是当地爬树的冠军。一天，他和其他人一同下班时，看见一只松鼠爬上一棵绝高的枞树，他突然头脑发热，夸口要把它逮下来。他跟着松鼠上去，直到无法再往上爬，小东西仍旧在他上面，害怕跳下来让他有机会逮着，它紧抱着一根正好在他头上而他达不到的细枝。他当时想敲打它，把它打下来掉在他手里。他挑选好一根细条后想把它折断，正拧着时，松鼠纵身一跳，在它朝下飞过他头上时，他双手并用试图逮住它，但让它跑了。可是，他的双腿没有夹好腿间的树枝，他稀里哗啦穿过高处的枝丫随着松鼠掉下来，呼的一声掉在地上。他是仰天掉下来的，被人抬起时已失去知觉，严重受伤，送到了温切斯特的医院。他躺在医院里疗养了十二个月后被送回了家。人们告诉他说，虽然还可以活若干年，却不再适合做户外工作了。他们说得不对；他完全恢复了健康，在我认识他时，这件可怕的意外事故已过去了半个多世纪，他依旧割草，挖沟，砍柴，勤劳不息。

结束他英勇的爬树活动两三年前，公爵家族的一名成员（那时是阿文顿庄园的主人之一），想驯养几只渡鸦作为宠物，于是这位爬树冠军接受指示从园林的鸟巢内弄几只幼鸟去。

他爬到树上的鸟巢去，惊喜地发现了6只半大的幼鸟；他全部带回来，在宅子里安全地养大，等到长成成鸟，完全驯服了。虽然从未剪去飞羽，它们的大部分时间都在园林内或园林外飞翔，但总是飞返宅邸进食栖息。

光阴似箭，人们观察到老鸟愈来愈讨厌幼鸟在它们的领域内活动，日复一日愈来愈愤怒地迫害幼鸟。幼鸟已习惯于在宅邸内进食，不愿离去，结果一只接一只遭到蛮横的亲鸟杀害。这位知情者确实曾目睹其中一只是如何惨遭杀害的。幼鸟试图飞往宅邸逃去，但受到愤怒的亲鸟穷追猛打，到头来不得不被挟持到园林的地上，迅速遭两只强有力的喙野蛮地啄死。

此外还有别的鸟类像渡鸦一样不能容忍它们已成年的儿女在身边。知更鸟就是如此，但就这一物种而言，只有雄鸟好斗，争斗比较平等，幼鸟有时会打败老鸟。就渡鸦来说，母鸟仇恨儿女犹如父鸟一般深，由于它们斗殴时一同出动互相协作，欺侮幼鸟时又是一只接一只逐个解决的，因而它们总是胜利者。

第二十四章·
山冈上的寺院

*   "小树林是上帝的寺院。"诗人曾这么说，但是，苏塞克斯等地丘陵地带的小树林对我不太有吸引力，不如野生动物出没的地方使我感兴趣。野生动物的生活对我来说是丘陵地带的美之所在，倘若没有，丘陵地带真的会是一个使人忧郁的地方。在火辣辣的天气下，野生动物要比一大片清凉的树荫更能使我消除疲劳、精神爽快。因为这个缘故，我更喜欢较低的山头的树丛。它们生长得更茂盛，常常有更多的下层植物，密布稠密的带刺的小灌木，如荆棘、荆豆、悬钩子。这些是吸引野鸟的地方，甚至最胆小的物种也会在这里生息繁殖。我离开大树林后来到这些孤立的小树丛，跟这里的羽族居民消磨一天或好几天。

*

　　在这些地方可以更好地观察鸟类，相比雉受到保护的树林，它们不太害怕人的出现。在鸟儿的心目中，人意味着是手持猎枪的看守人。在很多情况下，尤其在威尔特郡，山丘上的小树林是长在农民自己的土地上，他们自己射猎，不雇用看守人。

一天我正站在一大片树林最高点的一棵低矮的橡树下，视野可以望到树梢之上很远的距离。我看见一只小嘴乌鸦低低地飞过树木径直朝我飞来感到惊异。在这个我为之消磨了几天，不见乌鸦和守林人禁止的任何鸟类的地方，看到这一景象是个奇迹。不过这是威尔特郡面积最大的树林之一，完全是一片野生林，覆盖好几英里，周边一英里内没有一个村庄或一幢房屋，也没有任何居民，除了四五名巡游的看守人，他们是照看庄园主的雉的。乌鸦没有看见我，直到离我站在下面的那棵树40码之内，这时它恐怖地呱呱大叫了一声，立即转身呈直角沿着原来的路线用最高的速度猛冲而去。

　　离开大树林之后，我走了几英里去造访一处大的不受保护的树丛，在那里我发现了一个小嘴乌鸦的四口之家——两只成鸟，两只幼鸟；我走近时它们从栖息的树上扑翼而飞，缓缓地飞向约五十码远的另一棵树，在那里坐下来对我凝视，同时高声呱呱地叫，好像是抗议我无端的侵扰。

　　在一座低矮的丘陵上有另一无人保护的树丛，在这里我发现了一大群鸟，有的在育雏，有的带着幼鸟已离巢外出。这是一个以老松柏科树木为主的大树丛，差不多被密密的荆棘与薄荷，混杂着悬钩子及野铁线莲所封闭。斑鸠在树丛内咕咕地叫，在高高的冷杉上有几个斑尾林鸽巢。有几只喜鹊蹲在荆棘的最高枝上，别致的羽毛黑白交杂，拖着装饰性的长尾巴。一双小嘴乌鸦也在那里，但是似乎没有巢或雏鸟。

我还发现了一个长耳鸮家庭——两只成鸟和三只幼鸟，幼鸟已能自己照料自己了。最妙的是待在自己巢内的一对雀鹰和幼鸟；雀鹰是我最喜欢的禽鸟之一，它们的出现甚至使我比发现长耳鸮还要高兴。

这些鹰并没有把我的出现跟猎枪和射击它们的砰砰声，以及铅弹在它们体内产生的火辣辣的刺痛迅速敏锐地联系起来，每当我一接近它们筑巢的树林，它们特别胆大和喧闹。为了得到看和听它们的乐趣，有好几天我都去造访它们。雌鸟看起来既很大胆又很漂亮。有时它会栖息在我上方，明朗的蓝天衬托着它的黑色轮廓，在黑色的树枝上看去如墨水一般黑。接着雌鸟飞往另一根有阳光照射的枝头，一大堆黝黑的松针衬在身后，这时可以看清它的羽毛的颜色。用高倍双筒望远镜望去，它显得如一只苍鹰一般大，蓝色的翅膀和背部的羽毛，像我们失落的鹰科鸟类中最高贵的那一种^①同样美观，白色的胸部上有棕色条纹，瘦瘦的黄色脚胫和长而黑的脚爪，闪亮的黄眼睛，格外狂野和凶猛。很快它的小配偶出现了，脚爪上带着一只小鸟，在树木间四处猛冲，高声尖呼，但不愿回巢。最终我的坚持使它们精疲力竭；慢慢地，反复的刺耳声会变得愈来愈稀，最后完全停止；雌鸟会从一棵树飞向另一棵树，愈来愈接近巢，然后停歇在巢边，往下

---

① 指Goshawk（苍鹰）。

俯视雏鸟，最后落在它们上面。过一会儿雄鸟会同样谨慎地接近，最终飞向鸟巢，并不停落下来而是盘旋一阵，把捕获的小鸟扔在巢上，然后迅速飞走离开树丛。雌鸟不愿离开，即使我拿一根棍子响亮地敲打那棵树；第二天我回到旧地时整个表演会从头至尾再来一遍。

我天天观察这些鸟类，对它们的美和生命力，它们快捷的飞行、愤怒和疑惧的尖厉声怀着无穷的兴味。我不禁想到鹰科鸟类在这些允许它们生存的乡野，在这个安全无害的英格兰——这个受到赞扬的保护家禽国家，对野生动物爱好者所带来的乐趣。在观察野生动物的时候没有比飞行快捷的鹰追逐猎物更使人入迷的景象了；要不是因为我们某些人在感情上永远不能完全摆脱这种观念，即作为理性和具有人性的人，对所有动物具有无限的支配权力，仅仅为了目睹它们高超的捕猎本领的乐趣，驯养训练任何凶猛的野生动物去追捕别的动物，这是跟我们的身份不相称的。我倾向于把放鹰捕猎，放在其他户外运动之上。目击鸟与鸟在自然状态下竞争，没有这样令人不安的感觉影响我们。这时追逐者与被追逐者只不过按照它们的本能去满足生存的要求，我们作为中立者仅仅袖手旁观它们在空中出色的表演而已。这样的景象令人遗憾的是难得一见了。我在那个遥远的国度生活时，那是十分普遍的，有时几个星期每天都可以看到。在英国我们最高贵的鹰科鸟类几乎都绝迹了。游隼，是隼中最完美无瑕的——或许如某些博物学家认可的，也是整个鸟类中最完美无瑕的——维持在险峻的海岸危崖峭壁间朝不保夕的生存状态。至于燕隼如今已接近灭绝。英勇的小驼隼再不在英格兰南部游弋了，即使在北部诸郡也很稀少。还跟我们同在的红隼，当它悬浮在半空中不动，像一只巨大的快捷地振动翅膀的食蚜虻时，是非常好看的，但它不过是一种食鼠和食昆虫的动物，失去了同科猛禽的高贵勇敢的隼。壮美有力的苍鹰，那是真正的鹰中之王，早就灭绝了；只有它的堂兄弟雀鹰，在日益减少的数量下继续生存。虽然体形小，却如它的名称所暗示的，是一种主要以捕食小鸟为主的猛禽，它具有它的高贵的亲戚的特性。在林地我总是注意守望它，希冀目击它对其他鸟类的冲刺性袭击。我几乎看不到什么，因为雀鹰常沿着树篱疾飞，或借着树木掩护，然后像一头在空中的小猎豹跃起冲向猎物，突然将它逮住，假如一击不中便迅速飞走。即使我没有看到那么多自始至终的行动，假若瞥见那蓝色的身形一掠而过，只是顷刻之间，然后在树木间消失，那对我也是一种愉快。知道这只小小的活物，跟逝去的往昔联系起来的纽带，它还存在着，我这一天没有浪费。

在敞露的丘陵地带，小鸟在这里觅食时，近处没有什么掩护以备遇见危险可以迅速藏匿，有时可以看到雀鹰追捕它们犹如地面的猎物在追捕兔子；但最好看的表演是它追猎一群椋鸟。这时后者显得非常像由许多分散的团体在统一意愿下组织起来的有机体。可是，只要雀鹰得以成功地插到它们当中，不管椋鸟如何迅速加倍到来，它们还是立即四散逃走，好像猛烈爆炸后飞扬的碎片；这时倘若它未有捕获，会选择其中的一只去追踪。

这个热心的小猎者还给我们提供了一个更好看的场面，作物收割后它在田野上来回翱翔；这时村里的麻雀，混杂着好几种雀科鸟类飞来在残株间觅食，往往是好大好大一群，覆盖着一大片田地。它们最喜欢密集在靠近树篱的地方或飞行三四秒即可到有掩护的荆棘丛的地面。此时，可怕的天敌突然出现，在远远的一头的树篱上方，这分布在田地的一大群鸟，立即飞到空中，快速扑动半透明的翅膀，发出闹哄哄的嗡嗡声，好像一片从地面升起的浓雾。一瞬间它们已经安全地躲在树篱之内，一只鸟儿也看不见了。有些情况下，雀鹰过分专注于捕捉猎物，它并不希望找到另一次更好的机会而匆匆飞向别的田地去。不，这里还有数以千计的鸟儿，只要赶它们出来就可逮住一只！随后不管你在不在场，雀鹰在树篱间上下翻飞，间隔地升到三四十英尺高度，暂时停止盘旋，然后向下直冲，仿佛要落进树篱迫使一只麻雀从保护地逃出来。它刚刚接触荆棘丛时飞行就停止了，它继续冲出几码，又升腾起来，重复佯攻。每一次俯冲，小鸟都会发出恐怖的呼喊，响彻整个树篱。如果那时你沿着篱边而行，向里面仔细观望，你会看到小鸟尽量往树篱中心靠近，在小枝丫上挤作一团，每只鸟都笔挺地待着，僵硬地一动不动，像一只只小小的木制的假鸟，即使你站在伸手可及之处。它们虽害怕和逃避人类，但是由于那只披着羽毛的暴君在头上盘旋，对人的畏惧感已被那个双翼尖尖的魔影所引起的极度恐怖压倒而几乎消失。

毫无疑问，这个精彩的场面——在记忆里难忘，不及游隼或其他的鹰隼科鸟类在云霄追逐猎物的场面那么好看。对于各种鹰隼的捕猎本领及它们令人神往的表演，我们经常看见的是一些小型猛禽的战斗。

关于鸮还可以谈一点，更确切地说是长耳鸮，这是我在山冈上的寺院内遇到的唯一的鸱鸮科动物。尽管对不熟悉这种鸟类的读者也许显得奇怪，我的确是在正午见到它①的，甚至比雀鹰更清楚，并不需要双筒望远镜。一共有五只——两只老鸟，三只幼鸟——坐在小树林外的一丛灌木内消磨白昼，这是它们的习惯。发现它们出没的地方后，我绝大部分时间都能找到它们。一天我偶然遇到整个"一家人"，这是个难得的场面，两只在灌木丛内，三只紧靠着坐在另一株灌木丛内。我站立了一会儿，离那三只不到十二码，它们正并排坐在一株荆豆丛里的枯枝上，荆豆多刺的顶遮掩在它们上面，但那个坑就在我身旁。我注视着它们，就似三只披着羽

---

① 鸮，即猫头鹰，是夜间活动的鸟，故作者如是说。

毛的猫，此时太阳炫目地照在它们身上显得色彩斑斓，它们睁着三双圆圆的发光的橘黄色眼睛回视我，狭长的耳朵惊异地竖得笔直。过不久，它们对我的在场变得紧张起来，从荆豆丛中猛冲而出，飞往二三十码的距离处，在另一株灌木丛内安定下来。

我跟长耳鸮还打过一次愉快的交道，那是在离上面那个小树林约十五英里处的丘陵地带的另一个小树林。在那里的也是一个家庭——父母和两只幼鸟。我在白天找不到它们，但它们总是在日暮时外出，幼鸟喊着要喂食，亲鸟来往滑翔，但还未离开树林。我在几个黄昏前往观察，听到细细的令人愉快的尖呼声。我往往站在小树林中，靠着一棵高大的松树一动不动。那两只幼鸟从树林这头飞到那头，前后飞动不停，间隔地歇息一下，用猫叫一样的声音呼唤，然后再继续它们的练习。过不一会儿，一阵微风突然拂过我的面颊或羽毛尖端轻轻扫过，那是一只猫头鹰轻掠过去。这种把戏它们会玩了又玩，总是从后面朝我的头部飞来；飞行悄无声息，我无法肯定它正朝我而来，直到它经过时确实触及我或几乎触及我才知道。这真的是我平生遇到过的最像幽灵的鸮；它们对人一点也不害怕，虽然人引起了它们的好奇与怀疑，可是一点也不知道人那可使它们致命的力量。因为这个小树林生长的土地是属于某个自耕农的，他也是这块林地的看守人。

我想起我在威尔特郡无人保护的树丛跟鸦打交道的经验，该地这种鸟不受残害。那是不同的一种鸦，它们常常放肆地玩弄同样的花招，几乎是出于爱恶作剧的天性，它们从后面向你飞来，冲近你的脸部吓唬你。我记得我早年在那个遥远的国度，这种遍布世界的物种短耳鸦是挺普通的，我常常被它吓一大跳。

少量形成鸟类保护区的树丛，在一个最使人感兴趣的物种遭到无情消灭的地区内，这样的树丛无异于野生动物的小小的绿洲；但是，它们却免不了遭到某些人的破坏，考虑到这一点是可悲的。从主人或租佃者这方面来说，年月的淡漠，或善意的容忍，或爱鸟之心，可以让树林对人起点作用，但是一旦允许邻近的业主或猎场承租人去射击，于是看守人便会把所谓的害鸟一扫而光。

去年夏天我访问了一处山冈上的小树林，我对它并不熟悉，离我发现鸦和雀鹰与其他遭残害的物种的那片树林约十三英里；由于它比平常的小树林大许多，遍布荆豆和黑色与白色荆棘，远离房屋，我希望在其中发现一个有趣的鸟类聚居地。但意外的是却没有什么可看可听，除了一双金翼啄木鸟，几只金翅雀和山雀，以及两三只其他的小鸟。这是一处受到严格保护的小树林，我在松树长得最密的地方发现了看守人的吊架。这里有许多白鼬、黄鼬与鼹鼠吊在一根低枝上；还有乌鸦，小嘴乌鸦，一只喜鹊，两只松鸦和十只小型鹰；其中三只是雀鹰——一只是成鸟，其余的羽毛未丰——以及八只红隼。

从这些尸体的情况判断，一两只是新近被杀死的，那只最老的则已风干，只剩下羽毛和骨头，这大概是一年或不止一年的成绩。热心的看守人无疑是向他的主人——那位高贵的狩猎运动爱好者有意展示这些战利品，后者多半高兴看到这个场面，虽然明知红隼是受保护的物种。小树林中央的那棵树上，像时髦妇女的装饰一样，小鸟用翅膀挂起，小兽则吊着脑袋和尾巴。这片林子很像我消磨了好多天的这一片丘陵地带的大树林的小复本，可是现在它上面打上了诅咒和羞辱的烙印。

一位年轻的美国博物学家，不久前写信给我，拿他的国家和我国保护野生动物的情况进行对比。他说，在美国，最贵重和最有益的物种正在遭到杀害，成人和少年可以到任何他喜欢的地方去，做他喜欢做的事，这种完全不顾法律处罚的自由，产生了非常可悲的后果，引起了普遍的愤慨。相反，在我们这个较幸运的国家，我们郡内一些世袭大庄园犹如制止破坏与庸俗化力量的防波堤，起着保护本土动物群的作用。

然而他的说法没有充分的事实作根据，他描述的是19世纪三四十年代左右的事。后来土地所有者的思想发生了变化，户外运动兴起新的时尚，从此以后，我国那些野生动物的间接保护者们变成了破坏者。为了大宗猎物，十一月有一次大规模的狩猎，鸟类中主要的猎物是人工饲养的半驯化的雉，它被赶到了枪口下。渡鸦、鸢、苍鹰、鸢、鹞和游隼彻底灭绝了。此外，二十来种小型鸟类也被认为是对高贵的猎禽者的趣味有害的。这还不是全部情况。看守人，也就是持枪在树林巡逻的人，变成向商人和私人收藏者提供凡他们有办法发现和杀害的种种珍稀美丽的鸟类的供应者。

但现在我只想写上面提到的鸟类，它们并不很大，若和别国的许多物种相比也可以描述为小型；但在英格兰绝大部分地区却以大型的飞禽广为人知；它们首先是翱翔的猛禽出没于林区。我们看到它们在云霄飞翔、盘旋、上升，阳光穿透它们翅膀上和尾部半透明的羽毛，它们看上去确实好大，有雕和鹤那么大。它们是风景上的一个特色，使画面似乎更广，云层更高，天空更为宽广无垠。它们的踪影和反复发出的尖厉的鸣声加强了大自然的犷野和崇高感。

失去这些高飞的禽鸟，对我来说，也就是损害了森林。我总是悲伤地意识到：几英里几英里绵延不断的林地，数百万棵数百万棵古老参天的树木，是小鸟和为了秋猎而驯养的雉出没的地方；可是在这里看守人也放置了夹子等待捕鼠的小兽黄鼬，或者藏在下层的灌木丛内守候母鸟回来为雏鸟喂食和带来温暖时，开枪射穿珍稀的红隼。

黑雁

灰色的颈部两侧具特征性白色图纹，有时在前颈形成半
领。雏鸟颈部无白斑，但翅上多白色横纹。耐严寒，喜栖
于海湾及河口等地。

· 第二十五章

1912年秋

ADVENTURE AMONG BIRDS

＊ 滨海的威尔士，是我最喜欢在秋天常去的地方之一，主要是去看看和听听冬天大批聚集在那里的大雁，其数量比海岸其他任何地方都要多。1912年的秋季我去那里另有一个目的；我待了两三周以便完成本章；对这样的一个计划从伦敦逃避，哪里还有更令人羡慕的合适的地方呢！一个古老的、乡村般的小城，坐落在滨海一大块平坦的低地上，或者说被一片一英里宽的沼泽跟大海分开，夏天是灰蒙蒙的，但秋天的色彩则是锈褐色的。渔民生活贫苦，他们的收获主要是有壳的水生动物，贝、螺、蛤蜊，他们也在浅水处挖沙虫做鱼饵出售。他们，如我想先前曾指出过的，像成群结伙的乌鸦。要是你看到他们，分散在远远的广阔荒凉的沙滩上，又黑又小也确实像乌鸦。当男人远赴海上，孩子们像喧闹的小动物关在学校里，你可以想象得到在威尔士就没有了人迹。往远处望，隐隐约约看得到低矮的沙丘，人们在那里像乌鸦一样谋生。沙丘外连绵不断的沙滩，都比不上广大的褐色沼泽地静谧。

＊

我于十月十七日去到威尔士，一到这个理想地我就想这是我可以做点事情的地方了，甚至伦敦的噪声和干扰，比起那古老的大海的低语——那熟悉的可又总是那么奇异、日夜传来的声音，以及飞鸟的呼唤，甚至是大雁的鸣声，也没有那么令人心烦。

一位曾经享有盛誉、如今风光不再的人讲过一件事，他从前因为移居威尔士而受到一个朋友的责备。他的朋友这么说，以你对人类的热爱，你的多方面才能，尤其是你的演说的口才，你怎么能让你的岁月浪费在沼泽中这个死气沉沉的小城里呢？

另一个人回答说，那是因为威尔士是英国唯一舒适坐在书房里就可以听到雁鸣的城镇。

我是一名博物学者，对同样的鸣声比那位名人感受的甚至更多。安静地坐在那里，想做点事情，而听着它们呼叫，是个难题。我心挂两头，就如俗话所说"一心二用"。那时我很羡慕变色龙，一种据说能随环境改变其颜色的动物。虽然，这仅仅是一种它跟其他没有头脑的生物共有的物理现象，或者说在这种情况下，头脑是处于休眠状态，例如某些虫蛹。虫蛹是个小小的难解之谜；变色龙的大奥秘，动物心理学者的大难题是头脑的可分性，一个身体内有两个角色的天赋能力，每个头脑独立于另一个而进行思考与行动。请观察一下变色龙吧。它趴在室内一根树枝上，外表是一只变

形的蜥蜴，裹在一层褪色的表面粗糙的皮肤下，长期枯干而成了一张羊皮纸。它最显著的特征是头部，使人想起某个古教堂里古怪的中世纪雕刻，像蟾蜍或鱼的人形生物，面貌表现出某种被遗忘的古代智慧。它是绝对纹丝不动的，你会以为是死掉或睡着了。但是若靠近仔细观察后，你会发现它不仅醒着，活着，而且身体内有两个生命，换句话说，它的大脑的两半部在同时分别工作。这可以从它的眼睛看出来——细而圆的眼球晶体，能升能降，随意指向这方或那方。它们像马那双可以自由移动的耳朵，但不是指向一方，因为每个晶体，随同控制它的脑半球，担负观察不同事物的职责。你看，比方说，这一个晶体像小型望远镜，这会儿对准远处的一个目标，同时它也在不断地转动，你会马上发现它在跟踪一只丽蝇在室内乱飞。对变色龙来说这不是无聊的消遣，也不仅仅是心理上的好奇；它知道丽蝇是不知疲倦的旅行者和调查者；过一会儿，等它不再待在天花板上或在墙上爬上爬下观看图画，这时它会把注意力转向家具，一件一件地，最终抵达一个地点——带有一根伪造的外观像树枝的架子，树枝上放着一个奇形怪状的石像或金属像，一个妖怪，也许是一个神，是一个叫弗林德斯·彼特利①的人在沙漠城市发掘出来的，埋在沙漠里已好些年了。对一只好寻根究底的丽蝇来

---

① 弗林德斯·彼特利（1853—1942年），英国考古学家。

说，这的确是一件古怪有趣的东西，够它瞧的！就好像一位小小的旅游者站在距狮身人面像前四五十码处观看一样，这只丽蝇待在变色龙的面前距离8至10英寸。变色龙的舌头不算太长，眼睛也不是没有看见那个青色的漫游者，现在它盯着它了，舌头如闪电似的追上去，瞧，丽蝇不见了，再也看不见有蓝色的身影在嗡嗡地飞了。

同时，这只变色龙的另一半脑正处于打盹或白日梦的状态，或者说正在沉思，那一面的眼睛陷进了头骨内。你可以说它在家里拥被舒舒服服地高卧，好梦正酣，同时它的另一半亦即同伙，正在外面游猎，运用妙计捕捉一只胆小能飞的猎物。此刻，这两者，在心思上是分裂的，对彼此的行动与思考全不感兴趣，却能合并起来成为一体：它们完完全全地控制了自己，一个单一的意志支配了整个身体，从怪兽状的脑袋直到能缠绕东西的尾巴。

我现在可以对我的处境因为没有变成变色龙而好笑，但一个有说服力的声音呼唤我到外面去，否则我会为没有看到再也看不到的东西而遗憾，那就不是一件可笑的事了。这个奇妙之物是什么，又在何处，何时可以看到，没有一点线索可循。我可以做到的是整天在户外，耐心地等待观望。

我走出室内确实目击到了一些值得一记的东西，例如，一天我坐在一个位于海与沼泽之间的沙丘上被海水冲毁的海岸警戒站旁时，我注意到一只不熟悉的小鸟，外表上像旅

鸫，但是较黑，也没有红色的背心，它在一堵毁坏的旧墙周围轻快活泼地疾飞。过一会儿它飞到离我不到五码处停下来歇息；它坐在那里，好奇地看看我，垂下翅膀，摆动宽大的尾巴，这时我才看清楚，原来是一只黑羽橙尾鸲莺！一次快乐的体验！在整个荒凉而空无人迹的地方，我不可能碰到一个更可爱也更友好的陌生者了。它是可以轻声唱一曲圆润的夏之歌的橙尾鸲莺的堂兄弟，只不过橙尾鸲莺是一种生性羞怯的鸟。这种黑羽的鸲莺比旅鸫更温驯。我猜想它是经过飞越北海的艰险旅行后在沙丘上休息。它是从荷兰来的，在那里它是一种普通的鸟，可以自由地在房屋内外大胆地生息。这就是为什么它那么自信，那么好奇地注视我的缘故，从外表看我不像是荷兰人，它也不知道更多的事情，再说它的翅膀没有系着信，不过它从那个国家带来了问候和信息，在大陆民族中，他们在对待动物的和善方面最像英国人，而且对待鸟类比我们还更好一些。

又有一天我悄悄走进海滨沙丘上的松林，林中有一个盆地似的洼坑，我在坑边高高的灰色滨草中坐下来，周围耸立的全是松树深红色的树干。这个隐秘的地点静得出奇；我在那里坐了半小时，一边倾听和观望，却见不到一个活的生物或听到微弱的声音。终于一个什么活的东西闪入眼帘，那是林地里最活跃的生物，一只带有一条特别大的毛茸茸尾巴的美丽的红松鼠。它悄悄地从一根主干迅速滑下来后，跳

跃，旋转，然后又在盆地四周乱窜，离我的足部不到二十码。由于我坐着不动，没看见我或是没有注意到我，它以为林子里就它一个，好像孤单的夜莺不需要观众欣赏它的婉转歌喉，全神贯注地玩耍，忘乎所以地游戏。一会儿它拱起身体像一只白鼬，一会儿又把全身伸得笔直，还兜着圈子猛冲，它玩把戏时背部和尾巴像波浪一样起伏，外表看上去好似一条蛇。它来到一片厚厚的松针铺成的地面，立刻变得静止不动了，在地上伸开四肢，看上去像一块扁平的松鼠皮。在它充分享受将松针紧压在身体下的快感后，又重新开始游戏。忽然它看见生长在数码远的一只白中带黄的伞菌，于是冲过去，用它两只爪子猛烈地把它撕碎，并开始吞食，好像饿得发疯。它大口大口地吞食，脚爪犹如铡草机一般活动。

松鼠笔直地坐着吞食着蘑菇，看上去像一个有趣的小印地安人正吃一个有它两倍大的奶油圆面包。咬了几口之后它把蘑菇扔在地上，好像那个味道它已腻了，从洼坑内跳出来消失在林木间。

看到这种情景，我忽然对工作产生了厌倦之感：对着一堆旧笔记本坐下来，它们有的已搁置一年以上了，在每一百次观察中耐心而费力地筛选出两三次值得一记的，似乎是一种难以承受的负担，并不值得。即使是一只黑羽橙尾鸲莺（带着来自荷兰的问候）的身影，和一只古怪的松鼠的

戏要，我觉得似乎也比一年前见到的情景重要百倍。回到那些材料去意味着脱离生动鲜活的、呼吸着的、脉搏跳动着的大自然，而去翻阅一捆捆褪色的照片，对尘封的回忆沉思冥想。为什么走回去呢？确实，为什么？嗬！提出这个问题多么容易；我们问这个问题多么频繁，除了那个老答案没有别的答复；这是因为我们内心永恒的渴望，它甚至当人类还处在穴居时代就已使人苦恼了；我们发现了一个迷人的新王国，要显示，证实，指出通向它的道路；人类可以在大自然中发现奇迹与快乐，要努力向别人传递对这一奇迹与快乐的感受和暗示。

我们说，我这里指的是我们自己特殊的一类人——博物学者，鸟类像我们自己一样可能处于两难之间，而这两种互相矛盾的冲力也许是大自然每年无数小小的悲剧之一。这事发生在一双燕子哺育一窝雏鸟的时候，在幼鸟长到可能飞之前，燕子被不可抗拒的迁徙本能所控制而被驱向南方。

就在十月十七日我到达威尔士的那一天，我注意到一对毛脚燕仍在一个巢内哺育幼雏，巢筑在一家杂货店的屋檐下。这回我是要亲自了解一下它们。那段时间威尔士已经没有其他的毛脚燕或别种燕子了，早两个星期在南德文海岸我曾目睹燕子的最后迁徙。一个早晨又一个早晨我见到它们大量地沿海岸向怀特岛飞去，直到它们通通飞走。怀特岛是燕子横渡海峡的中转站之一。我密切注意毛脚燕的动向，每天

一大早就去看望它们，日中还要去两三次。我见到雏鸟从巢内伸出脑袋和几乎半个身子接受父母捎来的食物，它们已经羽毛丰满，非常喧闹。

"一两天后它们就要离巢飞走了。"我自信地说。这家的主人告诉我，这个巢，在整个夏天断断续续地被占用；若我们估计燕子在五月初开始产卵，那么这对亲鸟一定差不多六个月连续不断地在育雏，现在是哺育第三窝，也可能是第四窝了。再没有比这更糟的育雏季节了：这时候英格兰的天气不好，诺福克海岸尤其恶劣，多风且寒冷。

幼鸟有两天没有出巢，我开始观察它们被遗弃的状况。女主人出于同情自动提出要收留并喂养它们，希望它们能活下来直到天气转暖。从那时起，这一家和小城对此事感兴趣的人都帮助我密切观察鸟巢的动静。可以肯定幼鸟是被遗弃了，但时间不长；天气寒冷恶劣，食物每天愈来愈缺；有一个月或六星期，南飞的冲动，那"强力的呼吸，用一种有力的语言，感觉到而不是听到，指导着天空的飞鸟"，准会使两只小小的毛脚燕发愁。

但是预期发生的事情并没有发生，亲鸟没有遗弃幼鸟，有两次，一次在十月二十五日，另一次在五天之后，它们试图尽力让小燕离巢。它们每分钟衔着昆虫来巢十二次，不是把虫儿直接送进小燕的嘴里而是飞扑一会儿，让小燕够不到喙，然后飞开，绕圈，再重复同一动作。所有这些诱惑的手

段没有作用，幼鸟没有力量或胆量腾空而起。

十月三十一日，天气格外不好，既寒冷又有大风，整天下着大雨，这时小燕从巢内发出的呼声听来更弱了，那些急切的、黑而扁平的小脑袋，雪白的喉部不再伸出巢外了。可是亲鸟依然忠实地不辞辛劳为它们寻找食物，只不过在这最后一天它们并未到远处觅食。它们太焦急了，或意识到了小燕体力的衰竭；它们在街道上来回飞捕稀少的昆虫，总是离巢不远，快速而稍稍地抖抖羽毛以甩掉身上的雨水。我还观察到了另一个引人注意的变化，每间隔约一刻钟，一只亲鸟或两只亲鸟会一同飞进巢内，待在里面三四分钟，无疑是使雏鸟身体暖和起来。总之，我不认为仅仅是为了自己得到休息，如同前些日子我注意到的，它们若要休息则会飞进附近的毛脚燕空巢里面去。

那最后一天终于提早结束，天色在下午四点就变黑了，亲鸟安顿下来与雏鸟一同度过夜晚。

第二天早晨，虽然有点寒冷，但更像四月而不是十一月，有微风，天空清朗透明，阳光放射出使万物充满生机的魔力，连濒危生物也将获得新生。然而，亲鸟失去了踪影，巢内一点声息都没有。我等了八个小时，后来找到一架梯子，把巢搬下来，发现巢内有两只死去的毛脚燕。一只死于那天早晨，大概是两三点，在命运的转变关头之前；另一只看上去约死于两天前。

这仅仅是一个例子，而且孵育得格外迟，我又得以贴近观察的唯一例子。我可以据此提出这样一种观点，即我们相信，迁徙的冲动会使得燕子抛弃它晚育的后代，让它们在巢中死于饥饿，或许是错误的。我认为只要幼鸟活着，并且继续发出儿饿的呼声，亲鸟就会保持压倒一切的亲情本能而控制或中止迁徙的冲动；只有在持续的呼叫停止和幼鸟身体变凉时，"强力的呼吸"才会又吹拂到它们身上，带着它们南飞，犹如蓟草种子的绒球被不可抗拒的气流吹向四方。

我见到狄克逊在《鸟类的迁徙》（1897年）一书第112页上写到他了解的一个情况：一对家燕在十一月初，当幼鸟差不多能自理生活时便离弃了它们，是弃在巢内还是巢外他没有说。他也未说明这一情况是不是他亲自观察的；如果幼鸟是在巢内，也许是在亲鸟出发远行前已死去。可能这类情况时有发生，也已被人发觉，不过也许是例外的例证。我们知道有少数燕子留守不走，继续跟我们留在一起直到深冬；它们由于寒冷而呆钝，间或有一只在下一个春天复苏。这种稀少的例子使人误以为燕子定期冬眠，博物学家一直持有这个看法直至19世纪早期。但今天我们明白了蛰伏是燕子每年秋天迁徙非洲的规律的例外。

在我坚持守望毛脚燕的变化而幼鸟的命运依然前途未卜

的同时，我认识的老渔民和猎野禽的朋友们曾谈起过这一情况，也谈到了燕子。一个人告诉我去年冬天（1911年）他正在瓦尔海姆的邻村，十二月中旬一个阳光明朗的日子，他看见五六只燕子在一口池塘畔缓慢无力地飞翔。它们时时栖止在池畔一小株悬钩子灌木丛上，由于寒冷而迟钝温驯，他试图抓一只在手上。他认为这是件不寻常的事情，但是无可置疑有少量燕子每年都在英格兰某地一直待到隆冬，虽然它们的出现没有被记载下来；再者，这些鸟儿是处于一种迟钝状态，要到温暖明朗的日子才重新活跃，到外面来活动。没有迁徙的燕子很少能活到来春。

另一桩奇异的事情是另一个人讲的。他是当地一名年老的猎野禽者。他说当他还是个青年，住在沃洛克斯海姆布罗德附近的一个村子里的时候，每年有一大群毛脚燕在他的农舍上生儿育女。他们替自己家里的燕子考虑很周详，而且以家里有燕子栖居而骄傲，每年春天他要用一块木板挡住大门以防入口被鸟群弄脏。一年春天一对毛脚燕在门楣上筑巢，巢刚一筑成，一对麻雀便插进来据为已有，并立刻在巢内产卵。毛脚燕根本不去打架，但也不离开；它们尽可能紧贴旧巢，在旁边又开始筑一个巢。新巢入口的样子看起来跟旧巢一模一样，后部是靠着旧巢的前部而筑的。巢迅速筑好了，新巢完全堵住了旧巢的入口。此时麻雀不见了；他还纳闷为

什么麻雀占据一个不属于它们的巢后又被赶跑。季节末，在毛脚燕离开后，他爬上去把木板拿掉，这个双重的巢看起来那么奇异，他想他要拿下来仔细看看。一打开封死的巢的入口，他惊讶地发现母麻雀还留在里面，只是变成了一架蹲在四只鸟蛋上的枯骨。

第二十六章·
再见吧，野生的飞鸟

* 我对燕子的浓厚的兴趣并未妨碍我去观赏大雁和倾听它们的哎鸣。它们照常成千上万地到来，猎野禽者说他们从来都没有见过雁群的数量比今年秋天更多。一个原因据认为是农田的食物非比寻常的丰富，由于八月与九月的洪水，大量的谷物留在地里。农民的损失对大雁而言是丰硕的收益。在我逗留期间猎获的大雁长得都挺肥硕，嗉囊内满是谷物；它们确实显得欢快，飞过小城时回响着嘎嘎的叫声，你可以想象得到它们在空中的欢笑：哈！哈！哈！不管你们这些没有翅膀的猎野禽者是否在窥伺，这生活多么舒畅，只要我们记住从海上往来时保持在你们的猎枪射程之外！不过，它们有时也会善忘，要是一只大雁掉在这些赤贫者的枪口下，那可是一笔莫大的横财。

*

飞往内陆有美食聚食场的大雁，它们的呼声在我早上起床前会传到我的室内，我能听到，这同样欣喜的声音黄昏日落后又会再度传来，妇女和儿童都会跑出农舍去观看经过的雁群。在那个时候我通常会走约一英里，在沼泽地或海边清

楚地观看它们经过的情景。有些黄昏它们让我失望，但我总是能欣赏到别的鸟类，主要是冠鸦。今年它们比往常迟到了数天，但在十月的最后十天或十二天之内，它来得有规律，惯常是在早晨，聚集在整个海岸边，数量一如既往。观看这种飞鸟的最好时间是黄昏，它们整天一直在沼地觅食，饱餐小蟹和被海水冲来的腐肉。这时，它们如同大雁一样也满腹是食物，在栖息前要耗费一个钟头嬉戏。

一天黄昏，我应邀去看它们的表演。这时海潮已落，在河口也就是威尔士港的河口湾留下了一大片泥滩；这里集聚有六七十只冠鸦正在嬉戏，其中往往会有一只正在寻觅什么食物吃，要是它发现一只小蟹或别的佳肴，它会大肆张扬，举起来向其他的鸟炫耀；于是邻居会向它进攻，由此引发一场假斗，蟹会被胜利者带走，继续用来向别的伙伴炫耀。这仅仅是它们为了高兴而玩的十多种不同形式的游戏之一，当这类游戏在地面进行的同时，每隔几秒钟会有一只鸟向半空直蹿，高达18～20英尺，然后翻身又笔直向地面降落。垂直下降似乎是每只鸟的目的，但是由于有风，它们发现这多少是困难的技能，于是会以种种办法扭动、扑打、弯曲翅膀以避免被风吹向一边。经过较长的间隔会有一只鸟直蹿到五六十英尺高度，它比起其他的鸟，它的技艺更高，飞行能力较强，下降的技术更高超，几乎像一块石头。这种特技表演与一般飞行之间的差异是如此之大，有的鸟犹如个

中老手或职业的杂技演员，其他的鸟则仅仅是业余爱好者或初学者。

我向一名老渔夫兼猎野禽者描述我目击的情景，他说："我曾经看过它们像这样嬉戏许多许多次，心想它们正如儿童一般。"

我怀疑看见过鸟类亲密地成群结伴的人，尤其当它们集会在一起，如冠鸦，只不过为了游戏时，会不会偶然产生同样的思想——恰像一群孩子！

如我在沼地莺一章所指出过的，对一个野外的博物学家来说，手里拿着双筒望远镜，在适当的距离之外，悠闲自在地坐着观看一群鸟儿进行小小的游戏，这是愉快的经历。适当的距离随物种与地面的自然状况而不同，但观察必须永远在危险的范围之外。倘若它们看到观察者也不会留心，其实是没有意识到他的存在。不论距离的远近，一架9～12码的棱镜望远镜将使它们处于他的视野十二码之内。

这种快乐在鸟群习惯群聚的地方——草地与海滨，几乎每天都属于我。我能观看它们，从没有过失望，即使没有什么特别的东西可观，也没有什么值得记下。鸟群群聚得愈多，你观察它们的兴趣也愈大，因为它们表现出的习性各不相同；但是就草地和海岸的野生鸟类来说，它们有一个共同点，即互相结伴并从中得到乐趣。我注意到，比如，若一对凤头麦鸡在草地上，接着飞来一群椋鸟，它们先盘旋一会

儿仿佛犹豫不决，然后几乎总是降落在麦鸡所在的地方，跟它们一同觅食。若白嘴鸦或田鸫来到，它们也会加入其中，甚至只有大型鸟类比如雁或翘鼻麻鸭的地方，任何飞来的小鸟——椋鸟、鸫、云雀，也会飞落在它们中间或旁边。它们好像互相认识，不是亲戚也是朋友和至交。大雁、野鸭、白嘴鸦、寒鸦、乌鸦、凤头麦鸡，各种鸫、云雀、鹨、鹡鸰；还有杓鹬、红脚鹬以及别的小型滨鸟类，在它们离开大海的间隙也到这里来寻乐访友。鹭与鸥也在草地的鸟群之中，你无须很多时间便会发现这类集会，以及很多跟我的写作无关的行为：翻寻埋在地下的种子或藏在坚韧的草根中的蛴螬。这对鸟儿来说是重要的事情，吃到一顿满意的美餐要费很长的时间，每一小口得分别在不同的地方搜索；但这并未吸引它们的全部注意力；总是有某种附带的行动进行，两只鸟之间的友好或敌对的遭遇，恶作剧式的胡闹和兴高采烈的玩笑。它们普遍都有爱玩闹的脾气，即使庄严而令人生畏的鹭，瘦得像一根棍子，也能开玩笑；一天我高兴地目睹了三只鹭本来掺和在一大帮混杂的鸟群中，突然一下子进行起狂野喧闹的游戏来。一只参加游戏的鹭，它笨拙的动作跟其他的禽鸟都不同，奔跑的时候好像根本不能保持平衡。

　　鹭放纵的时候是很少的，动作生硬不灵活。小型的滨鸟类正相反，它们常常放松随和，游戏时如同任何禽鸟一样轻松自如。一天我坐在威尔士的堤岸上，视野内只有两只鸟，

两只环颈小嘴鸻，一只安静地在平坦的泥沼地上觅食，就在我下方，另一只则沿着离我四五十码的水滨奔跑。过了一会儿，这一只腾空升起，朝它的伙伴飞来，但没有如我预料那样落在后者的近旁，它在后者的头上盘旋了三四秒钟，高度约两英尺，然后蓦然落在另一只的背上，由于用力过猛，几乎把它的朋友摔倒在地上，随后它收拢双翼，平静地站着，好像什么事也没有发生过。另一只鸻，从突然的震撼中恢复过来，摆出一副打架的姿势，低垂着喙，对准它的同伴，身体的羽毛桩根竖直，翅膀和尾巴的羽毛大大张开，像一只战斗的流苏鹬。但它没有惩罚它的同伴，对自己受到的侮辱所表现出的愤慨，仅仅是发出了一串尖厉的骂声。之后，两只鸟又开始平静地一同觅食。

在杂乱的集会上，你不会观察不到，虽然它们全都友好地相会和混杂在一起，如果允许那么说的话，鸟儿之间在性情和玩笑的观念上有很大的差异。有些物种非常好交往，比方说小型滨鸟、椋鸟和白嘴鸦，它们的游戏大部分是在自己人中间进行的，虽然常常佯装生气可是并无恶意。那也是游戏的一部分，就像小猫和孩子的游戏一样。鸥虽混在一起但不紧随别的鸟，对邻伴也不要花招，不像乌鸦那样喜欢恶作剧。鸥的性格比较实在，啥事都希望明明白白。鸥漫无目的地四处乱飞，然后落在麦鸡中间，在草地上休息一下，或者到处走走，好奇地勘察一下野草，也许是纳闷白嘴鸦和椋鸟

有什么神秘的本领和感觉，竟然知道在上百种野草中哪种草根内藏有蛴螬——一种肥硕的食物可用喙啄一下挖出来。草什么也没告诉它，于是它发现去观察别的鸟的觅食方法更为有效。它漫不经心悄悄地走到麦鸡跟前，一直佯装在专心为自己找吃的东西，但机敏地注意着对方的行动，准备在关键时刻要是蛴螬被麦鸡从土中刨出来立即冲上前去。

还有一种鸟根本不参加其他的鸟的游戏和觅食，那是以草地为主要猎场的红隼。我从未见它举起过它的猎获物田鼠之类，而找昆虫又已被别人捷足先登，我未能发现它究竟在找什么。不过它常常在那里，别的鸟根本不去理睬它；即使是鸟群中最小的如云雀、鹨、鹡鸰，也知道它是个无害的人物。但有一天当它四处飞翔，间隔地盘旋，而后降落在地上的同时，一群约五十只椋鸟飞来草地，在飞绕一圈后准备降落时又突然一下好像改变了主意，重新高飞直到高出红隼约20码，然后开始尾随着红隼飞翔。红隼不停地盘旋，六七只椋鸟突然离群像石块一样朝红隼的背部俯冲。它愤怒地反击，把椋鸟赶跑，然后飞到稍远处又开始觅食。但椋鸟紧追不舍，红隼刚一朝下盘旋，六只椋鸟落在了它的背上。

这一骚扰行动重复了五六次之后，红隼于是飞向草地的另一方，在那里重新开始捕猎。椋鸟又跟着追过来，每次红隼盘旋时，它们就重复原先的动作，直到它愤怒而厌恶地飞走，这时达到了目的的椋鸟才飞落到草地开始觅食。这一行

动也许是出于开玩笑或淘气的习性，并夹杂一种看见非我族类，而其活动方式又与我不同的不快之感，一种近乎偶尔促使一个具有原始心态的人向陌生人投掷砖头的感觉。这种感觉在鸟类中是相当普通的，那追逐的过程如此优雅，目击这个现象是一种乐事。

跟这样的恶意行为鲜明对照的是我在同一地点目睹的另一群椋鸟的举动，它们怀着不同的感情对待像红隼这样的陌生鸟类和对待觅食场上忠实的同伴——大雁。一小群十三四只大雁从海上飞往内陆觅食场的途中经过草地，与此同时，一群一百只左右的椋鸟正以比雁群高得多的高度飞行，它们飞过雁群，椋鸟的路线与雁群垂直交叉。就在鸟群相遇时，约三十只椋鸟离开集体而径直降下加入雁群中。它们不是跟大雁并排而飞，而是混杂在一起，一同飞行，速度也跟雁群保持一致。我想它们夹在这群强有力的大鸟中，当大雁振动双翅时，有被大雁长而坚硬的飞羽扫落的危险，准觉得不自在。我用双筒望远镜对准这一群飞鸟观察，直到它们在空中渐渐从视野消失，椋鸟依然跟大雁在一起。

是什么原因使得这三十只鸟儿脱离自己的群体而采取这种行动的呢？也许仅仅是"恰似一群孩子"，它们互相说道："来吧，让我们学大雁玩玩，按嘎嘎的尖声号令庄严地行军，飞向远方的农田，那里我们可以拿红花草和撒落的麦子吃个饱；我们觅食时，有人负责守望，不会让狡猾的枪手

藏在拉犁的老马后面接近我们，在射程之内开枪射击。"

有人认为椋鸟群是思想统一的，整个群体一定按领袖的指挥行动一致，假如有一位领袖的话，要是群体分裂，各奔西东，它总是要想知道为什么有分歧。例如，有些鸟从群体中坚定地分离出来的活动是按一定的方针进行的，这部分的数量可以达到全体的一半，它们会突然降落在一棵树的树梢，让其余的继续往前飞；或者经过羊群正在吃草的一片田野，这时，一定数量的鸟会落下来在羊群中间觅食。前一种情况，下方的树梢大概使一只鸟想到需要休息，一定数量的鸟受它的影响而效法；同时对于其他的鸟，原先促使它们远游的动机或冲动未受影响，因而它们坚定地继续飞行。同样，另一个例子表明，下方的情景鲜明地告诉某只鸟一个信号，这个信息触发了它的饥饿感，分散在葱翠湿润的草地上吃草的羊群勾起了它进食的冲动，于是它飞落到羊群中间，其他的椋鸟也一同随它而落下。

随着大雁飞走的椋鸟的行为或许可以作同样的解释。由于联想的感觉所产生的冲动使这三十只鸟跟群体决裂。这些椋鸟大概是从欧洲北部迁徙而来，跟大雁关系亲密，它们或许还曾经在葱翠的草地和田野同大雁一起觅过食。飞翔的雁群在它们的心目中跟过去的经历联系起来，它们顿时被一种冲动冲昏了头脑而不能控制，于是加入了雁群一起飞走。但是离群的只有三十只，其余的七十只未受榜样的

影响或感染。

最佳的观察日是10月29日。日暮时分，天清气朗，大雁飞来了，不是一小批而是整群，比通常稍早一些。我走到户外来到沼地，向布莱肯尼而行。走到离威尔士有一英里半左右，这时离日落还有约半小时，一只孤雁经过我身旁飞向大海，离地只有一两英尺。这是一只受伤的鸟，在聚食场被人打伤，由于不能跟雁群同行，正缓缓而痛苦地飞向沙滩上的栖息地。当它飞过我约两百码后，几只红脚鹬从小湾边腾起，盘旋了一两圈后又落在原处。它们刚一落下大雁就离开它原来的飞行路线，径直向鹬飞去，降落在它们旁边。大雁是具有合群性的禽鸟，当它被同伴所抛弃而又陷于痛苦中的时候每每采取的行动；它愿意跟别种禽鸟相处，不管它跟它自己的种属多么不同，雁也会跟鹬接近。雁逗留的这个地方非常危险，猎手习贯藏身在小湾内。显然雁感到不安，我的出现使它烦恼，停落之后它继续面对着我站得笔直。它跟红脚鹬留在一处足足有十五分钟。但它待在这里不到两分钟，一群路过的冠鸦飞下来开始在它周围走动。鸦群不愿攻击一只受伤的大雁，即使伤得厉害，但鸦知道如果一只鸟遇到困难，它一定要仔细看看后者困难到什么程度以满足自己的好奇的天性。雁也完全知道鸦的生活习性与心思，无疑抱着不屑的态度。我专心观察它们，鸦每次离雁不到两英尺，雁就弯下并伸出蛇一般的脑袋和脖子对准鸦，展开一副准备反击

的架势，如果我的望远镜既能录音又能摄影，它就会把雁那蛇一般愤怒的咝咝声更清楚地传送给我。每回雁一露出威慑的姿势，鸦便跳开去稍离得远一点，围着雁又走又跳，直到让自己放肆的好奇心得到满足后才向栖息地飞走。

在几分钟之后，远方的天空传来了雁鸣声，受伤的雁朝陆地转过胸脯，高抬头部站立，倾听，等待同伴安然无恙地饱餐归来，兴高采烈、闹闹嚷嚷地回到栖息地。声音愈来愈响亮，雁群出现了，不是成紧密的一片，而是老长的三条单行线或混乱的队列，而在这些分隔得很开的队列间有许多小群，由十多只至四五十只组成，排列成方阵。

直到这天黄昏，有两个星期我一直在目击大雁的归来，但是它们从来没有像现在这样统一为一个大群，数量至少有四千只，雁群排成队列，在云霄中延伸到约三分之一英里的长度。天气的情况也从未这么有利；本来黄昏时分夜幕即将低垂，它们出现时天色常常变得阴暗。这一天天空却没有一片乌云或阴影，太阳依旧在地平线上，我能够从平坦的沼地看到夕阳如同一只赤红的大球挂在威尔士低矮的黑色屋顶之上。整个空中的鸟大军从我头上像流水一样飞过去，也飞过它们下面受伤的伙伴，它依然雕像似的、引人注目地站在平坦的棕褐色沼地上。又过了两三分钟带头的若干只雁已到达沙滩栖息地的上空，这时它们停在空中或缓缓地绕圈而飞，依然保持同样的高度；随着有更多更多的雁追随而来，整个

的队伍逐渐分散成长溜或方阵，像鸥群一样绕圈盘旋。然后下落的行动开始，一次有一批离群，倾斜身体猛然而下，其他的单独或成一小批，半收拢双翼，似乎要以格外猛烈的力量向地面俯冲。这一叹为观止的整个过程，是我在英格兰所目睹到的野生鸟类最为壮观的场面。

直到雁群全部下落不见，嘈杂纷乱的声音沉寂下去后，受伤的雁经过一段犹豫不决的考虑，开头向前走了几步，然后又回到红脚鹬的旁边，仿佛不愿跟这些无力帮助它的小朋友分别，怕它再找不到别的朋友了，最后才决心开始走向海滨。

随着在那个难得的黄昏雁群大规模的壮观表演之后，接下来是刮风多雨的日子；继而是十一月一个天气同样好的早晨，毛脚燕离开它们受风雨袭击的旧巢南飞。清朗的天空，晴光使棕褐色的洼地也显得明亮起来，明静凛冽的空气几乎使人以为"奇迹没有完结"，深吸一口气，锁住和压弯我们的枷锁似乎松开了。在这样一个早晨人只要模仿鹤和鹳高举双臂，跨两大步向前一跃，便会觉得腾飞而起，升到云霄，踏上了探索"不属于他自己的天空和前所未知的世界"的旅途。这是我们能达到的最接近飞鸟的状态。

在巨大的太阳正在升起的那边，天空是一片浅琥珀色的火焰，在这片遥远的火焰上面，出现了细小的浮动的黑点。黑点迅速增大，原来是一群冠鸦，刚从北海旅行到来。它们

缓缓而吃力地向内陆飞去，随即其他的鸦群，以及更多的鸦接续而来，三三两两，半打，几十只，更多，弯弯曲曲，没有尽头，灰白色的斯堪的纳维亚，即丹麦鸦飞来英格兰过冬。不时地田鸫也出现了，以波动的节奏飞得稍快些，但是严格地保持乌鸦的路线，这些鸫也显得疲惫不堪，沉默地行进着，没有声音，只有翅翼悄悄地挥动。

一个早晨，一种鸟的活动，使一位野外的博物学家的心充满喜悦；然而伴随这种快乐而产生的相反的感觉几乎不属于我——那便是我在以前多次经历过的，在离开某个不知不觉地变得对我十分亲切的地点时难以言喻的悲哀。我一意识到这样的依恋之情——植物抛出无数看不见的细丝像卷须缠绕在每样物体、"每棵小草"上，或在泥土内生根——我马上警觉起来，在这些麻烦的细丝变得过于坚韧之前，匆忙把它们截断，坚决离开那个地方。为什么这些田野，这些房屋和树木，这些牛群和羊群，这些飞鸟，这些男人、女人和孩子，比这片土地上任何别的东西都使我觉得更亲切呢？

可是，这一次我没有作出绝望的誓言：对大雁的回忆不让我说一句绝不可收回的话。我原来打算在那天早晨去简单地告别的，不过并没有去，我的内心挺沉重，或许那是一颗有预感的心。

在火车送我往林恩途中沿着被大雁视为圣地的青青的沼泽和草地边缘前行，我见到了乌鸦呱呱的黑色行列，偶尔

也有田鹨群经过。在到达小小的霍克汉姆车站之前，我最后看了它们一眼。往车窗外望去，我发现一群约二十只埃及雁正在访问它们野三的亲戚。当火车开近离霍克汉姆公园不远时，它们警觉起来，大声嘎嘎地叫嚷着飞离我们远去，露出羽毛对比鲜明的黑色、红色和耀眼的白色。再稍微过去一点，一群约八百只大雁就逗留在那里，它们全部站立着，抬头看火车经过。它们处在猎人轻而易举的射程之内，然而它们毫不在意火车的噪声，冒出的蒸汽，急速的行动，以及半驯化的埃及雁发出的鸣声。这些大雁，世界上备受残害、警惕性最高的飞鸟，一点也没有发出惊惶的叫声，也没有任何举动！

表现这种鸟的智力不可能目击到更好的例证了；对那些如今在英格兰受到限制而梦想实地观察一种变化较多、较壮观的野生鸟类的人，从他们的观点看——也不可能有更完美的实物教学了。

译后记

　　鸟类可以说是文学中一个永恒的主题,世界文学史上写鸟的名篇并不罕见,但是像英国作家W.H.赫德逊（1841—1922年）一样终生写鸟,而且写了那么多名作,则是屈指可数的。这是因为他既是鸟类学家和博物学家,也是小说家、诗人,尤其是散文家。他的诗、文以至小说主要写的都是鸟。

　　赫德逊一生爱鸟、写鸟。他在一个充满鸟语花香的植物园中长大,父亲是阿根廷巴塔哥尼亚草原上的一个英国移民,以经营种植园和畜牧业为生,赫德逊从小就帮助父亲劳动,管理牲口,他童年的主要游戏是骑马和观察鸟类的生态。在自传《远方与往昔》中他回忆说:

　　　　在童年时代,我就养成了按自己的方式独自一人到

处转悠以找乐趣的习惯。我十二岁时，母亲才告诉我这个怪癖使她多么着急。每当她留神查看孩子们在干什么的时候她常常惦记着我，叫我的名字，费劲地寻找我，却发现我远远地藏在种植园内的某个地方。后来她开始密切注意我的动向，一看见我溜跑就暗地里跟着，纹丝不动地在高高的野草里或树荫下站立半个钟头。后来她发现我在那里是有目的的，她既理解又赞赏，既高兴又松了一口气——原来我是在观察一个活的生物，也许是一只昆虫，更经常是一种鸟。

后来他对《远方与往昔》这样评价："这本书的真正的趣味是对大自然和野生动物的感情，它是一种超过对人事的兴趣的激情，只有内心具有这种激情的人这本书才会吸引他们。"[①]这个评价也适用于他的全部作品。

这种习惯和热情使赫德逊后来成为著名的美国史密森研究所的鸟类标本收集者。年龄稍长，长年在野外的工作损害了赫德逊的健康，他不得不永远放弃畜牧这种职业。

1869年赫德逊移居英国，他开始发表作品。他在英国的第一部作品是小说《紫土》（1885年），但奠定他的鸟类学家地位的是三年后发表的两卷《阿根廷鸟类学》

---

① 1917年12月14日致爱德华·加尔奈特的信，《赫德逊致E.加尔奈特书信集》，无双出版社，第160页。

（1888—1889年）以及接下来的《拉普拉塔的博物学家》（1892年）。此后以迄他逝世，赫德逊每年或间隔一两年都有新作发表，这些作品都是文学性的，他把旅行、观察、访问、写作结合起来，大自然与乡村成为了他的创作取之不尽的源泉，他的代表作包括《紫土》的姊妹篇，曾改编为电影的小说《绿厦》（1904年），以及大量的散文集，其中最著名的有《巴塔哥尼亚悠闲的岁月》（1893年）、《伦敦的鸟》（1898年）、《鸟和人》（1901年）、《汉普郡的日子》（1903年）、《步游英格兰》（1909年）、《城乡的鸟》（1919年）和自传《远方与往昔》（1918年）。英国文坛认同赫德逊对英国现代文学的巨大贡献，他受到当时著名的作家和批评家如康拉德、高尔斯华绥、爱德华、加尔奈特等的赞赏，1900年他获得英国国籍。

《鸟界探索》（*Adventure Among Birds*，1913年）属于他的后期著作，主要是写作者历年中旅行英格兰各地，尤其是1912年去东海岸的诺福克观察海滨鸟类的经历和成果。其中也夹杂一些早年的往事和回忆，其行踪包括东海岸的诺福克（滨海的威尔士），南部的苏塞克斯（丘陵地带）、汉普郡、多塞特郡，西部的索姆塞特郡（格拉斯顿伯里），中部的德比郡（皮克区），北部的约克郡（哈罗盖特），等等。

《鸟界探奇》跟作者其他散文集的共同点是以写鸟为主，其中有鸣禽、游禽、涉禽、猛禽、走禽，不同点则是着

重写鸟类一般不为人所注意的或鲜为人知的生态和习性，育雏、觅食、聚会、交友、迁徙、鸣声的变化都涉及了；比如，崖沙燕在育雏时，雄燕会将雌燕赶回洞穴以完成孵卵的任务，不同种属的鸟在觅食时自动帮助受伤的鸟，雁群聚会时严格的纪律等。这不但可以满足读者的好奇，也是研究动物生态和心理难得的材料。

但作者尤其感兴趣的是鸟与人的关系，他描写一只雄雁为主人管理其他的家禽，一只野鸭飞走后又回来看望为它治好伤的猎人，一只寒鸦对一个孩子的情谊，一只夜莺的死亡跟教区长妻子去世的关系；特别是作者和一只美洲红雀间主人和奴隶的关系，红雀尽管对主人依恋但怎么也不愿意过笼鸟的生活，最后终于脱逃而获得自由，但也因此在野外被其他野兽杀害。作者这样说："对待飞鸟一定要顺从它们的天性，鸟也像人一样，自由超过一切。"这些奇闻趣事实在是小说的素材，我想中国的《太平广记》中的一些故事是不是以这类见闻为根据，加以想象创造出来的。这对我们研究比较文学深有启发。

这些故事使本书超越了科普读物的局限，具有鲜明的人文意义。不仅如此，作者不单纯是从对人的利害关系来区分益鸟和害鸟，他指出"我认识到对一只鸟儿来说世界是同样非常美丽的，自由是同样非常可爱的"。他用诗人和文学家的眼光看待鸟类："飞鸟是一种美，在活的生物中是无与伦

比的。"因此他描写乌鸫在黎明时的鸣啭，雁群在云霄中的飞行，白鸭在夕照下的丰姿，雉在秋天羽毛的美丽，总之，他写鸟类在视觉上的奇观，在听觉上的音乐性，从而说明它们的存在是人类生存环境中不可缺少的美，而不仅仅是在经济上的例如捕食害虫、羽毛装饰等功利问题。

作者对作为背景的风景建筑、古迹的描写，结合了一些诗歌、传说，也起着这种作用，使本书的文学因素鲜明突出。作为背景描写不可少的人物肖像也给读者留下了深刻的印象，如老教区文书这类普通而又奇特的人物，使我们感到在作者笔下出现的是人和自然和谐统一的世界。

作者不仅是文学家也是科学家，他以文学家的审美眼光和科学家的实事求是态度对待许多鸟类的生态现象，例如他生动地描写雀鹰追捕小鸟的过程，这无疑是非常好看的，他指出我们不必为小鸟不平，因为在自然界这是正常的，对猛禽的生存是必要的；但是他极力反对人为地去伤害任何禽鸟，例如为了保护雉而把保护地的其他鸟类一扫而光。他不止一次在书中大声疾呼要制定保护野生鸟类的法令，因此赫德逊作品的意义远远超过了文学范围，现代环保意识是极为明显的。

曾经有一位批评家评论赫德逊的作品说，从博物学家的观点看，它们的艺术色彩太浓，从文学爱好者的观点看，这些作品又过分专注于大自然。这有一定的道理，不过他的作

品并不是专为某一方面的读者而写，正如他致批评家爱·加尔奈特的一封信中所说，他在作品中倾吐的是他对大自然的热爱。在致加尔奈特的另一封信中他批评作家爱德华·托马斯的自然题材的作品时，说它们"作为整体对他没有吸引力，因为他似乎没有完全把自己投入到里面去"[①]。加尔奈特指出除非读者在感情上认识大自然，否则就不能理解他，没有其他作家能像他那样把那种体会传达给别人。我们看到他用诗的语言去赞美乌鸦、大雁、红翼鸫、雀鹰，那不是挂在书斋中的笼鸟而是自由飞翔在天空的野生鸟类和在枝头放声歌唱的鸣禽。

赫德逊之前，英国在18世纪和19世纪分别出现过两位以写自然题材尤其是鸟而知名的散文家，他们是吉尔伯特·怀特（1720—1793年）和理查德·杰弗里斯（1848—1887年）。著名作家高尔斯华绥对他们曾加以比较，怀特作为博物学家在观察的精确上可以和赫德逊并驾齐驱，但不及他经验丰富和广博，因为怀特的观察仅限于塞耳彭；杰弗里斯是散文家，不过在博物学方面较赫德逊稍逊一等，他在艺术描写的细腻上不能跟赫德逊比肩，赫德逊高峰时期的作品是这三个人中写得最好的[②]。赫德逊之后还有马辛汉（1888—1952年）与杜雷尔（1925—?），他们的成就也没有超过他。我相信我

① 1917年6月9日致加尔奈特的信。
② 见《悼念赫德逊》。

国的读者，包括文学爱好者、鸟类爱好者、环境保护工作者以至孩子们，都会从《鸟界探奇》以及赫德逊的其他作品中获得许多大自然的知识和乐趣。

在翻译本书的过程中，鸟类学家袁良先生曾在多方面提供宝贵的意见，谨借这个机会向他表示谢意。

2001年7月